万榕

传播新知 优美表达

人生有何意义

胡 适 著

北方联合出版传媒(集团)股份有限公司

万卷出版有限责任公司

ⓒ 胡适 2022

图书在版编目（CIP）数据

人生有何意义 / 胡适著. — 沈阳 : 万卷出版有限
责任公司, 2022.7
    ISBN 978-7-5470-5940-1

    Ⅰ.①人… Ⅱ.①胡… Ⅲ.①散文集 – 中国 – 现代
Ⅳ.①I266

    中国版本图书馆CIP数据核字（2022）第032322号

出 品 人：王维良
出版发行：北方联合出版传媒（集团）股份有限公司
        万卷出版有限责任公司
        （地址：沈阳市和平区十一纬路29号　邮编：110003）
印 刷 者：北京君达艺彩科技发展有限公司
经 销 者：全国新华书店
幅面尺寸：145mm×210mm
字　　数：204千字
印　　张：10
出版时间：2022年7月第1版
印刷时间：2022年7月第1次印刷
选题策划：王会鹏
责任编辑：李　明
责任校对：高　辉
版式设计：任展志
封面设计：任展志
ISBN 978-7-5470-5940-1
定　　价：38.00元
联系电话：024-23224081
邮购热线：024-23224481

常年法律顾问：王　伟　版权所有　侵权必究　举报电话：024 – 23284090

目　录

一　人生有何意义

——生命本没有意义，你要能给他什么意义，他就有什么意义。与其终日冥想人生有何意义，不如试用此生做点有意义的事。

略谈人生观

　　每个人可以说都有一个"人生观"，我是以先几十年的经验，提供几点意见，供大家思索参考。

　　很多人认为个人主义是洪水猛兽，是可怕的，但我所说的是个平平常常，健全而无害的。干干脆脆的一个个人主义的出发点，不是来自西洋，也不是完全中国的。中国思想上具有健全的个人主义思想，可以与西洋思想互相印证。王安石是个一生自己刻苦，而替国家谋安全之道，为人民谋福利的人，当为非个人主义者。但从他的诗文可以找出他个人主义的人生观，为己的人生观。因为他曾将古代极端为我的杨朱与提倡兼爱的墨子相比。在文章中说"为己是学者之本也，为人是学者之末也。学者之事必先为己为我，其为己有余，则天下事可以为人，不可不为人"。

　　这就是说，一个人在最初的时候应该为自己，在为自己有余的时候，就该为别人，而且不可不为别人。

十九世纪的易卜生，他晚年曾给一位年轻的朋友写信说："最期望于你的只有一句话，希望你能做到真正的、纯粹的为我主义，要你有时觉得天下事只有自己最重要，别人不足想，你要想有益于社会最好的办法，就是把你自己这块材料铸成器。"

另外一部自由主义的名著《自由论》，有一章"个性"，也一再的讲人最可贵的是个人的个性，这些话，便是最健全的个人主义。一个人应该把自己培养成器，使自己有了足够的知识、能力与感情之后，才能再去为别人。

孔子的门人子路，有一天问孔子说："怎样才能做成一个君子？"孔子回答说："修己以敬。"这句话的意思，也就是要把自己慎重的培养、训练、教育好的意思。"敬"在古文解释为慎重。子路又说："这样够了吗？"孔子回答说："修己以安人。"这句话的意思，就是先把自己培养、训练、教育好了，再为别人。子路又问："这样够了吗？"孔子回答说："修己以安百姓，修己以安百姓，尧舜其犹病诸。"这句话的意思就是培养、训练、教育好了自己，再去为百姓，培养好了自己再去为百姓，就是圣人如尧舜也很不易做到。孔子这一席话，也是以个人主义为起点的。自此可见，从十九世纪到现在，从现在回到孔子时代，差不多都是以修身为本。修身就是把自己训练、培养、教育好。因此个人主义并不是可怕的，尤其是年轻人确立一个人生观，更是需要慎重的把自己这块材料培养、训练、教育成器。

我认为最值得与年轻人谈的便是知识的快乐。一个人怎样能使生活快乐。人生是为追求幸福与快乐的，《美国独立宣言》中曾提及三种东西，就是（1）生命，（2）自由，（3）追求幸福。但是人类追求的快乐范围很广，例如财富、婚姻、事业、工作等等。但是一个人的快乐，是有粗有细的，我在幼年的时候不用说，但自从有知以来，就认为，人生的快乐，就是知识的快乐，做研究的快乐，找真理的快乐，求证据的快乐。从求知识的欲望与方法中深深体会到人生是有限的，知识是无穷的，以有限的人生，去深求无穷的知识，实在是非常快乐的。

两千年前有一位政治家问孔子门人子路说："你的老师是怎样的人？"子路不答。后来孔子知道了，说："你为什么不告诉他，你的老师'其为人也，发愤忘食，乐以忘忧，不知老之将至。'"从孔子这句话，可以体会到知识的乐趣。希腊科学家阿基米德在澡盆洗澡时，想出了如何分析皇冠的金子成分的方法，高兴得赤身从澡盆里跳了出来，沿街跑去，口中喊着："我找到了，我找到了。"这就是说明知识的快乐，一旦发现证据或真理的快乐。英国两位大诗人勃朗宁和丁尼生有两首诗，都是代表十九世纪冒险的、追求新的知识的精神。

最后谈谈社会的宗教说，一个人总是有一种制裁的力量的，相信上帝的人，上帝是他的制裁力量。我们古代讲孝，于是孝便成了宗教，成了制裁。有人信最高的神，有人信很多的神，许多人为了找安慰都走了宗教的道路。我说的社会宗教，乃是一种说法，中国古代有此种观念，就是三不朽：立德，是讲人格与道德；立

功，就是建立功业；立言，就是思想语言。在外国也有三个，就是
Worth，Work，Words。这三个不朽，没有上帝，亦没有灵魂，但
却不十分民主。究竟一个人要立德，立功，立言到何种程度，我认
为范围必须扩大，因为人的行为无论为善为恶都是不朽的。我国的
古语"流芳百世，遗臭万年"，便是这个意思……因此，我们的行为，
一言一动，均应向社会负责，这便是社会的宗教，社会的不朽……
我们千万不能叫我们的行为在社会上产生坏的影响，因为即使我们
死了，我们留下的坏的影响仍是永久存在的，"我们要一出言不敢
忘社会的影响，一举步不敢忘社会的影响"。即使在社会上留一白
点，我们也绝对不能留一点污点，社会即是我们的上帝，我们的制
裁者。

人生问题

1903年，我只有十二岁，那年12月17日，有美国的莱特弟兄做①第一次飞机试验，用很简单的机器试验成功，因此美国定12月17日为飞行节。12月17日正是我的生日，我觉得我同飞行有前世因缘。

我在前十多年，曾在广西飞行过十二天，那时我作了一首《飞行小赞》，这算是关于飞行的很早的一首辞。诸位飞过大西洋、太平洋，我在民国三十年，在美国也飞过四万英里，这表示我同诸位不算很隔阂。

今天大家要我讲人生问题，这是诸位出的题目，我来交卷。

这是很大的问题，让我先下定义，但是定义不是我的，而是思

---

① 编者注：为保持作品原貌，尊重并保留了作者原有的用语习惯，如"的""地""得"的使用等遵照胡适先生作品中较早的版本，特此说明。

想界老前辈吴稚晖的。他说：人为万物之灵，怎么讲呢？第一，人能够用两只手做东西。第二，人的脑部比一切动物的都大，不但比哺乳动物大，并且比人的老祖宗猿猴的还要大。有这能做东西的两手和比一切动物都大的脑部，所以说人为万物之灵。人生是什么？即是人在戏台上演戏，在唱戏。看戏有各种看法，即对人生的看法叫做人生观。但人生有什么意义呢？怎样算好戏？怎样算坏戏？我常想：人生意义就在我们怎样看人生。意义的大小浅深，全在我们怎样去用两手和脑部。人生很短，上寿不过百年，完全可用手脑做事的时候，不过几十年。有人说，人生是梦，是很短的梦。有人说，人生不过是肥皂泡。其实，就是最悲观的说法，也证实我上面所说人生的有没有意义，全看我们对人生的看法。就算他是做梦吧，也要做一个热闹的，轰轰烈烈的好梦，不要做悲观的梦。既然辛辛苦苦的上台，就要好好的唱个好戏，唱个像样子的戏，不要跑龙套。人生不是单独的，人是社会的动物，他能看见和想象他所看不到的东西，他有能看到上至数百万年下至子孙百代的能力。无论是过去，现在，或将来，人都逃不了人与人的关系。比如这一杯茶（讲演桌上放着一杯玻璃杯盛的茶）就包括多少人的贡献，这些人虽然看不见，但从种茶，挑选，用自来水，自来水又包括电力等等，这有多少人的贡献，这就可以看出社会的意义。我们的一举一动，也都有社会的意义，譬如我随便往地上吐口痰，经太阳晒干，风一吹起，如果我有痨病，风可以把病菌带给几个人到无数人。我今天讲的话，诸位也许有人不注意，也许有人认为没道理，也许说胡适之胡说，是瞎说八道，也许有人因我的话而去看看书，也许竟一生受此影响。一句话，一句格言，都能影响人。我举一个极端的例子，两千五百年前，离尼泊尔不远的地方，路上有一个乞丐死了，尸首正在腐烂。这时走来一位年轻的少爷叫Gotama，后来就是释迦牟尼佛，这位少爷是生长于深宫中不知穷苦的，他一看到尸首，问这是什么？人说这是死。他说："噢！原来死是这样子，我们都不能不死吗？"这位贵族少爷就回去想这问题，后来跑到森林中去想，想了几年，出来宣传他的学说，就是所谓佛学。这尸身腐烂一件事，就有这么大的影响。飞机在莱特兄弟做试验时，是极简单的东西，经四十年的工夫，多少人聪明才智，才发展到今天。我们一举一动，一言一行，一点行为都可以有永远不能磨灭的影响。几年来的战争，都是由希特勒的一本《我的奋斗》闯的祸，这一本书害了多少人？反过来说，一句好话，也可以影响无数人，我讲一个故事：民国元年，有一个英国人到我们学堂讲话，讲的内容很荒谬，但他的O字的发音，同普通人不一样，是尖声的，这也影响到我的O字发音，许多我的学生又受到我的影响。在四十年前，有一天我到一外国人家去，出来时鞋带掉了，那外国人提醒了我，并告诉我系鞋带时，把结头底下转一弯就不会掉了，我记住了这句话，并又告诉许多人，如今这外国人是死了，但他这句话已发生不可磨灭的影响。总而言之，从顶小的事情到顶大的像政治、经济、宗教等等，我们的一举一动都有不可磨灭的影响，尽管看不见，影响还是有。在孔夫子小时，有一位鲁国人说：人生有三不朽，即立德，立功，立言。立德就是最伟大的人格，像耶稣、孔子等。立功就是对社会有贡献。立言包括思想和文学，最伟大的思想和文学都是不朽的。但我们不要把这句话看得贵族化，要看得平民化，比如皮鞋打结不散，吐痰，O 的发音，都是不朽的。就是说：不但好的东西不朽，坏的东西也不朽，善不朽，恶亦不朽。一句好话可以影响无数人，一句坏话可以害死无数人。这就给我们一个人生标准，消极的我们不要害人，要懂得自己行为。积极的要使这社会增加一点好处，总要叫人家得我一点好处。再回来说，人生就算是做梦，也要做一个像样子的梦。宋朝的政治家王安石有一首诗，题目是《梦》。说："知世如梦无所求，无所求心普定寂。还似梦中随梦境，成就河沙梦功德。"不要丢掉这梦，要好好去做！即算是唱戏，也要好好去唱。

人生有何意义

一、答某君书

……我细读来书，终觉得你不免作茧自缚。你自己去寻出一个本不成问题的问题，"人生有何意义？"其实这个问题是容易解答的。人生的意义全是各人自己寻出来、造出来的：高尚、卑劣、清贵、污浊、有用、无用，……全靠自己的作为。

生命本身不过是一件生物学的事实，有什么意义可说？生一个人与一只猫，一只狗，有什么分别？人生的意义不在于何以有生，而在于自己怎样生活。你若情愿把这六尺之躯葬送在白昼做梦之上，那就是你这一生的意义。你若发愤振作起来，决心去寻求生命的意义，去创造自己的生命的意义，那么，你活一日便有一日的意义，作一事便添一事的意义，生命无穷，生命的意义也无穷了。

总之，生命本没有意义，你要能给他①什么意义，他就有什么意义。与其终日冥想人生有何意义，不如试用此生做点有意义的事……

二、为人写扇子的话

知世如梦无所求，无所求心普空寂。

还似梦中随梦境，成就河沙梦功德。

王荆公小诗一首，真是有得于佛法的话。认得人生如梦，故无所求。但无所求不是无为。人生固然不过一梦，但一生只有这一场做梦的机会，岂可不努力做一个轰轰烈烈像个样子的梦？岂可糊糊涂涂懵懵懂懂混过这几十年吗？

---

① 编者注：文中"他""她""它"的用法同样遵照胡适先生作品中较早的版本，特此说明。

《科学与人生观》序

亚东图书馆主人汪孟邹先生近来把散见国内各种杂志上的讨论科学与人生观的文章搜集印行，总名为"科学与人生观"。我从烟霞洞回到上海时，这部书已印了一大半了。孟邹要我做一篇序。我觉得，在这空前的思想界大笔战的战场上，我要算一个逃兵了。我在本年三四月间，因为病体未复原，曾想把《努力周报》停刊；当时丁在君先生极不赞成停刊之议，他自己做了几篇长文，使我好往南方休息一会。我看了他的《玄学与科学》，心里很高兴，曾对他说，假使努力以后向这个新方向去谋发展——假使我们以后为科学作战——努力便有了新生命，我们也有了新兴趣，我从南方回来，一定也要加入战斗的。然而我来南方以后，一病就费去了六个多月的时间，在病中我只作了一篇很不庄重的《孙行者与张君劢》，此外竟不曾加入一拳一脚，岂不成了一个逃兵了？我如何敢以逃兵的资格来议论战场上各位武士的成绩呢？

但我下山以后，得遍读这次论战的各方面的文章，究竟忍不住心痒手痒，究竟不能不说几句话。一来呢，因为论战的材料太多，看这部大书的人不免有"目迷五色"的感觉，多作一篇综合的序论也许可以帮助读者对于论点的了解。二来呢，有几个重要的争点，或者不曾充分发挥，或者被埋没在这二十五万字的大海里，不容易引起读者的注意，似乎都有特别点出的需要。因此，我就大胆地作这篇序了。

一

这三十年来，有一个名词在国内几乎做到了无上尊严的地位；无论懂与不懂的人，无论守旧和维新的人，都不敢公然对它表示轻视或戏侮的态度。那个名词就是"科学"。这样几乎全国一致的崇信，究竟有无价值，那是另一个问题。我们至少可以说，自从中国讲变法维新以来，没有一个自命为新人物的人敢公然毁谤"科学"的，直到民国八九年间梁任公先生发表他的《欧游心影录》，科学方才在中国文字里正式受了"破产"的宣告。梁先生说：

……要而言之，近代人因科学发达，生出工业革命，外部生活变迁急剧，内部生活随而动摇，这是很容易看得出的。……依着科学家的新心理学，所谓人类心灵这件东西，就不过物质运动现象之一种。……这些唯物派的哲学家，托庇科学宇下建立一种纯物质的纯机械的人生观。把一切内部生活外部生活都归到物质运动的"必然法则"之下。……不唯如此，他们把心理和精神看成一物，根据实验心理学，硬说人类精神也不过是一种物质，一样受"必然法则"所支配。于是人类的自由意志不得不否认了。意志既不能自由，还有什么善恶的责任？……现今思想界最大的危机就在这一点。宗教和旧哲学既已被科学打得个旗靡帜乱，这位"科学先生"便自当仁不让起来，要凭他的试验发明个宇宙新大原理。却是那大原理且不消说，敢是各科的小原理也是日新月异，今日认为真理，明日已成谬见。新权威到底树立不来，旧权威却是不可恢复了。所以全社会人心，都陷入怀疑沉闷畏惧之中，好像失了罗针的海船遇着风雾，不知前途怎生是好。既然如此，所以那些什么乐利主义，强权主义越发得势。死后既没有天堂，只好尽这几十年尽情地快活。善恶既没有责任，何妨尽我的手段来充满我个人欲望。然而享用的物质增加速率，总不能和欲望的升腾同一比例，而且没有法子令他均衡。怎么好呢？只有凭自己的力量自由竞争起来，质而言之，就是弱肉强食。近年来什么军阀，什么财阀，都是从这条路产生出来。这回大战争，便是一个报应。……

总之，在这种人生观底下，那么千千万万人前脚接后脚的来这世界走一趟住几十年，干什么呢？独一无二的目的就是抢面包吃。不然就是怕那宇宙物质运动的大轮子缺了发动力，特自来供给他燃料。果真这样，人生还有一毫意味，人类还有一毫价值吗？无奈当科学全盛时代，那主要的思潮，却是偏在这方面，当时讴歌科学万能的人，满望着科学成功，黄金世界便指日出现。如今功总算成了，一百年物质的进步，比从前三千年所得还加几倍。我们人类不唯没有得着幸福，倒反带来许多灾难。好像沙漠中失路的旅人，远远望见个大黑影，拼命往前赶，以为可以靠他向导，哪知赶上几程，影子却不见了，因此无限凄惶失望。影子是谁，就是这位"科学先生"。欧洲人做了一场科学万能的大梦，到如今却叫起科学破产来。（《梁任公近著》第一辑上卷，页19—23）

梁先生在这段文章里很动感情地指出科学家的人生观的流毒：他很明显地控告那"纯物质的纯机械的人生观"把欧洲全社会"都陷入怀疑沉闷畏惧之中"，养成"弱肉强食"的现状——"这回大战争，便是一个报应"。他很明白地控告这种科学家的人生观造成"抢面包吃"的社会，使人生没有一毫意味，使人类没有一毫价值，没有给人类带来幸福，"倒反带来许多灾难"，叫人类"无限凄惶失望"。梁先生要说的是欧洲"科学破产"的喊声，而他举出的却是科学家的人生观的罪状；梁先生撿拾了一些玄学家诬蔑科学人生观的话头；却加上了"科学破产"的恶名。

梁先生后来在这段之后，加上两行自注道：

读者切勿误会，因此菲薄科学，我绝不承认科学破产，不过也不承认科学万能罢了。

然而谣言这件东西，就同野火一样，是易放而难收的。自从《欧游心影录》发表之后，科学在中国的尊严就远不如前了。一般不曾出国门的老先生很高兴地喊着："欧洲科学破产了！梁任公这样说的。"我们不能说梁先生的话和近年同善社、悟善社的风行有什么直接的关系；但我们不能不说梁先生的话在国内确曾替反科学的势力助长不少的威风。梁先生的声望，梁先生那枝"笔锋常带情感"的健笔，都能使他的读者容易感受他的言论的影响。何况国中还有张君劢先生一流人，打着柏格森、倭铿、欧立克……的旗号，继续起来替梁先生推波助澜呢？

我们要知道，欧洲的科学已到了根深蒂固的地位，不怕玄学鬼来攻击了。几个反动的哲学家，平素饱餍了科学的滋味，偶尔对科学发几句牢骚话，就像富贵人家吃厌了鱼肉，常想尝尝咸菜豆腐的风味；这种反动并没有什么大危险。那光焰万丈的科学，决^①不是这个玄学鬼摇撼得动的。一到中国，便不同了。中国此时还不曾享着科学的赐福，更谈不到科学带来的"灾难"。我们试睁开眼看看：这遍地的乩坛道院，这遍地的仙方鬼照相，这样不发达的交通，这样不发达的实业——我们哪里配排斥科学？至于"人生观"，我们只有做官发财的人生观，只有靠天吃饭的人生观，只有求神问卜的人生观，只有《安士全书》的人生观，只有《太上感应篇》的人生观——中国人的人生观还不曾和科学行见面礼呢！我们当这个时候，正苦科学的提倡不够，正苦科学的教育不发达，正苦科学的势力还不能扫除那迷漫全国的乌烟瘴气——不料还有名流学者出来高唱"欧洲科学破产"的喊声，出来把欧洲文化破产的罪名归到科学

---

① 编者注：文中"绝""决"的用法同样遵照胡适先生作品中较早的版本，特此说明。

身上，出来菲薄科学，历数科学家的人生观的罪状，不要科学在人生观上发生影响！信仰科学的人看了这种现状，能不发愁吗？能不大声疾呼出来替科学辩护吗？

这便是这一次"科学与人生观"的大论战所以发生的动机。明白了这个动机，我们方才可以明白这次大论战在中国思想史上占的地位。

二

张君劢的人生观原文的大旨是：

人生观之特点所在，曰主观的，曰直觉的，曰综合的，曰自由意志的，曰单一性的。唯其有此五点，故科学无论如何发达，而人生观问题之解决，决非科学所能为力，唯赖诸人类之自身而以。

君劢叙述那五个特点时，处处排斥科学，处处用一种不可捉摸的语言——"是非各执，决不能施以一种试验""无所谓定义，无所谓方法，皆其自身良心之所命起而主张之""若强为分析，则必失其真义""皆出于良心之自动，而决非有使之然者"。这样一个大论战，却用一篇处处不可捉摸的论文做起点，这是一件大不幸的事。因为原文处处不可捉摸，故驳论与反驳都容易跳出本题。战线延长之后，战争的本意反不很明白了。（我常想，假如当日我们用了梁任公先生的"科学万能之梦"一篇作讨论的基础，我们定可以这次论争的旗帜格外鲜明——至少可以免去许多无谓的纷争。）我们为读者计，不能不把这回论战的主要问题重说一遍。

君劢的要点是"人生观问题之解决，决非科学所能为力"。我们要答复他，似乎应该先说明科学应用到人生观问题上去，会产生什么样子的人生观；这就是说，我们应该先叙述"科学的人生观"是什么，然后再讨论这种人生观是否可以成立，是否可以解决人生观的问题，是否像梁先生说的那样贻祸欧洲，流毒人类。我总观这二十五万字的讨论，总觉得这一次为科学作战的人——除了吴稚晖先生——都有一个共同的错误，就是不曾具体地说明科学的人生观是什么，却去抽象地力争科学可以解决人生观的问题。这个共同错误的原因，约有两种：第一，张君劢的导火线的文章内并不曾像梁任公那样明白指斥科学家的人生观，只是笼统地说科学对于人生观问题无能为力。因此，驳论与反驳论的文章也都走上那"可能与不可能"的笼统讨论上去了。例如丁在君的《玄学与科学》的主要部分只是要证明"凡是心理的内容，真的概念推论，无一不是科学的材料"。然而他却始终没有说出什么是"科学的人生观"。从此以后许多参战的学者都错在这一点上。如张君劢再论人生观与科学只主张"人生观超于科学以上""科学决不能支配人生"。如梁任公的人生观与科学只说"人生关涉理智方面的事项，绝对要用科学方法来解决；关于情感方面的事项，绝对的超科学"。如林宰平的《读丁在君先生的玄学与科学》只是一面承认"科学的方法有益于人生观"，一面又反对科学包办或管理"这个最古怪的东西"——人类。如丁在君《答张君劢》也只是说明"这种（科学）方法，无论用在知识界的那一部分，都有相当的成绩，所以我们对于知识的信用，比对于没有方法的情感要好；凡有情感的冲动都要想用知识来指导他，使他发展的程度提高，发展的方向得当"。如唐擘黄心理现象与因果律只证明"一切心理现象都是有因的"。他的一个痴人的说梦只证明"关于情感的事项，要就我们的知识所及，尽量用科学方法来解决的"。王抚五的科学与人生观也只是说："科学是凭借'因果'和'齐一'两个原理而构造起来的；人生问题无论为生命之观念，或生活之态度，都不能逃出这两个原理的金刚圈，所以科学可以解决人生问题。"直到最后范寿康的《评所谓科学与玄学之争》，也只是说："伦理规范——人生观——一部分是先天的，一部分是后天的。先天的形式是由主观的直觉而得，决不是科学所能干涉。后天的内容应由科学的方法探讨而定，不是主观所应妄定。"

综观以上各位的讨论，人人都在那里笼统地讨论科学能不能解决人生问题或人生观问题。几乎没有一个人明白指出，假使我们把科学适用到人生观上去，应该产生什么样子的人生观。然而这个共同的错误大都是因为君劢的原文不曾明白攻击科学家的人生观，却只悬空武断科学决不能解决人生观问题。殊不知，我们若不先明白科学应用到人生观上去时发生的结果，我们如何能悬空评判科学能不能解决人生观呢？

这个共同的错误——大家规避"科学的人生观是什么"的问题——怕还有第二个原因，就是一班拥护科学的人虽然抽象地承认科学可以解决人生问题，却终不愿公然承认那具体的"纯物质，纯机械的人生观"为科学的人生观。我说他们"不愿",并不是说他们怯懦不敢,只是说他们对于那科学家的人生观还不能像吴稚晖先生那样明显坚决的信仰,所以还不能公然出来主张。这一点确是这一次大论争的一个绝大的弱点。若没有吴老先生把他的"漆黑一团"的宇宙观和"人欲横流"的人生观提出来做个押阵大将,这一场大战争真成了一场混战,只闹的个一哄散场!

对于这一点,陈独秀先生的序里也有一段话,对于作战的先锋大将丁在君先生表示不满意。独秀说:

> 他(丁先生)自号存疑的唯心论,这是沿袭赫胥黎、斯宾塞诸人的谬误;你既承认宇宙有不可知的部分而存疑,科学家站开,且让玄学家来解疑。此所以张君劢说"既已存疑,则研究形而上界之玄学,不应有丑诋之词"。其实我们对于未发现的物质固然可以存疑,而对于超物质而独立存在并且可以支配物质的什么心(心即是物之一种表现),什么神灵与上帝,我们已无疑可存了。说我们武断也好,说我们专制也好,若无证据给我们看,我们断然不能抛弃我们的信仰。

关于存疑主义的积极精神,在君自己也曾有明白的声明。(《答张君劢》,页12—23)"拿证据来!"一句话确然是有积极精神的。但赫胥黎等在当用这种武器时,究竟还只是消极的防御居多。在十九世纪的英国,在那宗教的权威不曾打破的时代,明明是无神论者也不得不挂一个"存疑"的招牌。但在今日的中国,在宗教信仰向来比较自由的中国,我们如果深信现有的科学证据只能叫我们否认上帝的存在和灵魂的不灭，那么，我们正不妨老实自居为"无神论者"。这样的自称并不算是武断；因为我们的信仰是根据于证据的：等到有神论的证据充足时，我们再改信有神论，也还不迟。我们在这个时候，既不能相信那没有充分证据的有神论，心灵不灭论，天人感应论……又不肯积极地主张那自然主义的宇宙观，唯物主义的人生观……怪不得独秀要说"科学家站开！且让玄学家来解疑"了。吴稚晖先生便不然。他老先生宁可冒"玄学鬼"的恶名，偏要冲到那"不可知的区域"里去打一阵，他希望"那不可知区域里的假设，责成玄学鬼也带着论理色彩去假设着。"（《宇宙观及人生观》，页9）这个态度是对的。我们信仰科学的人，正不妨做一番大规模的假设。只要我们的假设处处建筑在已知的事实之上，只要我们认我们的建筑不过是一种最满意的假设，可以跟着新证据修正的——我们带着这种科学的态度，不妨冲进那不可知的区域里，正如姜子牙展开了杏黄旗，也不妨冲进十绝阵里去试试。

三

我在上文说的，并不是有意挑剔这一次论战场上的各位武士。我的意思只是要说，这一篇论战的文章只做了一个"破题"，还不曾做到"起讲"。至于"余兴"与"尾声"，更谈不到了。破题的功夫，自然是很重要的，丁在君先生的发难，唐擘黄先生等的响应，六个月的时间，二十五万字的皇皇大文，大吹大擂地把这个大问题捧了出来，叫乌烟瘴气的中国知道这个大问题的重要——这件功劳真不在小处！

可是现在真有做"起讲"的必要了。吴稚晖先生的"一个新信仰的宇宙观及人生观"已经给我们做下一个好榜样。在这篇"科学与人生观"的"起讲"里，我们应该积极地提出什么叫做"科学的人生观"，应该提出我们所谓"科学的人生观"，好教将来的讨论有个具体的争点。否则你单说科学能解决人生观，他单说不能，势必至于吴稚晖先生说的"张、丁之战，便延长了一百年，也不会得到究竟"。因为若不先有一种具体的科学人生观做讨论的底子，今日泛泛地承认科学有解决人生观的可能，是没有用的。等到那"科学的人生观"的具体内容拿出来时，战线上的组合也许要起一个大大的变化。我的朋友朱经农先生是信仰科学"前程不可限量"的，然而他定不能承认无神论是科学的人生观。我的朋友林宰平先生是反对科学包办人生观的，然而我想他一定可以很明白地否认上帝的存在。到了那个具体讨论的时期，我们才可以说是真正开战。那时的反对，才是真正反对。那时的赞成，才是真正赞成。那时的胜利，才是真正胜利。

我还要再进一步说：拥护科学的先生们，你们虽要想规避那"科学的人生观是什么"的讨论，你们终于免不了的。因为他们早已正式对科学的人生观宣战了。梁任公先生的"科学万能之梦"，早已明白攻击那"纯物质的，纯机械的人生观"了。他早已把欧洲大战祸的责任加到那"科学家的新心理学"上去了。张君劢先生在

《再论人生观与科学》里，也很笼统地攻击"机械主义"了。他早已说"关于人生之解释与内心之修养，当然以唯心派之言为长"了。科学家究竟何去何从？这时候正是科学家表明态度的时候了。

因此，我们十分诚恳地对吴稚晖先生表示敬意，因为他老先生在这个时候很大胆地把他信仰的宇宙观和人生观提出来，很老实地宣布他的"漆黑一团"的宇宙观和"人欲横流"的人生观。他在那篇大文章里，很明白地宣言："那种骇得煞人的显赫的名词，上帝呀，神呀，还是取消了好。"（页12）很明白地"开除了上帝的名额，放逐了精神元素的灵魂"。（页29）很大胆地宣言："我以为动植物且本无感觉，皆止有其质力交推，有其辐射反应，如是而已。譬之于人，其质构而为如是之神经系，即其力生如是之反应。所谓情感，思想，意志等等，就种种反应而强为之名，美其名曰心理，神其事曰灵魂，质直言之曰感觉，其实统不过质力之相应。"（页22—23）他在人生观里，很"恭敬地又好像滑稽地"说："人便是外面只剩两只脚，却得到了两只手，内面有三斤二两脑髓，五千零四十八根脑筋，比较占有多额神经系质的动物。"（页39）"生者，演之谓也，如是云尔"。（页40）

"所谓人生，便是用手用脑的一种动物，轮到'宇宙大剧场'的第亿垓八京六兆五万七千幕，正在那里出台演唱"。（页47）

他老先生五年的思想和讨论的结果，给我们这样一个"新信仰的宇宙观及人生观"。他老先生很谦逊地避去"科学的"尊号，只叫他做"柴积上，日黄中的老头儿"的新信仰。他这个新信仰正是张君劢先生所谓"机械主义"，正是梁任公先生所谓"纯物质的纯机械的人生观"。他一笔勾销了上帝，抹煞了灵魂，戳穿了"人为万物之灵"的玄秘。这才是真正的挑战。我们要看那些信仰上帝的人们出来替上帝向吴老先生作战。我们要看那些信仰灵魂的人出来替灵魂向吴老先生作战。我们要看那些信仰人生的神秘的人们出来向这"两手动物演戏"的人生观作战。我们要看那些认爱情为玄秘的人们出来向这"全是生理作用，并无丝毫微妙"的爱情观作战。这样的讨论，才是切题的、具体的讨论。这才是真正开火。这样战争的结果，不是科学能不能解决人生的问题了，乃是上帝的有无，鬼神的有无，灵魂的有无，……等等人生切要问题的解答。只有这种具体的人生切要问题的讨论才可以产生我们所希望的效果——才可以促进思想上的刷新。

反对科学的先生们！你们以后的作战，请向吴稚晖的"新信仰的宇宙观及人生观"作战。

拥护科学的先生们！你们以后的作战，请先研究吴稚晖的"新信仰的宇宙观及人生观"：完全赞成他的，请准备替他辩护，像赫胥黎替达尔文辩护一样；不能完全赞成他的，请提出修正案，像后来的生物学者修正达尔文主义一样。

从此以后，科学与人生观的战线上的压阵老将吴老先生要倒转来做先锋了！

四

说到这里，我可以回到张、丁之战的第一个"回合"了。张君劢说："天下古今之最不统一者，莫若人生观。"（《人生观》，页1）丁在君说："人生观现在没有统一是一件事，永久不能统一又是一件事，除非你能提出事实理由来证明他是永远不能统一的，我们总有求他统一的义务。"（《玄学与科学》，页3）"玄学家先存了一个成见，说科学方法不适用于人生观；世界上的玄学家一天没有死完，自然一天人生观不能统一。"（页4）"统一"一个字，后来很引起一些人的抗议。例如林宰平先生就控告丁在君，说他"要把科学来统一一切"，说他"想用科学的武器来包办宇宙"。这种控诉，未免过于张大其词了。在君用的"统一"一个字，不过是沿用君劢文章里的话；他们两位的意思大概都不过是大同小异的一致罢了。依我个人想起来，人类的人生观总应该有一个最低限度的一致的可能。唐擘黄先生说的最好：人生观不过是一个人对于世界万物同人类的态度，这种态度是随着人的神经构造，经验，知识等而变的。神经构造等就是人生观之因，我举一二例来看。无因论者以为叔本华（Schopenhauer）、哈特曼（Hartmann）的人生观是直觉的，其实他们自己并不承认这事。他们都说根据经验阅历而来的。叔本华是引许多经验作证的，哈特曼还要说他的哲学是从归纳法得来的。

人生观是因知识而变的。例如，哥白尼太阳居中说，同后来的达尔文的人猿同祖说发明以后，世界人类的人生观起绝大变动；这是无可疑的历史事实。若人生观是直觉的，无因的，何以随自然界的知识而变更呢？

我们因为深信人生观是因知识经验而变换的，所以深信宣传与教育的效果可以使人类的人生观得着一个最低限度的一致。

最重要的问题是：拿什么东西来做人生观的"最低限度的一致"呢？

我的答案是：拿今日科学家平心静气地，破除成见地，共同承认的"科学的人生观"做人类人生观的最低限度的一致。

宗教的功效已曾使有神论和灵魂不灭论统一欧洲（其实岂止欧洲！）的人生观至千余年之久。假使我们信仰的"科学的人生观"将来靠教育与宣传的功效，也能有"有神论"和"灵魂不灭论"在中世纪欧洲那样的风行，那样的普遍，那也可算是我所谓"大同而小异的一致"了。

我们若要希望人类的人生观逐渐做到大同而小异的一致，我们应该准备替这个新人生观做长期的奋斗。我们所谓"奋斗"，并不是像林宰平先生形容的"摩哈默得式"的武力统一；只是用光明磊落的态度，诚恳的言论，宣传我们的"新信仰"，继续不断的宣传，要使今日少数人的信仰逐渐变成将来大多数人的信仰。我们也可以说这是"作战"，因为新信仰总免不了和旧信仰冲突的事；但我们总希望作战的人都能尊重对方的人格，都能承认那些和我们信仰不同的人不一定都是笨人与坏人，都能在作战之中保持一种"容忍"（Toleration）的态度；我们总希望那些反对我们的新信仰的人，

27

也能用"容忍"的态度来对我们，用研究的态度来考察我们的信仰。我们要认清：我们的真正敌人不是对方；我们的真正敌人是"成见"，是"不思想"。我们向旧思想和旧信仰作战，其实只是很诚恳地请求旧思想和旧信仰势力之下的朋友们起来向"成见"和"不思想"作战。凡是肯用思想来考察他的成见的人，都是我们的同盟！

五

总而言之，我们以后的作战计划是宣传我们的新信仰，是宣传我们信仰的新人生观。（我们所谓"人生观"，依唐擘黄先生的界说，包括吴稚晖先生所谓"宇宙观"。）这个新人生观的大旨，吴稚晖先生已宣布过了。我们总括他的大意，加上一点扩充和补充，在这里再提出这个新人生观的轮廓：

（1）根据于天文学和物理学的知识，叫人知道空间的无穷之大。

（2）根据于地质学及古生物学的知识，叫人知道时间的无穷之长。

（3）根据于一切科学，叫人知道宇宙及其中万物的运行变迁皆是自然的，——自己如此的——正用不着什么超自然的主宰或造物者。

（4）根据于生物的科学的知识，叫人知道生物界的生存竞争的浪费与残酷，——因此，叫人更可以明白那"有好生之德"的主宰的假设是不能成立的。

（5）根据于生物学，生理学，心理学的知识，叫人知道人不过是动物的一种，他和别种动物只有程度的差异，并无种类的区别。

（6）根据于生物的科学及人类学，人种学，社会学的知识，叫人知道生物及人类社会演进的历史和演进的原因。

（7）根据于生物的及心理的科学，叫人知道一切心理的现象都是有因的。

（8）根据于生物学及社会学的知识，叫人知道道德礼教是变迁的，而变迁的原因都是可以用科学方法寻求出来的。

（9）根据于新的物理化学的知识，叫人知道物质不是死的，是活的；不是静的，是动的。

（10）根据于生物学及社会学的知识，叫人知道个人——"小我"——是要死灭的，而人类——"大我"——是不死的，不朽的；叫人知道"为全种万世而生活"就是宗教，就是最高的宗教；而那些替个人谋死后的"天堂""净土"的宗教，乃是自私自利的宗教。

这种新人生观是建筑在二三百年的科学常识之上的一个大假设，我们也许可以给他加上"科学的人生观"的尊号。但为避免无谓的争论起见，我主张叫他做"自然主义的人生观"。

在那个自然主义的宇宙里，在那无穷之大的空间里，在那无穷之长的时间里，这个平均高五尺六寸，上寿不过百年的两手动物——人——真是一个藐乎其小的微生物了。在那个自然主义的宇宙里，天行是有常度的，物变是有自然法则的，因果的大法支配着他——人——的一切生活，生存竞争的惨剧鞭策着他的一切行为——这个两手动物的自由真是很有限的了。然而在那个自然主义的宇宙里，这个渺小的两手动物却也有他的相当的地位和相当的价值。他用他的两手和一个大脑，居然能做出许多器具，想出许多方法，造成一点文化。他不但驯服了许多禽兽，他还能考究宇宙间的自然法则，利用这些法则来驾驭天行，到现在他居然能叫电气给他赶车，以太给他送信了。他的智慧的长进就是他的能力的增加；然而智慧的长进却又使他的胸襟扩大，想象力提高。他也曾拜物拜畜生，也曾怕神怕鬼，但他现在渐渐脱离了这种种幼稚的时期，他现在渐渐明白：空间之大只增加他对宇宙的美感；时间之长只使他格外祖宗创业之艰难；天行之有常只增加他制裁自然界的能力。甚至于因果律的笼罩一切，也并不见得束缚他的自由，因为因果律的作用一方面使他可以由因求果，由果推因，解释过去，预测未来；一方面又使他可以运用他的智慧，创造新因以求新果。甚至于生存竞争的观念也并不见得就使他成为一个冷酷无情的畜生，也许还可以格外增加他对于同类的同情心，格外使他深信互助的重要，格外使他注重人为的努力以减免天然竞争的残酷与浪费。——总而言之，这个自然主义的人生观里，未尝没有美，未尝没有诗意，未尝没有道德的责任，未尝没有充分运用"创造的智慧"的机会。

我这样粗枝大叶的叙述，定然不能使信仰的读者满意，或使不信仰的读者心服。这个新人生观的满意的叙述与发挥，那正是这本书和这篇序所期望能引起的。

科学的人生观

今天讲的题目，就是"科学的人生观"，研究人是什么东西，在宇宙中占据什么地位，人生究竟有何意味。因为少年人近来觉得很烦闷，自杀、颓废的都有，我比较至少多吃了几斤盐，几担米，所以来计划计划，研究自身人的问题，至于人生观，各人不同，都随环境而改变，不可以一个人的人生观去统理一切；因为公有公理，婆有婆理；我们至少要以科学的立场，去研究它，解决它。"科学的人生观"有两个意思：第一拿科学做人生观的基础；第二拿科学的态度、精神、方法，做我们生活的态度，生活的方法。

现在先讲第一点，就是人生是什么？人生是啥物事？拿科学的研究结果来讲，我在民国十二年发表的十条，这十条就是武昌有一个主教，称为新的十诫，说我是中华基督教的危险物的。十条内容如下：

一、要知道空间的大

拿天文、物理考察，得着宇宙之大；从前孙行者翻筋斗，一翻翻到南天门，一翻翻到下界，天的观念，何等的小？现在从地球到银河中间的最近的一个星，中间距离，照孙行者一秒钟翻十万八千里的速率计算，恐怕翻一万万年也翻不到，宇宙是何等的大？地球是宇宙间的沧海之一粟，九牛之一毛；我们人类，更是小，真是不成东西的东西！以前看得人的地位太重了，以为是万物之灵，同大地并行，凡是政治不良，就有彗星、地震的征象，这是错的。从前王充很能见得到，说："一个虱子不能改变那裤子里的空气，和那人类不能改变皇天一样。"所以我们眼光要大。

二、时间是无穷的长

从地质学、生物学的研究，晓得时间是无穷的长，以前开口五千年，闭口五千年，以为目空一切；不料世界太阳系的存在，有几万万年的历史，地球也有几万万年，生物至少有几千万年，人类也有二三百万年，所以五千年占很小的地位。明白了时间之长，就可以看见各种进步的演变，不是上帝一刻可以造成的。

三、宇宙间自然的行动

根据了一切科学，知道宇宙、万物都有一定不变的自然行动。"自然自己，也是如此"，就是自己自然如此，各物自己如此的行动，并没有一种背后的指示，或是一个主宰去规范他们。明白了这点，对于月食是月亮被天狗所吞的种种迷信，可以打破了。

四、物竞天择的原理

从生物学的知识，可以看到物竞天择的原理，鲫鱼下卵有几百万个，但是变鱼的只有几个；否则就要变成"鱼世界"了！大的吃小的，小的又吃更小的，人类都是如此。从此晓得人生不受安排，是自己如此的行动；否则要安排起来，为什么不安排一个完善的世界呢？

五、人是什么东西

从社会学、生理学、心理学方面去看，人是什么东西？吴稚晖先生说："人是两手一个大脑的动物，与其他的不同在程度上的区别罢了。"人类的手，与鸡、鸭的掌差不多，实是他们的弟兄辈。

六、人类是演进的

根据人种学来看，人类是演进的；因为要应付环境，所以要慢慢地变；不变不能生存，要灭亡了。所以从下等的动物，慢慢演进到高等的动物，现在还是演进。

七、心理受因果律的支配

根据了心理学、生物学来讲，心理现状是有因果律的。思想、做梦，都受因果律的支配，是心理、生理的现象，和头痛一般；所以人的心理说是超过一切，是不对的。

八、道德、礼教的变迁

照生理学、社会学来讲，人类道德、礼教也变迁的。以前以为脚小是美观，但是现在脚小要装大了。所以道德、礼教的观念，正在改进。以二十年、二百年或二千年以前的标准，来判断二十年、二百年、二千年后的状况，是格格不相入的。

九、各物都有反应

照物理、化学来讲，物质是活的，原子分为电子，是动的，石头倘然加了化学品，就有反应，像人打了一记，就有反动一样。不同的，只在程度不同罢了。

十、人的不朽

根据一切科学知识，人是要死的，物质上的腐败，和猫死狗死一般。但是个人不朽的工作，是功德：在立德，立功，立言。善恶都是不朽。一块痰中，有微生物，这菌能散布到空间，使空气都恶化了；人的言语，也是一样。凡是功业、思想，都能传之无穷；匹夫匹妇，都有其不朽的存在。

我们要看破人世间，时间之伟大，历史的无穷，人是最小的动物，处处都在演进，要去掉那小我的主张，但是那小小的人类，居然现在对于制度、政治各种都有进步。

以前都是拿科学去答复一切，现在要用什么方法去解决人生，就是哪样生活？各人有各人的方法，但是，至少要有那科学的方法、精神、态度去做。分四点来讲：

一、怀疑

第一点是怀疑，三个弗相信的态度，人生问题就很多。有了怀疑的态度，就不会上当。以前我们幼时的知识，都从阿金、阿狗、阿毛等黄包车夫、娘姨处学来；但是现在自己要反省，问问以前的智识是否靠得住。有此态度，对于什么各种主义都不致盲从了。

二、事实

我们要实事求是：现在像贴贴标语，什么打倒田中义一等，都仅务虚名，像豆腐店里生意不好，看看"对我生财"泄闷一样。又像是以前的画符，一画符病就好的思想。贴了打倒帝国主义，帝国主义就真个打倒了吗？这不对，我们应做切实的工作，奋力的做去。

三、证据

怀疑以后，相信总要相信，但是相信的条件，就是拿凭据来，有了这一句，论理学诸书，都可以不读，赫胥黎的儿子死了以后，宗教家去劝他信教，但是他很坚决的说："拿有上帝的证据来！"有了这种态度，就不会上当。

四、真理

朝夕的去求真理，不一定要成功，因为真理无穷，宇宙无穷；我们去寻求，是尽一点责任，希望在总分上，加上万万分之一。胜固是可喜，败也不足忧。明知赛跑只有一个人第一，我们还要跑去，不是为我为私，是为大家。发明不是为发财，是为人类。英国有一个医生，发明了一种治肺的药。但是因为自秘，就被医学会开除了。

所以科学家是为求真理。庄子虽有"吾生也有涯，而知也无涯，以有涯逐无涯，殆已"的话头，但是我们还要向上做去，得一分就是一分，一寸就是一寸，可以有阿基米德氏发现浮力时叫"Eureka"的快活，有了这种精神，做人就不会失望。所以人生的意味，全靠你自己的工作；你要它圆就圆，方就方，是有意味；因为真理无穷，趣味无穷，进步快活也无穷尽。

工程师的人生观

　　究竟什么算是工程师的哲学呢？什么算是工程师的人生观呢？因为时间很短，我当然不能把这个大的题目讲得满意，只是提出几点意思，给现在的工程师同将来的工程师作个参考。法国从前有一位科学家柏格生（Bergson）说："人是制器的动物。"过去有许多人说："人是有效力的动物。"也有许多人说："人是理智的动物。"而柏格生说："人是能够制造器具的动物。"这个初造器具的动物，是工程师的老祖宗。什么叫做工程师呢？工程师的作用，在能够找出自然界的利益，强迫自然世界把它的利益一个一个贡献出来，就是改造自然、征服自然、控制自然，以减除人的痛苦，增加人的幸福。这是工程师哲学的简单说法。

　　大家都承认：学做工程师的，每天在课堂里面上应该上的课，在试验室里面做应该做的试验，也许忽略了最大的目标，或者忽略了真正的基本——工程师的人生观。所以这个题目，是值得我们考虑的。

昨天在工学院教授座谈会中，我说：我到了六十二岁，还不知道我专门学的什么。起初学农；以后弄弄文学，弄弄哲学，弄弄历史；现在搞《水经注》，人家说我改弄地理。也许六十五岁以后、七十岁的时候，说不定要到工学院做学生；只怕工学院的先生们不愿意收一个老学徒，说"老狗教不会新把戏"。今天，在工学院做学生不够资格的人，要来谈谈现在的工程师同将来的工程师的人生观，实属狂妄，就是，有点大胆。不过我觉得我这个意思，值得提出来说说。人是能够制造器具的动物，别的动物，也有能够制造东西的，譬如：蜘蛛能够制造网，蜜蜂能够制造蜜糖，珊瑚虫能够制造珊瑚岛。而我们人同这些动物之所以不同，就是蜘蛛制造网的丝，是从肚子里出来的，它肚子里有无穷无尽的丝，蜜蜂采取百花，经一番制造，做成的确比原料高明的蜜糖：这些动物，可算是工程师；但是它的范围，它用的，只是它自己的本能。珊瑚虫能够做成很大的珊瑚岛，也是本能的。人，如果只靠他的本能，讲起来也是有限得很的！人与蜘蛛、蜜蜂、珊瑚虫所以不同，是在他充分运用聪明才智，揭发自然的秘密，来改造自然，征服自然，控制自然。控制自然，为的是什么呢？不是像蜘蛛织网，为的捕虫子来吃；人控制自然，为的是要减轻人的劳苦，减除人的痛苦，增加人的幸福，使人类的生活格外的丰富，格外有意义。这是"科学与工业的文化"的哲学。我觉得柏格生这个"人"的定义，同我们刚才简单讲的工

37

程师的哲学，工程师的人生观，工程师的目标，是值得我们随时想想，随时考虑的。

这个话同这个目标，不是外国来的东西，可以说是我们老祖宗在几百年，甚至几千年以前，就有了这种理想了。目前有些人提倡读经；我倒很愿意为工程师背几句经书，来说明这个理想。

人如何能控制自然，制造器具呢？人控制自然这个观念，无论东方的圣人贤人，西方的圣人贤人，都是同样有的。我现在提出我们古人的几句话，使大家知道工程师的哲学，并不是完全外来的洋货。我常常喜欢把《易经·系辞》里面几句话翻成外国文给外国人看。这几句话是："见乃谓之象；形乃谓之器；制而用之谓之法；利用出入，民咸用之，谓之神。"看见一个意思，叫做象；把这个意象变成一种东西——形，叫做器；大规模的制造出来，叫做法；老百姓用工程师制造出来的这些器具，都说好呀！好呀！但是不晓得这器具是从一种意象来的，所以看见工程师便叫做神。

希腊神话，说火是从天上偷来的；中国历史上发明火的燧人氏被称为古帝之一——神。火，是一个大发明。发明火的人，是一个大工程师。我刚才所举《易经·系辞》，从一个观念——意象——造成器具，这个意思，是了不得的。人类历史上所谓文化的进步，完全在制造器具的进步。文化的时代，是照工程师的成绩划分的。人类第一发明是火；大体说来，火的发现是文化的开始。下去为石器时代。无论旧石器时代，新石器时代，都是人类用智慧把石头造成器具的时候。再下去为青铜器时代。用铜制造器具，这是工程师最大的贡献。再下去为铁的时代。这是一个大的革命。后来把铁炼成钢。再下去发明蒸汽机，为蒸汽机时代。再下去运用电力，为电力的时代；现在为原子能时代：这都是制器的大进步。每一个大时代，都只是制器的原料与动力的大革命。从发明火以后，石器时代，铜器时代，铁器时代，电力时代，原子能时代；这些文化的阶段，都是依工程师所创造划分的。

这种理想，中国历史上早就有了的。工学院水工试验室要我写字，我写了两句话。这两句话，是《荀子·天伦》里面的。《荀子·天伦》，是中国古代了不得的哲学，也就是西方柏格生征服自然、以为人用的思想。《荀子·天伦》说："从天而颂之，孰与制天命而用之？大天而思之，孰与物蓄而制之？"这个文字，依照清代学者校勘，稍须改动。但意思没有改动。"从天而颂之"，是说服从自然。"从天而颂之，孰与制天命而用之。"两句话联起来说，意思是：跟着自然走而歌颂，不如控制自然来用。"大天而思之"，是问自然是怎样来的。"大天而思之，孰与物蓄而制之"，是说：问自然从哪里来的，不如把自然看成一种东西，养它、制裁它。把自然控制来用，中国思想史上只有荀子才说得这样彻底。从这两句话，也可以看出中国在两千二三百年前，就有控制天命——古人所谓天命，就是自然——把天命看作一种东西来用的思想。

"穷理致知"四个字，是代表七八百年前——十一世纪到十二世纪——宋朝的思想的。宋代程子、朱子提倡格物——穷理——的哲学。什么叫做"格物"呢？这有七十几种说法。今天我们不去研究这些说法。照程子朱子的解释，"格物"是"即物而穷其理。……即凡天下之物，莫不因其已知之理而益穷之，以求至乎其极。"这样的格物致知，可以扩大人的智识。程子说，"今天格一物，明天格一物，习而久之，自然贯通。"有人以范围问他，他说，"上自天地之高大，下至一草一木，都要格的。"这个范围，就是科学的范围，工程师的范围。

两千二三百年前，荀子就有"制天命而用之"的思想；七八百年前，程子、朱子就有格物——穷理——的哲学。这是科学的哲学，可算是工程师的哲学。我们老祖宗有这样好的思想、哲学，为什么不能作到科学工业的文化呢？简单一句话，我们不幸得很，两千五百年以前的时候，已经走上了自然主义的哲学一条路了。像《老子》《庄子》，以及更后的《淮南子》，都是代表自然主义思想的。这种自然主义的哲学发达的太早，而自然科学与工业发达的太迟：这是中国思想史的大缺点。

刚才讲的，人是用智慧制造器具的动物。这样，人就要天天同自然界接触，天天动手动脚的，抓住实物，把实物来玩，或者打碎它，煮它，烧它。玩来玩去，就可以发现新的东西，走上科学工业的一条路。比方"豆腐"，就是把豆子磨细，用其他的东西来点，来试验；一次，二次，……经过许多次的试验，结果点成浆，做成功豆腐；做成功豆腐还不够，还要做豆腐干、豆腐乳。豆腐的做成，很显然的，是与自然界接触，动手、动脚，多方试验的结果，不是对自然界看看，想想，或作一首诗恭维自然界就行了的。

顶好一个例子，是格物哲学到了明朝的一个故事。明朝有一位大哲学家王阳明，他说："照程子、朱子的说法，要做圣人，要'即物而穷其理'。'即物穷理'，你们没有试验过，我王阳明试验过了。"有一天，他同一位姓钱的朋友研究格物，并由钱先生动手格竹子，拿一个凳子坐在竹子旁边望，望了三天三夜，格不出来，病了。王阳明说："你不够做圣人，我来格。"也端把椅子对着竹子望；望了一天一夜，两天两夜，……到了七天七夜，王阳明也格不出来，病了。于是王阳明说："我们不配做圣人，不能格物。"从这个故事，可以看出传统的不动手动脚，拿天然实物来玩的习惯。今天工学院植物系的学生格竹子，是要把竹子劈开，用显微镜来细细的看，再加上颜色的水，作各种的试验，然后就可以判定竹子在工业上的地位。为什么王阳明格不出来，今天的工程师可以格出来？因王阳明没有动手动脚作器具的习惯，今天的工程师有动手动脚作器具的习惯。荀子"制天命而用之"的哲学，终敌不过老子，庄子"错（措）人而思天"的哲学。故程、朱的格物穷理的思想，终不能应用到自然界的实物上去，至多只能在"读书"上（文史的研究上）发生了一点功效。

今天送给各位工程师哲学的人生观，又约略讲一讲我们老祖宗为什么失败；为什么有了这样好的征服天然的理想，穷理致知的哲学，而没有造成功科学文化、工业文化。我们可以了解我们老祖宗让西方人赶上去了。同时，从西方人后来实现了我们老祖宗的理想，我们亦就可以知道，只要振作，是可以迎头赶上的。我们只要二十年，三十年的努力，就可以同世界上科学工业发达的国家站在一样的地位。

二十年前，中国科学社要我作一个社歌，后来请赵元任先生作了乐谱。今天我把这个东西送给各位工程师。这个社歌，一共三段十二句：

我们不崇拜自然。他是一个习钻古怪；
我们要捶他，煮他，要叫他听我们的指派。

我们要他给我们推车；我们要他给我们送信。
我们要揭穿他的秘密，好叫他服事我们人。

我们唱天行有常，我们唱致知穷理。
明知道真理无穷，进一寸有一寸的欢喜。

哲学与人生

前次承贵会邀我演讲关于佛学的问题，我因为对于佛学没有充分的研究，拿浅薄的学识来演讲这一类的问题，未免不配；所以现在讲"哲学与人生"，希望对于佛学也许可以贡献点参考。不过我所讲的有许多地方和佛家意见不合，佛学会的诸君态度很公开，大约能够容纳我的意见的！讲到"哲学与人生"，我们必先研究它的定义：什么叫哲学？什么叫人生？然后才知道它们的关系。

我们先说人生。这六月来，国内思想界，不是有玄学与科学的笔战吗？国内思想界的老将吴稚晖先生，就在《太平洋杂志》上发表一篇《一个新信仰的宇宙观及人生观》。其中下了一个人生定义。他说："人是哺乳动物中的有二手二足用脑的动物。"人生即是这种动物所演的戏剧，这种动物在演时，就有人生，停演时就没人生。所谓人生观，就是演时对于所演之态度，譬如，有的喜唱花面，有的喜唱老生，有的喜唱小生，有的喜摇旗呐喊，凡此种种两脚两手在演戏的态度，就是人生观。不过单是登台演剧，红进绿出，有何意义？想到这层，就发生哲学问题。哲学的定义，我们常在各种哲学书籍上见到，不过我们尚有再找一个定义的必要。我在《中国哲学史大纲》上卷上所下的哲学的定义说："哲学是研究人生切要的问题，从根本上着想，去找根本的解决。"但是根本两字意义欠明，现在略加修改，重新下了一个定义说："哲学是研究人生切要的问题，从意义上着想，去找一个比较可普遍适用的意义。"现在举两个例来说明它：要晓得哲学的起点是由于人生切要的问题，哲学的结果，是对于人生的适用。人生离了哲学，是无意义的人生；哲学离了人生，是想入非非的哲学。现在哲学家多凭空臆说，离得人生问题太远，真是上穷碧落，愈闹愈糟！

现在且说第一个例：二千五百年前在喜马拉雅山南部有一个小国——迦叶——里，街上倒卧着一个病势垂危的老丐，当时有一个王太子经过，在别人看到，将这老丐赶开，或是毫不经意地走过去了；但是那王太子是赋有哲学的天才的人，他就想人为什么逃不出老、病、死这三个大关头，因此他就弃了他的太子爵位、妻孥、便嬖、皇宫、财货，遁迹入山，去静想人生的意义。后来忽然在树下想到一个解决，就是将人生一切问题拿主观去看，假定一切多是空的，那么，老、病、死就不成问题了。这种哲学的合理与否，姑不具论，但是那太子的确是研究人生切要的问题，从意义上着想去找他以为比较普遍适用的意义。

我们再举一个例：譬如我们睡到夜半醒来，听见贼来偷东西，我那就将他捉住，送县究办。假如我们没有哲性，就这么了事，再想不到"人为什么要做贼"等等的问题；或者那贼竟苦苦哀求起来，说他所以做贼的原故，因为母老，妻病，子女待哺，无处谋生，迫于不得已而为之。假如没哲性的人，对于这种吁求，也不见有甚良心上的反动。至于富于哲性的人就要问了，为什么不得已而为之？天下不得已为之的事有多少？为什么社会没得给他做工？为什么子女这样多？为什么老病死？这种偷窃的行为，是由于社会的驱策，还是由于个人的堕落？为什么不给穷人偷？为什么他没有我有？他没有我有是否应该？拿这种问题，逐一推思下去，就成为哲学。由此看来，哲学是由小事放大，从意义着想而得来的，并非空说高谈能够了解的。推论到宗教哲学、政治哲学、社会哲学等，也无非多从活的人生问题推衍阐明出来的。

我们既晓得什么叫人生，什么叫哲学，而且略会看到两者的关系，现在再去看意义在人生上占的什么地位？现在一般的人饱食终日，无所用心。思想差不多是社会的奢侈品。他们看人生种种事实，和乡下人到城里未看见五光十色的电灯一样。只看到事实的表面，而不了解事实的意义。因为不能了解意义的原故，所以连事实也不能了解了。这样说来，人生对于意义，极有需要，不知道意义，人生是不能了解的。宋朝朱子这班人，终日对物格物，终于找不到着落，就是不从意义上着想的原故。又如平常人看见病人种种病象，他单看见那些事实而不知道那些事实的意义，所以莫名其妙。至于这些病象一到医生眼里，就能对症下药，因为医生不单看病象，还要晓得病象的意义的原故。因此，了解人生不单靠事实，还要知道意义！

那么，意义又从何来呢？有人说，意义有两种来源：一种是从积累得来，是愚人取得意义的方法；一种是由直觉得来，是大智取得意义的方法。积累的方法，是走笨路；用直觉的方法是走捷径。据我看来，欲求意义唯一的方法，只有走笨路，就是日积月累地去做刻苦的功夫，直觉不过是熟能生巧的结果，所以直觉是积累最后的境界，而不是豁然贯通的。大发明家爱迪生有一次演说，他说，天才百分之九十九是汗，百分之一是神，可见得天才是下了番苦功才能得来，不出汗决不会出神的。所以有人应付环境觉得难，有人觉得易，就是日积月累的意义多寡而已。哲学家并不是什么，只是对于人生所得的意义多点罢了。

欲得人生的意义，自然要研究哲学史，去参考已往的死的哲理。不过还有比较重要的，是注意现在的活的人生问题，这就是做人应有的态度。现在我举两个模范的大哲学家来做我的结论，这两大哲学家一个是古代的苏格拉底，一个是现代的笛卡尔。

苏格拉底是希腊的穷人，他觉得人生醉生梦死，毫无意义，因此到公共市场，见人就盘问，想借此得到人生的解决。有一次，他碰到一个人去打官司，他就问他，为什么要打官司？那人答道，为公理。他复问道，什么叫公理？那人便瞠目结舌不能作答。苏氏笑道：我知道我不知你，却不知道你不知呵！后来又有一个人告他的父亲不信国教，他又去盘问，那人又被问住了。因此希腊人多恨他，告他两大罪，说他不信国教，带坏少年，政府就判他的死刑。他走出来的时候，对告他的人说："未经考察过的生活，是不值得活的。你们走你们的路，我走我的路罢！"后来他就从容就刑，为找寻人生的意义而牺牲他的生命！

笛卡尔旅行的结果，觉到在此国以为神圣的事，在他国却视为下贱；在此国以为大逆不道的事，在别国却奉为天经地义，因此他觉悟到贵贱善恶是因时因地而不同的。他以为从前积下来的许多观念知识是不可靠的，因为它们多是趁他思想幼稚的时候侵入来的。如若欲过理性生活，必得将从前积得的知识，一件一件用怀疑的态度去评估它们的价值，重新建设一个理性的是非。这怀疑的态度，就是他对于人生与哲学的贡献。

现在诸君研究佛学，也应当用怀疑的态度去找出它的意义，是否真正比较地普遍适用？诸君不要怕，真有价值的东西，决不为怀疑所毁；而能被怀疑所毁的东西，决不会真有价值。我希望诸君实行笛卡尔的怀疑态度，牢记苏格拉底所说的"未经考察过的生活，是不值得活的"这句话。那么，诸君对于明阐哲学，了解人生，不觉其难了。

本文为 1923 年 11 月胡适在上海商科大学佛学研究会的演讲

原载 1923 年 12 月 10 日《东方杂志》第 20 卷第 23 期

人生知识的准备

在这个值得纪念的仪式完毕之后，你们就被列入少数特权分子之列——大学毕业生。今天并不是标示着人生一段时期的结束或完毕，而是一个新生活的开始，一个真正生活和真正充满责任的开端。

大家对你们作为大学毕业生的，总期望会与平常人有所不同，和大多数没有念过大学的人有所不同。他们预料你们的言行会有怪异之处。

你们有些人或许不喜欢人家把你们视为与众不同，言行怪异的人。你们或许想要和群众混在一起，不分彼此。

让我们向你们保证，要回到群众中间，使人不分彼此，是一件容易做到的事。假如你们有这个愿望，你们随时都可以做到，你们随时都可以成为一个"好伙伴"，一个"易于相处的人"——而人们，包括你们自己，马上就会忘记你们曾经念过大学这回事。

虽然大学教育当然不该把我们造成为"势利之徒"和"古怪的人"，可是我们大学毕业生一直保留一点儿与众不同的标志，却也不是一件坏事。这一点儿与众不同的标志，我相信，是任何学术机构的教育家所最希望造成的。

大学男女学生与众不同的这个标志是什么呢？多数教育家都很可能会同意的说，那是一个多少受过训练的脑筋——一个多少有规律的思想方式——这会使得，也应当使得，受大学教育的人显出有些与众不同的地方。

一个头脑受过训练的人在看一件事时用批判和客观的态度，而且也用适当的知识学问为凭依。他不容许偏见和个人的利益来影响他的判断，左右他的观点。他一直都是好奇的，但是他绝对不会轻易相信人。他并不仓促的下结论，也不轻易的附和他人的意见，他宁愿耽搁一段时间，一直等到他有充分的时间来查事实和证据后，才下结论。

总而言之，一个受过训练的头脑，就是对于易陷入于偏见、武断和盲目接受传统与权威的陷阱，存有戒心和疑惧。同时，一个受过训练的脑筋不是消极或是毁灭性的。他怀疑人并不是喜欢怀疑的缘故；也并不是认为"所有的话都有可疑之处，所有的判断都有虚假之处"。他之所以怀疑是为了确切相信一件事。为了要根据更坚固的证据和更健全的推理为基础，来建立或重新建立信仰。

你们四年的研究和实验工作一定教过你们独立思考、客观判断、有系统的推理，和根据证据来相信某一件事的习惯。这些就是，也应当是，标示一个人是大学生的标志。就是这些特征才使你们显得"与众不同"和"怪异"，而这些特征可能会使你们不负众望或不受欢迎，甚至为你们社会里大多数人所畏避和摒弃。

可是，这些有点令人烦恼的特点却是你们母校于你们居留在此时间中，所教导你们而为此最感觉自豪的事。这些求知习惯的训练，如果我没有判断错误的话，也就是你们在大学里有责任予以培养起来的，回家时从这个校园里所带走的，并且在你们整个一生和在你们一切各种活动中，所继续不断的实行和发展的。

伟大的英国科学家，同时也是哲学家的赫胥黎（Thomas H. Huxley）曾说过："一个人一生中最神圣的行为就是口里讲，内心深感觉到这句话：'我相信某件事是实在的。'紧附在那个行为上的是人生存在世上一切最大的报酬和一切最严重的责罚。"要成功的完成这一个"最神圣的行为"，那应用在判断、思考和信仰上的思想训练和规律是必要的。

所以在这一个值得纪念的日子，你们必须问自己的第一个问题就是：我是否获得所期望于为一个受大学教育的我所该有的充分知识训练吗？我的头脑是否有充分的装备和准备来做赫胥黎所说的"一个人一生中最神圣的行为"？

二

我们必须要体会到"一个人一生中最神圣的行为"也同时是我们日常所需做的行为。另一个英国哲学家密尔（John Stuart Mill）曾说过："各个人每天每时每刻都需要确切证实他所没有直接观察过的事情……法官、军事指挥官、航海人员、医师、农场经营者（我们还可以加上一般的公民和选民）的事，也不过是将证据加以判断，并按照判断采取行动……就根据他们做法（思考和推论）的优劣，就可以决定他们是否尽其分内的职责。这是头脑所不停从事的职责。"

由于人人每日每时都需要思考，所以人在思考时，极容易流于疏忽，漠不关心，和习惯性的态度。大学教育毕竟难以教给我们一整套精通与永久适用的求知习惯，原因是其所需的时间远超过大学的四年。大学毕业生离开了他的实验室和图书馆，往往感觉到他已经工作得太劳累，思考得太辛苦，毕业后应当享受到一种可以不必求知识的假期。他可能太忙或者太懒，而无法把他在大学里刚学到而还没有精通的知识训练继续下去。他可能不喜欢标榜自己为受过大学教育"好炫耀博学的人"。他可能发现讲幼稚的话与随和大众的反应是一种调剂，甚至是一种愉快的事。无论如何，大学毕业生离开大学之后，最普遍的危险就是溜回到怠惰和懒散方式的思考和信仰。

所以大学生离开学校后，最困难的问题就是如何继续培养精稔实验室研究的思考态度和技术，以便将这种思考的态度和技术扩展到他日常思想、生活和各种活动上去。

天下没有一个普遍适用以提防这种懒病复发的公式。但是我们仍然想献给列位一个简单的妙计，这个妙计对我自己和对我的学生和朋友都很实用。

我所想要建议的是各个大学毕业生都应当有一个或两个或更多足以引起兴趣和好奇心的疑难问题，借以激起他的注意、研究、探讨，或实验的心思。你们大家都知道的，一切科学的成就都是由于一个疑难的问题碰巧激起某一个观察者的好奇心和想象力所促成的。有人说没有装备良好的图书馆和实验室是无法延续求知的兴趣。这句话是不确实的。请问阿基米德、伽利略、牛顿、法拉第，或者甚至达尔文或巴斯德究竟有什么实验室或图书馆的装备呢？一个大学毕业生所需要的仅是一些会激起他的好奇心，引起他的求知欲和挑激他的想法求解决的有趣的难题。那种挑激引发的性质就足够引致他搜集资料、触类旁通、设计工具，和建立简单而适用的试验和实验室。一个人对于一些引人好奇的难题不发生兴趣的话，就是处在设备良好的实验室和博物馆中，知识上也不会有任何发展。

四年的大学教育所给予我们的，毕业只不过是已经研究出来和尚未研究出来的学问浩瀚范围的一瞥而已。不管我们主修的是哪一个科目，我们都不应当有自满的感觉，以为在我们专门科目范围内，已经没有不解决的问题存在。凡是离开母校大门而没有带一两个知识上的难题回家去，和一两个在他清醒时一直缠绕着他的问题，这个人的知识生活可以说是已经寿终正寝了。

这是我给你们的劝告：在这一个值得纪念的日子里，你们该花费几分钟，为你们自己列一个知识的清单，假如没有一两个值得你们下决心解决的知识难题，就不轻易步入这个大世界。你们不能带走你们的教授，也不能带走学校的图书馆和实验室。可是你们带走几个难题。这些难题时刻都会使你们知识上的自满和怠惰下来的心受到困扰。除非你们向这些难题进攻，并加以解决，否则你们就一直不得安宁。那时候，你们看吧，在处理和解决这些小难题的时候，你们不但使你们思考和研究的技术逐渐纯熟和精稳，而且同时开拓出知识的新地平线并达到科学的新高峰。

三

这种一直有一些激起好奇心和兴趣的疑难问题来刺激你们的小妙计有许多功用。这个妙计可使你们一生中对研究学问的兴趣永存不灭，可开展你们新嗜好的兴趣，把你们日常生活提高到超过惯性和苦闷的水准之上。常常在沉静的夜里，你们突然成功的解决了一个讨厌的难题而很希望叫醒你们的家人，对他们叫喊着说："我找到了，我找到了！"那时候给你们的是知识上的狂喜和很大的乐趣。

但是这种自找问题和解决问题方式最重要的用处，是在于用来训练我们的能力，磨炼我们的智慧，而因此使我们能精稳实验与研究的方法和技术。对思考技术的精稔可能引使你们达到创造性的知识高峰；但是也同时会渐渐的普遍应用在你们整个生活上，并且使你们在处理日常活动时，成为比较懂得判断的人，会使你们成为更好的公民，更聪明的选民，更有知识的报纸读者，成为对于目前国家大事或国际大事一个更为胜任的评论者。

这个训练对于为一个民主国家里公民和选民的你们是特别重要的。你们所生活的时代是一片充满了惊心动魄事件的时代，一个势要毁灭你们政府和文化根基的战争时代。而从各方面拥集到你们身上的是强有力不让人批驳的思想形态，巧妙的宣传，以及随意歪曲的历史。希望你们在这个要把人弄得团团转的旋风世界中，要建立起你们的判断力，要下自己的决心，投你们的票，和尽你们的本分。

有人会警告你们要特别提高警惕，以提防邪恶宣传的侵袭。可是你们要怎样做才能防御宣传的侵入呢？因为那些警告你们的人本身往往就是职业的宣传员，只不过他们罐头上所用的是不同的商标；但这些罐头里照样是陈旧的和不准批驳的东西。

例如，有人告诉你们，上次世界大战所有一切唯心论的标语，像"为世界民主政治的安全而战"和"以战争来消弭战争"这些话，都是想讨人欢喜的空谈和烟幕而已。但是揭露这件事的人也就是宣传者，他要我们全体都相信美国之参加上次世界大战是那些"担心美元英镑贬值"放高利贷者和发战争财者所促成的。

再看另一个例子。你们是在一个信仰所培养之下长大起来的。这些信仰就是相信你们的政府形式，属于人民的政府，尊敬个人的自由特别是相信那保护思想、信仰、表达，和出版等自由的政府形式是人类最伟大的成就之一；但是我们这一代的新先知们却告诉你们说，民主的代议政府仅是资本主义制度下的一个必然的副产品，这个制度并没有实质的优点，也没有永恒的价值；他们又说个人的自由并不一定是人们所希求的；为了集体的福利和权力的利益起见，个人的自由应当视为次要的，甚至应当加以抑压下去的。

这些和许多其他相反的论调到处都可以看到听到，都想要迷惑你们的思想，麻木你们的行动。你们需要怎么样准备自己来对付一切所有这些相反的论调呢？当然不会是紧闭着眼睛不看，掩盖着耳朵不听吧。当然也不会躲在良好的古老传统信仰的后面求庇护吧，因为受攻击和挑衅的就是古老的传统本身。当然也不会是诚心诚意的接受这种陈腔滥调和不准批驳的思想和信仰的体系，因为这样一个教条式的思想体系可能使你们丢失了很多的独立思想，会束缚和奴役你们的思想，以致从此之后，你们在知识上说，仅是机械一个而已。

你们可能希望能保持精神上的平衡和宁静，能够运用你们自己的判断，唯一的方法就是训练你们的思想，精稔自由沉静思考的技术。使我们更充分了解知识训练的价值和功效的就是在这知识困惑和混乱的时代。这个训练会使我们能够找到真理——使我们获得自由的真理。

关于这种训练与技术，并没有什么神秘的地方。那就是你们在实验室所学到的，也就是你们最优秀的教师终生所从事的，而在你们研究论文上所教你们的方法，那就是研究和实验的科学方法。也就是你们要学习应用于解决我所劝你们时刻要找一两个疑难问题所用的同样方法。这个方法，如果训练得纯熟精通，会使我们能在思考我们每天必须面对有关社会、经济和政治各项问题时，会更清楚，会更胜任的。

以其要素言，这个科学技术包括非常专心注意于各种建议、思想和理论，以及后果的控制和试验。一切思考是以考虑一个困惑的问题或情况开始的。所有一切能够解决这个困惑问题的假设都是受欢迎的。但是各个假设的论点却必须以在采用后可能产生的后果来作为适用与否的试验，凡是其后果最能满意克服原先困惑所在的假设，就可接受为最好和最真实的解决方法。这是一切自然、历史和社会科学的思考要素。

人类最大的谬误，就是以为社会和政治问题简单得很，所以根本不需要科学方法的严格训练，而只要根据实际经验就可以判断，就可以解决。

但是事实却是刚刚相反的。社会与政治问题是关联着等待千千万万人命和福利的问题。就是由于这些极具复杂性和重要性的问题是十分困难的，所以使得这些问题到今日还没有办法以准确的定量衡量方法和试验与实验的精确方法来计量。甚至以最审慎的态度和用严格的方法无法保证绝无错误。但是这些困难却省免不了我们用尽一切审慎和批判的洞察力来处理这些庞大的社会和政治问题的必要。

两千五百年前某诸侯问孔子说："一言而可以兴邦，……一言而丧邦有诸？"

想到社会与政治的问题，总会提醒我们关于向孔子请教的这两个问题，因为对社会与政治的思考必然会连带想起和计划整个国家，整个社会，或者整个世界的事。所以一切社会与政治理论在用以处理一个情况时，如果粗心大意或固守教条，严重的说来，可能有时候会促成预料不到的混乱、退步、战争和毁灭，有时就真的是一言兴邦，一言丧邦。

刚就在前天，希特勒对他的军队发出一个命令，其中说到一句话：他要决定他的国家和人民未来一千年的命运！

但希特勒先生一个人是无法以个人的思想来决定千千万万人的生死问题。你们在这里所有的人需要考虑你们在即将来临的本地与全国选举中所有的选择，所有的人需要对和战问题表达意见，并不决定。是的，你们也会考虑到一个情况，你们在这个情况中的思考是正确，是错误，就会影响千千万万人的福利，也可能直接或间接的决定未来一千年世界与其文化的命运！

所以为少数特权阶级的我们大学男女，严肃的和胜任的把自己准备好，以便像在今日的这个时代，这个世界，每日从事思考和判断，把我们自己训练好，以便作有责任心的思考，乃是我们神圣的任务。

有责任心的思考至少含着三个主要的要求：第一，把我们的事实加以证明，把证据加以考查；第二，如有差错，谦虚的承认错误，慎防偏见和武断；第三，愿意尽量彻底获致一切会随着我们的观点和理论而来的可能后果，并且道德上对这些后果负责任。

怠惰的思考，容许个人和党团的因素不知不觉的影响我们的思考，接受陈腐和不加分析的思想为思考之前提，或者未能努力以获致可能后果，来试验一个人的思想是否正确等等就是知识上不负责任的表现。

你们是否充分准备来做这件在你们一生中最神圣的行动——有责任心的思考？

"宁鸣而死，不默而生"

——九百年前范仲淹争取自由的名言

几年前，有人问我，美国开国前期争自由的名言"不自由，毋宁死"（原文是 Patrick Henry 在 1775 年的"给我自由，否则给我死""Give me liberty，or give me death"），在中国有没有相似的话。我说，我记得是有的，但一时记不清楚是谁说的了。

我记得是在王应麟的《困学纪闻》里见过有这样一句话，但这几年我总没有机会去翻查《困学纪闻》。今天偶然买得一部影印元本的《困学纪闻》，昨天查得卷十七有这一条：

范文正《灵乌赋》曰："宁鸣而死，不默而生。"其言可以立懦。

"宁鸣而死，不默而生"，当时往往专指谏诤的自由，我们现在叫做言论自由。

范仲淹生在西历989年，死在1052年，他死了九百零三年了。他作《灵乌赋》答梅圣俞的《灵乌赋》，大概是在景祐三年（1036）他同欧阳修、余靖、尹洙诸人因言事被贬谪的时期。这比亨利·柏得烈的"不自由，毋宁死"的话要早740年。这也可以特别记出，作为中国争自由史上的一段佳话。

梅圣俞名尧臣，生在西历1003年，死在1061年。他的集中有《灵乌赋》，原是寄给范仲淹的，大意是劝他的朋友们不要多说话。赋中有这句子：

> 凤不时而鸣，乌哑哑兮招唾骂于里闾。乌兮，事将乖而献忠，人反谓尔多凶。……胡不若凤之时鸣，人不怪兮不惊。……乌兮，尔可，吾今语汝，庶或我（原作汝，似误）听。结尔舌兮铃尔喙，尔饮喙兮尔自遂。同翱翔兮八九子，勿噪啼兮勿睥睨，往来城头无尔累。

这篇赋的见解、文辞都不高明。（圣俞后来不知因何事很怨恨范文正，又有《灵乌后赋》，说他"憎鸿鹄之不亲，爱燕雀之来附。既不我德，又反我怒。……远己不称，昵己则誉。"集中又有《谕乌诗》，说："乌时来佐凤，署置且非良。咸用所附己，欲同助翱翔。"此下有一段丑诋的话，好像也是骂范文正的。这似是圣俞传记里一件疑案；前人似没有注意到。）

范仲淹作《灵乌赋》，有自序说：

> 梅君圣俞作是赋，曾不我鄙，而寄以为好。因勉而
> 和之。庶几感物之意同归而殊途矣。

因为这篇赋是中国古代哲人争自由的重要文献，所以我多摘抄
几句：

> 灵乌，灵乌，尔之为禽兮何不高飞而远蓄？何为号
> 呼于人兮告吉凶而逢怒！方将折尔翅而烹尔躯，徒悔焉而
> 亡路。彼哑哑兮如愬，请臆对而忍谕；我有生兮累阴阳之
> 含育，我有质兮虑天地之覆露。长慈母之危巢，托主人
> 之佳树。……母之鞠兮孔艰，主之仁兮则安。度春风兮既
> 成我以羽翰，眷高枝兮欲去君而盘桓。思报之意，厥声或
> 异：忧于未形，恐于未炽。知我者谓吉之先，不知我者谓
> 凶之类。故告之则反灾于身，不告之则稔祸于人。主恩或
> 忘，我怀靡臧。虽死而告，为凶之防。亦由桑妖于庭，惧
> 而修德，俾王之兴；雉怪于鼎，惧而修德，俾王之盛。天
> 德甚迩，人言曷病！彼希声之凤凰，亦见讥于楚狂。彼不
> 世之麒麟，亦见伤于鲁人。凤岂以讥而不灵？麟岂以伤而
> 不仁？故割而可卷，孰为神兵？焚而可变，孰为英琼？宁

鸣而死，不默而生！胡不学太仓之鼠兮，何必仁为，丰食而肥？仓苟竭兮，吾将安归！又不学荒城之狐兮，何必义为，深穴而威？城苟圮兮，吾将畴依！……我鸟也勤于母兮自天，爱于主兮自天。人有言兮是然。人无言兮是然。

这是九百多年前一个中国政治家争取言论自由的宣言。

赋中"忧于未形，恐于未炽"两句，范公在十年后（1046 年）在他最后被贬谪之后一年，作《岳阳楼记》，充分发挥成他最有名的一段文字：

嗟夫，予尝求古仁人之心……不以物喜，不以己悲，居庙堂之高则忧其民，处江湖之远则忧其君，是进亦忧，退亦忧，然则何时而乐耶？其必曰"先天下之忧而忧，后天下之乐而乐"乎？噫，微斯人，吾谁与归。

当前此三年（1043 年）他同韩琦、富弼同在政府的时期。宋仁宗有手诏，要他们"尽心为国家诸事建明，不得顾忌"。范仲淹有《答手诏条陈十事》，引论里说：

我国家革五代之乱，富有四海，垂八十年。纲纪制度，日削月侵，官壅于下，民困于外，夷狄骄盛，寇盗横炽，不可不更张以救之。……

这是他在所谓"庆历盛世"的警告。那十事之中，有"精贡举"一事，他说：

> ……国家乃专以辞赋取进士，以墨义取进诸科。士皆合大方而趋小道。虽济济盈庭，求有才有识者，十无一二。况天下危困，乏人如此，将何以救？在乎教以经济之才，庶可以救其不逮。或谓救弊之术无乃后时？臣谓四海尚完，朝谋而夕行，庶乎可济。安得宴然不救，坐俟其乱哉？……

这是在中原沦陷之前八十三年提出的警告。这就是范仲淹所说的"忧于未形，恐于未炽"；这就是他说的"先天下之忧而忧"。

从中国向来知识分子的最开明的传统看，言论的自由、谏诤的自由，是一种"自天"的责任，所以说，"宁鸣而死，不默而生"。

从国家与政府的立场看，言论的自由可以鼓励人人肯说"忧于未形，恐于未炽"的正论危言，来替代小人们天天歌功颂德、鼓吹升平的滥调。

不朽——我的宗教

不朽有种种说法，但是总括看来，只有两种说法是真有区别的。一种是把"不朽"解作灵魂不灭的意思。一种就是《春秋左传》上说的"三不朽"。

一、神不灭论

宗教家往往说灵魂不灭，死后须受末日的裁判：做好事的享受天国天堂的快乐，做恶事的要受地狱的苦痛。这种说法，几千年来不但受了无数愚夫愚妇的迷信，居然还受了许多学者的信仰。但是古今来也有许多学者对于灵魂是否可离形体而存在的问题，不能不发生疑问。最重要的如南北朝人范缜的《神灭论》说："形者神之质，神者形之用。……神之于质，犹利之于刀；形之于用，犹刀之于利。……舍利无刀，舍刀无利。未闻刀没而利存，岂容形亡而神在？"宋朝的司马光也说："形既朽灭，神亦飘散，虽有剉烧舂磨，亦无所施。"但是司马光说的"形既朽灭，神亦飘散"，还不免把形与神看作两件事，不如范缜说的更透彻。范缜说人的神灵即是形体的作用，形体便是神灵的形质。正如刀子是形质，刀子的利钝是作用；有刀子方才有利钝，没有刀子便没有利钝。人有形体方才有作用：这个作用，我们叫做"灵魂"。若没有形体，便没有作用了，便没有灵魂了。范缜这篇《神灭论》出来的时候，惹起了无数人的反对。梁武帝叫了七十几个名士作论驳他，都没有什么真有价值的议论。其中只有沈约的《难〈神灭论〉》说："利若遍施四方，则利体无处复立；利之为用正存一边毫毛处耳。神之与形，举体若合，又安得同乎？若以此譬为尽耶，则不尽；若谓本不尽耶，则不可以为譬也。"这一段是说刀是无机体，人是有机体，故不能彼此相比。这话固然有理，但终不能推翻"神者形之用"的议论。近世唯物派的学者也说人的灵魂并不是什么无形体，独立存在的物事，不过是神经作用的总名；灵魂的种种作用都即是脑部各部分的机能作用；若有某部被损伤，某种作用即时废止；人幼年时脑部不曾完全发达，神灵作用也不能完全，老年人脑部渐渐衰耗，神灵作用也渐渐衰耗。这种议论的大旨，与范缜所说"神者形之用"正相同。但是有许多人总舍不得把灵魂打消了，所以咬住说灵魂另是一种神秘玄妙的物事，并不是神经的作用。这个"神秘玄妙"的物事究竟是什么，他们也说不出来，只觉得总应该有这么一件物事。既是"神秘玄妙"，自然不能用科学试验来证明他，也不能用科学试验来驳倒他。既然如此，我们只好用实验主义（Pragmatism）的方法，看这种学说的实际效果如何，以为评判的标准。依此标准看来，信神不灭论的固然也有好人，信神灭论的也未必全是坏人。即如司马光、范缜、赫胥黎一类的人，说："不信灵魂不灭的话，何尝没有高尚的道德？更进一层说，有些人因为迷信天堂，天国，地狱，末日裁判，方才修德行善，这种修行全是自私自利的，也算不得真正道德。"总而言之，灵魂灭不灭的问题，于人生行为上实在没有什么重大影响；既没有实际的影响，简直可说是不成问题了。

二、三不朽说

《左传》说的三种不朽是：（一）立德的不朽，（二）立功的不朽，（三）立言的不朽。"德"便是个人人格的价值，像墨翟、耶稣一类的人，一生刻意孤行，精诚勇猛，使当时的人敬爱信仰，使千百年后的人想念崇拜。这便是立德的不朽。"功"便是事业，像哥伦布发现美洲，像华盛顿造成美洲共和国，替当时的人开一新天地，替历史开一新纪元，替天下后世的人种下无量幸福的种子。这便是立功的不朽。"言"便是语言著作，像那《诗经》三百篇的许多无名诗人，又像陶潜、杜甫、莎士比亚、易卜生一类的文学家，又像柏拉图、卢梭、密尔一类的文学家，又像牛顿、达尔文一类的科学家，或是做了几首好诗使千百年后的人欢喜感叹；或是做了几本好戏使当时的人鼓舞感动，使后世的人发愤兴起；或是创出一种新哲学或是发明了一种新学说，或在当时发生思想的革命，或在后世影响无穷。这便是立言的不朽。总而言之，这种不朽说，不问人死后灵魂能不能存在，只问他的人格，他的事业，他的著作有没有永远存在的价值。即如基督教徒说耶稣是上帝的儿子，他的灵魂永远存在，我们正不用驳这种无凭据的神话，只说耶稣的人格，事业和教训都可以不朽，又何必说那些无谓的神话呢？又如孔教会的人到了孔丘的生日，一定要举行祭孔的典礼，还有些人学那"朝山进香"的法子，要赶到曲阜孔林去对孔丘的神灵表示敬意！其实孔丘的不朽全在他的人格与教训，不在他那"在天之灵"。更进一步说，像那三百篇里的诗人，也没有姓名，也没有事实，但是他们都可说是立言的不朽。为什么呢？因为不朽全靠一个人的真价值，并不靠姓名事实的流传，也不靠灵魂的存在。试看古今来的多少大发明家，那发明火的，发明养蚕的，发明缫丝的，发明织布的，发明水车的，发明舂米的水碓的，发明规矩的，发明秤的，……虽然姓名不传，事实湮没，但他们的功业永远存在，他们也就都不朽了。这种不朽比那个人的小小灵魂的存在，可不是更可宝贵，更可羡慕吗？况且那灵魂的有无还在不可知之中，这三种不朽——德、功、言——可是实在的。这三种不朽可不是比那灵魂的不灭更靠得住吗？

以上两种不朽论，依我个人看来，不消说得，那"三不朽说"是比那"神不灭说"好得多了。但是那"三不朽说"还有三层缺点，不可不知。第一，照平常的解说看来，那些真能不朽的人只不过那极少数有道德，有功业，有著述的人。还有那无量平常人难道就没有不朽的希望吗？世界上能有几个墨翟、耶稣，几个哥伦布、华盛顿，几个杜甫、陶潜，几个牛顿、达尔文呢？这岂不成了一种"寡头"的不朽论吗？第二，这种不朽论单从积极一方面着想，但没有消极的裁制。那种灵魂的不朽论既说有天国的快乐，又说有地狱的苦楚，是积极消极两方面都顾着的。如今单说立德可以不朽，不立德又怎样呢？立功可以不朽，有罪恶又怎样呢？第三，这种不朽论所说的"德，功，言"三件，范围都很含糊。究竟怎样的人格方才可算是"德"呢？怎样的事业方才可算是"功"呢？怎样的著作方才可算是"言"呢？我且举下个例。哥伦布发现美洲固然可算得立了不朽之功，但是他船上的水手火头又怎样呢？他那只船的造船工人又怎样呢？他船上用的罗盘器械的制造工人又怎样呢？他所读的书的著作者又怎样呢？……举这一条例，已可见"三不朽"的界限含糊不清了。

因为要补足这三层缺点，所以我想提出第三种不朽论来请大家讨论。我一时想不起别的好名字，姑且称他做"社会的不朽论"。

三、社会的不朽论

社会的生命，无论是看纵剖面，是看横截面，都像一种有机的组织。从纵剖面看来，社会的历史是不断的；前人影响后人，后人又影响更后人；没有我们的祖宗和那无数的古人，又哪里有今日的我和你？没有今日的我和你，又哪里有将来的后人？没有那无量数的个人，便没有历史，但是没有历史，那无数的个人也绝不是那个样子的个人：总而言之，个人造成历史，历史造成个人。从横截面看来，社会的生活是交互影响的：个人造成社会，社会造成个人。社会的生活全靠个人分工合作的生活，但个人的生活，无论如何不同，都脱不了社会的影响；若没有那样这样的社会，决不会有这样那样的我和你；若没有无数的我和你，社会也决不是这个样子。莱布尼茨（Leibnitz）说得好：这个世界乃是一片大充实，其中一切物质都是接连着的。一个大充实里面有一点变动，全部的物质都要受影响，影响的程度与物体距离的远近成正比例。世界也是如此。每一个人不但直接受他身边亲近的人的影响，并且间接又间接的受距离很远的人的影响。所以世间的交互影响，无论距离远近，都受得着。所以世界上的人，每人受着全世界一切动作的影响。如果他有周知万物的智慧，他可以在每人的身上看出世间一切施为，无论过去未来都可看得出，在这一个现在里面便有无穷时间空间的影子。

从这个交互影响的社会观和世界观上面，便生出我所说的"社会的不朽论"来。我这"社会的不朽论"的大旨是：我这个"小我"不是独立存在的，是和无量数"小我"有直接或间接的交互关系的；是和社会的全体和世界的全体都有互为影响的关系的；是和社会世界的过去和未来都有因果关系的。种种从前的因，种种现在无数"小我"和无数他种势力所造成的因，都成了我这个"小我"的一部分。我这个"小我",加上了种种从前的因,又加上了种种现在的因,传递下去,又要造成无数将来的"小我"。这种种过去的"小我",和种种现在的"小我",和种种将来无穷的"小我",一代传一代,一点加一滴;一线相传,连绵不断;一水奔流,滔滔不绝:——这便是一个"大我"。"小我"是会消灭的,"大我"是永远不灭的。"小我"是有死的,"大我"是永远不死,永远不朽的。"小我"虽然会死,但是每一个"小我"的一切作为, 切功德罪恶,一切语言行事,无论大小,无论是非,无论善恶,——都永远留存在那个"大我"之中。那个"大我",便是古往今来一切"小我"的纪功碑,彰善祠,罪状判决书,孝子慈孙百世不能改的恶谥法。这个"大我"是永远不朽的,故一切"小我"的事业,人格,一举一动,一言一笑,一个念头,一场功劳,一桩罪过,也都永远不朽。这便是社会的不朽,"大我"的不朽。

那边"一座低低的土墙,遮着一个弹三弦的人"。那三弦的声浪,在空间起了无数波澜;那被冲动的空气质点,直接间接冲动无数旁的空气质点;这种波澜,由近而远,至于无穷空间;由现在而将来,由此刹那以至于无量刹那,至于无穷时间——这已是不灭不朽了。那时间,那"低低的土墙"外边来了一位诗人,听见那三弦的声音,忽然起了一个念头;由这一个念头,就成了一首好诗;这首好诗传诵了许多;人读了这诗,各起种种念头;由这种种念头,更发生无量数的念头,更发生无数的动作,以至于无穷。然而那"低低的土墙"里面那个弹三弦的人又如何知道他所发生的影响呢?

一个生肺病的人在路上偶然吐了一口痰。那口痰被太阳晒干了，化为微尘，被风吹起空中，东西飘散，渐吹渐远，至于无穷时间，至于无穷空间。偶然一部分的病菌被体弱的人呼吸进去，便发生肺病，由他一身传染一家，更由一家传染无数人家。如此辗转传染，至于无穷空间，至于无穷时间。然而那先前吐痰的人的骨头早已腐烂了，他又如何知道他所种的恶果呢？

一千五六百年前有一个人叫做范缜说了几句话道："神之于形，犹利之于刀；未闻刀没而利存，岂容形亡而神在？"这几句话在当时受了无数人的攻击。到了宋朝有个司马光把这几句话记在他的《资治通鉴》里。一千五六百年之后，有一个十一岁的小孩子——就是我——看《通鉴》里这几句话，心里受了一大感动，后来便影响了他半生的思想行事。然而那说话的范缜早已死了一千五六百年了！

二千六七百年前，在印度地方有一个穷人病死了，没人收尸，尸首暴露在路上，已腐烂了。那边来了一辆车，车上坐着一个王太子，看见了这个腐烂发臭的死人，心中起了一念；由这一念，辗转发生无数念。后来那位王太子把王位也抛了，富贵也抛了，父母妻子也抛了，独自去寻思一个解脱生老病死的方法。后来这位王子便成了一个教主，创了一种哲学的宗教，感化了无数人。他的影响势力至今还在；将来即使他的宗教全灭了，他的影响势力终久还存在，以至于无穷。这可是那腐烂发臭的路毙所曾梦想到的吗？

以上不过是略举几件事，说明上文说的"社会的不朽"，"大我的不朽"。这种不朽论，总而言之，只是说个人的一切功德罪恶，一切言语行事，无论大小好坏，——都留下一些影响在那个"大我"之中，——都与这永远不朽的"大我"一同永远不朽。

上文我批评那"三不朽论"的三层缺点：（一）只限于极少数的人，（二）没有消极的裁制，（三）所说"功、德、言"的范围太含糊了。如今所说"社会的不朽"，其实只是把那"三不朽论"的范围更推广了。既然不论事业功德的大小，一切都可不朽，那第一第三两层短处都没有了。冠绝古今的道德功业固可以不朽，那极平常的"庸言庸行"，油盐柴米的琐屑，愚夫愚妇的细事，一言一笑的微细，也都永远不朽。那发现美洲的哥伦布固可以不朽，那些和他同行的水手火头，造船的工人，造罗盘器械的工人，供给他粮食衣服银钱的人，他所读的书的著作家，生他的父母，生他父母的父母祖宗，以及生育训练那些工人商人的父母祖宗，以及他以前和同时的社会，……都永远不朽。社会是有机的组织，那英雄伟人可以不朽，那挑水的，烧饭的，甚至于浴堂里替你擦背的，甚至于每天替你家淘粪倒马桶的，也都永远不朽。至于那第二层缺点，也可免去。如今说立德不朽，行恶也不朽；立功不朽，犯罪也不朽；"流芳百世"不朽，"遗臭万年"也不朽；功德盖世固是不朽的善因，吐一口痰也有不朽的恶果。我的朋友李守常先生说得好："稍一失脚，必致遗留层层罪恶种子于未来无量的人——即未来无量的我——永不能消除，永不能忏悔。"这就是消极的裁制了。

中国儒家的宗教提出一个父母的观念，和一个祖先的观念，来做人生一切行为的裁制力。所以说："一出言而不敢忘父母，一举足而不敢忘父母。"父母死后，又用丧礼祭礼等见神见鬼的方法，时刻提醒这种人生行为的裁制力。所以又说："斋明盛服，以承祭祀，洋洋乎如在其上，如在其左右。"又说："斋三日，则见其所为斋者；祭之日，入室，优然必有见乎其位；周还出户，肃然必有闻乎其容声；出户而听，忾然必有闻乎其叹息之声。"这都是"神道设教"，见神见鬼的手段。这种宗教的手段在今日是不中用了。还有那种"默示"的宗教，神权的宗教，崇拜偶像的宗教，在我们心里也不能发生效力，不能裁制我们一生的行为。以我个人看来，这种"社会的不朽"观念很可以做我的宗教了。我的宗教的教旨是：我这个现在的"小我"，对于那永远不朽的"大我"的无穷过去，须负重大的责任。对于那永远不朽的"大我"的无穷未来，也须负重大的责任。我须要时时想着，我应该如何努力利用现在的"小我"，方才可以不辜负了那"大我"的无穷过去，方才可以不遗害那"大我"的无穷未来？

一个问题

　　我到北京不到两个月。这一天我在中央公园里吃冰，几位同来的朋友先散了；我独自坐着，翻开几张报纸看看，只见满纸都是讨伐西南和召集新国会的话。我懒得看那些疯话，丢开报纸，抬起头来，看见前面来了一男一女，男的抱着一个小孩子，女的手里牵着一个三四岁的孩子。我觉得那男的好生面善，仔细打量他，见他穿一件很旧的官纱长衫，面上很有老态，背脊微有点弯，因为抱着孩子，更显出曲背的样子。他看见我，也仔细打量。我不敢招呼，他们就过去了。走过去几步，他把小孩子交给那女的，他重又回来，问我道："你不是小山吗？"我说："正是。你不是朱子平吗？我几乎不敢认你了！"他说："我是子平，我们八九年不见，你还是壮年，我竟成了老人了，怪不得你不敢招呼我。"

　　我招呼他坐下，他不肯坐，说他一家人都在后面坐久了，要回去预备晚饭了。我说："你现在是儿女满前的福人了。怪不得要自称老人了。"他叹口气，说："你看我狼狈到这个样子，还要取笑我？我上个月见着伯安、仲实弟兄们，才知道你今年回国。你是学哲学的人，我有个问题要来请教你，我问过多少人，他们都说我有神经病，不大理会我。你把住址告诉我，我明天来看你。今天来不及谈了。"

我把住址告诉了他，他匆匆地赶上他的妻子，接过小孩子，一同出去了。

我望着他们出去，心里想道：朱子平当初在我们同学里面，要算一个很有豪气的人，怎么现在弄得这样潦倒？看他见了一个多年不见的老同学，一开口就有什么问题请教，怪不得人说他有神经病。但不知他因为潦倒了才有神经病呢，还是因为有了神经病所以潦倒呢？

第二天一大早，他果然来了。他比我只大得一岁，今年三十岁。但是他头上已有许多白发了。外面人看来，他至少要比我大十几岁。

他还没有坐定，就说："小山，我要请教你一个问题。"

我问他什么问题。他说："我这几年以来，差不多没有一天不问自己道：人生在世，究竟是为什么的？我想了几年，越想越想不通。朋友之中也没有人能回答这个问题。起先他们给我一个'哲学家'的绰号，后来他们竟叫我做朱疯子了！小山，你是见多识广的人，请你告诉我，人生在世，究竟是为什么的？"

我说："子平，这个问题是没有答案的。现在的人最怕的是有人问他这个问题。得意的人听着这个问题就要扫兴，不得意的人想着这个问题就要发狂。他们是聪明人，不愿意扫兴，更不愿意发狂，所以给你一个'疯子'的绰号，就算完了。——我要问你，你为什么想到这个问题上去呢?"

他说："这话说来很长，只怕你不爱听。"

我说我最爱听。他叹了一口气，点着一根纸烟，慢慢地说。以下都是他的话。

　　我们离开高等学堂那一年，你到英国去了，我回到家乡，生了一场大病，足足的病了十八个月。病好了，便是辛亥革命，把我家在汉口的店业就光复掉了。家里生计渐渐困难，我不能不出来谋事。那时伯安、石生一班老同学都在北京，我写信给他们，托他们寻点事做。后来他们写信给我，说从前高等学堂的老师陈老先生答应要我去教他的孙子。我到北京，就住在陈家。陈老先生在大学堂教书，又担任女子师范的国文，一个月拿的钱很多，但是他的两个儿子都不成器，老头子气得很，发愤要教育他几个孙子成人。但是他一个人教两处书，哪有工夫教小孩子?你知道我同伯安都是他的得意学生，所以他叫我去，给我二十块钱一个月，住的房子，吃的饭，都是他的，总算他老先生的一番好意。

　　过了半年，他对我说，要替我做媒。说的是他一位同年的女儿，现在女子师范读书，快要毕业了。那女子我也见过一两次，人倒很朴素稳重。但是我一个月拿人家二十块钱，如何养得起家小？我把这个意思回复他，谢他的好意。老先生有点不高兴，当时也没说什么。过了几天，他请了伯安、仲实弟兄到他家，要他们劝我就这门亲事。他说，"子平的家事，我是晓得的。他家三代单传，嗣续的事不能再缓了。二十多岁的少年，哪里怕没有事做？还怕养不活老婆吗？我替他做媒的这头亲事是再好也没有的。女的今年就毕业，毕业后还可在本京蒙养院教书，我已经替她介绍好了。蒙养院的钱虽不多，也可以贴补一点家用。他再要怕不够时，我把女学堂的三十块钱让他去教。我老了，大学堂一处也够我忙了。你们看我这个媒人总可算是竭力报效了"。

伯安弟兄把这番话对我说，你想我如何能再推辞。我只好写信告诉家母。家母回信，也说了许多"三代单传，不孝有三，无后为大"的话。又说，"陈老师这番好意，你稍有人心，应该感激图报，岂可不识抬举"。

我看了信，晓得家母这几年因为我不肯娶亲，心里很不高兴，这一次不过是借题发点牢骚。我仔细一想，觉得做了中国人，老婆是不能不讨的，只好将就点罢。

我去找到伯安、仲实，说我答应定这头亲事，但是我现在没有积蓄，须过一两年再结婚。

他们去见老先生，老先生说，"女孩子今年二十三岁了，她父亲很想早点嫁了女儿，好替他小儿子娶媳妇。你们去对子平说，叫他等女的毕业了就结婚。仪节简单一点，不费什么钱。他要用木器家具，我这里有用不着的，他可以搬去用。我们再替他邀一个公份，也就可以够用了"。

他们来对我说，我没有话可驳回，只好答应了。过了三个月，我租了一所小屋，预备成亲。老先生果然送了一些破烂家具，我自己添置了一点。伯安、石生一些人发起一个公份，送了我六十多块钱的贺仪，只够我替女家做了两套衣服，就完了。结婚的时候，我还借了好几十块钱，才勉强把婚事办了。

结婚的生活，你还不曾经过。我老实对你说，新婚的第一年，的确是很有乐趣的生活。我的内人，人极温和，她晓得我的艰苦，我们从不肯乱花一个钱。我们只用一个老妈，白天我上陈家教书，下午到女师范教书，她到蒙养院教书。晚上回家，我们自己做两样家乡小菜，吃了晚饭，闲谈一会，我改我的卷子，她陪我坐着做点针线。我有时作点文字卖给报馆，有时写到夜深才睡。她怕我身体过劳，每晚到了十二点钟，她把我的墨盒纸笔都收了去，吹灭了灯，不许我再写了。

小山，这种生活，确有一种乐趣。但是不到七八个月，我的内人就病了，呕吐得很厉害。我们猜是喜信，请医生来看，医生说八成是有喜。我连忙写信回家，好叫家母欢喜。老人家果然欢喜得很，托人写信来说了许多孕妇保重身体的法子，还做了许多小孩的衣服小帽寄来。

产期将近了。她不能上课，请了一位同学代她。我添雇了一个老妈子，还要准备许多临产的需要品。好容易生下一个男孩子来。产后内人身体不好，乳水不够，不能不雇奶妈。一家凭空减少了每月十几块钱的进账，倒添上了几口人吃饭拿工钱。家庭的担负就很不容易了。

过了几个月，内人身体复原了，依旧去上课，但是记挂着小孩子，觉得很不方便。看十几块钱的面上，只得忍着心肠做去。

不料陈老先生忽然得了中风的病，一起病就不能说话，不久就死了。他那两个宝贝儿子，把老头子的一点存款都瓜分了，还要赶回家去分田产，把我的三个小学生都带回去了。

我少了二十块钱的进款，正想寻事做，忽然女学堂的校长又换了人，第二年开学时，他不曾送聘书来，我托熟人去说，他说我的议论太偏僻了，不便在女学堂教书。我生了气，也不曾再去求他了。

伯安那时做众议院的议员，在国会里颇出点风头。我托他设法。他托陈老先生的朋友把我荐到大学堂去当一个事务员，一个月拿三十块钱。

我们只好自己刻苦一点，把奶妈和那添雇的老妈子辞了。每月只吃三四次肉，有人请我吃酒，我都辞了不去，因为吃了人的，不能不回请。戏园里是四年多不曾去过了。

　　但是无论我们怎样节省，总是不够用。过了一年又添了一个孩子。这回我的内人自己给他奶吃，不雇奶妈了。但是自己的乳水不够，我们用开成公司的豆腐浆代他，小孩子不肯吃，不到一岁就殇掉了。内人哭的什么似的。我想起孩子之死全系因为雇不起奶妈，内人又过于省俭，不肯吃点滋养的东西，所以乳水更不够。我看见内人伤心，我心里实在难过。

　　后来时局一年坏似一年，我的光景也一年更紧似一年。内人因为身体不好，辍课太多，蒙养院的当局颇说嫌话，内人也有点拗性，索性辞职出来。想找别的事做，一时竟寻不着。北京这个地方，你想寻一个三百五百的阔差使，反不费力。要是你想寻二三十块钱一个月的小事，那就比登天还难。到了中、交两行停止兑现的时候，我那每月三十块钱的票子更不够用了。票子的价值越缩下去，我的大孩子吃饭的本事越大起来。去年冬天，又生了一个女孩子，就是昨天你看见我抱着的。我托了伯安去见大学校长，请他加我的薪水，校长晓得我做事认真，加了我十块钱票子，共是四十块，打个七折，四七二十八，你替我算算，房租每月六块，伙食十五块，老妈工钱两块，已是二十三块钱了。剩下五块大钱，每天只派着一角六分大洋做零用钱。做衣服的钱都没有，不要说看报买书了。大学图书馆里虽然有书有报，但是我一天忙到晚，公事一完，又要赶回家来帮内人照应小孩子，哪里有工夫看书阅报？晚上我腾出一点工夫作点小说，想赚几个钱。我的内人向来不许我写过十二点钟的，于今也不来管我了。她晓得我们现在所处的境地，非寻两个外快钱不能过日子，所以只好由我写到两三点钟才睡。但是现在卖文的人多了，我又没有工夫看书，全靠绞脑子，挖心血，没有接济思想的来源，作的东西又都是百忙里偷闲潦草作的，哪里会有好东西？所以往往卖不起价钱，有时原稿退回，我又修改一点，寄给别家。前天好容易卖了一篇小说，拿着五块钱，所以昨天全家去逛"中央公园"，去年我们竟不曾去过。

我每天五点钟起来——冬天六点半起来——午饭后靠着桌子偷睡半个钟头，一直忙到夜深半夜后。忙的是什么呢？我要吃饭，老婆要吃饭，还要喂小孩子吃饭——所忙的不过为了这一件事！

我每天上大学去，从大学回来，都是步行。这就是我的体操，不但可以省钱，还可给我一点用思想的时间，使我可以想小说的布局，可以想到人生的问题。有一天，我的内人的姐夫从南边来，我想请他上一回馆子，家里恰没有钱，我去问同事借，那几位同事也都是和我不相上下的穷鬼，哪有钱借人？我空着手走回家，路上自思自想，忽然想到一个大问题，就是"人生在世，究竟是为什么的？"我一头想，一头走，想入了迷，就站在北河沿一棵柳树下，望着水里的树影子，足足站了两个钟头。等到我醒过来走回家时，天已黑了，客人已走了半天了！

自从那一天到现在，几乎没有一天我不想到这个问题。有时候，我从睡梦里喊着："人生在世，究竟是为什么的？"

小山，你是学哲学的人。像我这样养老婆，喂小孩子，就算做了一世的人吗……

1926 年 8 月，选自《胡适文存》卷四

差不多先生传

你知道中国最有名的人是谁？

提起此人，人人皆晓，处处闻名。他姓差，名不多，是各省各县各村人氏。你一定见过他，一定听过别人谈起他。差不多先生的名字天天挂在大家的口头，因为他是中国全国人的代表。

差不多先生的相貌和你和我都差不多。他有一双眼睛，但看的不很清楚；有两只耳朵，但听的不很分明；有鼻子和嘴，但他对于气味和口味都不很讲究。他的脑子也不小，但他的记性却不很精明，他的思想也不很细密。

他常常说："凡事只要差不多，就好了。何必太精明呢？"

他小的时候，他妈叫他去买红糖，他买了白糖回来。他妈骂他，他摇摇头说："红糖白糖不是差不多吗？"

他在学堂的时候，先生问他："直隶省的西边是哪一省？"他说是陕西。先生说："错了。是山西，不是陕西。"他说："陕西同山西，不是差不多吗？"

后来他在一个钱铺里做伙计；他也会写，也会算，只是总不会精细。十字常常写成千字，千字常常写成十字。掌柜的生气了，常常骂他。他只是笑嘻嘻地赔小心道："千字比十字只多一小撇，不是差不多吗？"

有一天，他为了一件要紧的事，要搭火车到上海去。他从从容容地走到火车站，迟了两分钟，火车已开走了。他白瞪着眼，望着远远的火车上的煤烟，摇摇头道："只好明天再走了，今天走同明天走，也还差不多。可是火车公司未免太认真了。八点三十分开，同八点三十二分开，不是差不多吗？"他一面说，一面慢慢地走回家，心里总不明白为什么火车不肯等他两分钟。

有一天，他忽然得了急病，赶快叫家人去请东街的汪医生。那家人急急忙忙地跑去，一时寻不着东街的汪大夫，却把西街牛医王大夫请来了。差不多先生病在床上，知道寻错了人；但病急了，身上痛苦，心里焦急，等不得了，心里想道："好在王大夫同汪大夫也差不多，让他试试看罢。"于是这位牛医王大夫走近床前，用医牛的法子给差不多先生治病。不上一点钟，差不多先生就一命呜呼了。

差不多先生差不多要死的时候，一口气断断续续地说道："活人同死人也差……差……差不多，……凡事只要……差……差……不多……就……好了，……何……何……必……太……太认真呢？"

84

他说完了这句格言，方才绝气了。

他死后，大家都很称赞差不多先生样样事情看得破，想得通；大家都说他一生不肯认真，不肯算账，不肯计较，真是一位有德行的人。于是大家给他取个死后的法号，叫他作圆通大师。

他的名誉越传越远，越久越大。无数无数的人都学他的榜样。于是人人都成了一个差不多先生——然而中国从此就成为一个懒人国了。

二　跟着自己的兴趣走

——悲观是不能救国的，呐喊是不能救国的，口号标语是不能救国的，责人而自己不努力是不能救国的。

青年人的苦闷

今年6月2日早晨，一个北京大学一年级学生，在悲观与烦闷之中，写了一封很沉痛的信给我。这封信使我很感动，所以我在那个6月2日的半夜后写了一封一千多字的信回答他。

我觉得这个青年学生诉说他的苦闷不仅是他一个人感受的苦闷，他要解答的问题也不仅是他一个人要问的问题。今日无数青年都感觉大同小异的苦痛与烦闷，我们必须充分了解这件绝不容讳饰的事实，我们必须帮助青年人解答他们渴望解答的问题。

这个北大一年级学生来信里有这一段话：

> 生自小学毕业到中学，过了八年沦陷生活，苦闷万分，夜中偷听后方消息，日夜企盼祖国胜利，在深夜时暗自流泪，自恨不能为祖国做事。对蒋主席之崇拜，无法形

容。但胜利后，我们接收大员及政府所表现的，实在太不像话……生从沦陷起对政府所怀各种希望完全变成失望，且曾一度悲观到萌自杀的念头……自四月下旬物价暴涨，同时内战更打的起劲。生亲眼见到同胞受饥饿而自杀，以及内战的惨酷，联想到祖国的今后前途，不禁悲从中来，原因是生受过敌人压迫，实再怕做第二次亡国奴……我伤心，我悲哀，同时绝望——

在绝望的最后几分钟，问您几个问题。

他问了我七个问题，我现在挑出这三个：

一、国家是否有救？救的方法为何？

二、国家前途是否绝望？若有，希望在那里？请具体示知。

三、青年人将苦闷死了，如何发泄？

以上我摘抄这个青年朋友的话，以下是我答复他的话的大致，加上后来我自己修改引申的话。这都是我心里要对一切苦闷青年说的老实话。

我们今日所受的苦痛，都是我们这个民族努力不够的当然结果。我们事事不如人：科学不如人，工业生产不如人，教育不如人，知识水准不如人，社会政治组织不如人；所以我们经过了八年的苦战，大破坏之后，恢复很不容易。人家送兵船给我们，我们没有技术人才去驾驶。人家送工厂给我们——如胜利之后敌人留下了多少大工厂——而我们没有技术人才去接收使用，继续生产，所以许多烟囱不冒烟了，机器上了锈，无数老百姓失业了！

青年人的苦闷失望——其实岂但青年人苦闷失望吗？——最大原因都是因为我们前几年太乐观了，大家都梦想"天亮"，都梦想一旦天亮之后就会"天朗气清，惠风和畅"，有好日子过了！

这种过度的乐观是今日一切苦闷悲观的主要心理因素。大家在那"夜中偷听后方消息，日夜企盼祖国胜利"的心境里，当然不会想到战争是比较容易的事，而和平善后是最困难的事。在胜利的初期，国家的地位忽然抬高了，从一个垂亡的国家一跳就成了世界上第四强国了！大家在那狂喜的心境里，更不肯去想想坐稳那世界第四把交椅是多大困难的事业。天下哪有科学落后，工业生产落后，政治经济社会组织事事落后的国家可以坐享世界第四强国的福分！

试看世界的几个先进国家，战胜之后，至今都还不能享受和平的清福，都还免不了饥饿的恐慌。美国是唯一的例外。前年11月我到英国，住在伦敦第一等旅馆里，整整三个星期，没有看见一个鸡蛋！我到英国公教人员家去，很少人家有一盒火柴，却只用小木片向炉上点火供客。大多数人的衣服都是旧的补丁的。试想英国在三十年前多么威风！在第二次世界大战之中，英国人一面咬牙苦战，一面都明白战胜之后英国的殖民地必须丢去一大半，英国必须降为二等大国，英国人民必须吃大苦痛。但英国人的知识水准高，大家绝不悲观，都能明白战后恢复工作的巨大与艰难，必须靠大家束紧裤带，挺起脊梁，埋头苦干。

我们中国今日无数人的苦闷悲观，都由于当年期望太奢而努力不够。我们在今日必须深刻的了解：和平善后要比八年抗战困难的多。大战时须要吃苦努力，胜利之后更要吃苦努力，才可以希望在十年二十年之中做到一点复兴的成绩。

国家当然有救，国家的前途当然不绝望。这一次日本的全面侵略，中国确有亡国的危险。我们居然得救了。现存的几个强国，除了一个国家还不能使我们完全放心之外，都绝对没有侵略我们的企图。我们的将来全靠我们自己今后如何努力。

正因为我们今日的种种苦痛都是从前努力不够的结果，所以我们将来的恢复与兴盛决没有捷径，只有努力工作一条窄路，一点一滴的努力，一寸一尺的改善。

悲观是不能救国的，呐喊是不能救国的，口号标语是不能救国的，责人而自己不努力是不能救国的。

我在二十多年前最爱引易卜生对他的青年朋友说的一句话："你要想有益于社会，最好的法子莫如把自己这块材料铸造成器。"我现在还要把这句话赠送给一切悲观苦闷的青年朋友。社会国家需要你们做最大的努力，所以你们必须先把自己这块材料铸造成有用的东西，方才有资格为社会国家努力。

今年4月16日，美国南卡罗来纳州的州议会举行了一个很隆重的典礼，悬挂本州最有名的公民巴鲁克（Bernard M.Baruch）的画像在州议会的壁上，请巴鲁克先生自己来演说。巴鲁克先生今年七十七岁了，是个犹太裔的美国大名人。当第一次世界大战时，威尔逊总统的国防顾问，是原料委员会的主任，后来专管战时工业原料。巴黎和会时，他是威尔逊的经济顾问。当第二次世界大战时，他是战时动员总署的专家顾问，是罗斯福总统特派的人造橡皮研究委员会的主任。战争结束后，他是总统特任的原子能管理委员会的主席。他是两次世界大战都曾出大力有大功的一个公民。

这一天，这位七十七岁的巴鲁克先生起来答谢他的故乡同胞对他的好意，他的演说辞是广播全国对全国人民说的。他的演说，从头至尾，只有一句话：美国人民必须努力工作，必须为和平努力工作，必须比战时更努力工作。

巴鲁克先生说："现在许多人说借款给人可以拯救世界，这是一个最大的错觉。只有大家努力做工可以使世界复兴，如果我们美国愿意担负起保存文化的使命，我们必须做更大的努力，比我们四年苦战还更大的努力。我们必须准备出大汗，努力撙节，努力制造世界人类需要的东西，使人们有面包吃，有衣服穿，有房子住，有教育，有精神上的享受，有娱乐。"

他说："工作是把苦闷变成快乐的炼丹仙人。"他又说，美国工人现在的工作时间太短了，不够应付世界的需要。他主张：如果不能回到每周六天，每天八小时的工作时间，至少要大家同心做到每周四十四小时的工作；不罢工，不停顿，才可以做出震惊全世界的工作成绩来。

巴鲁克先生最后说："我们必须认清：今天我们正在四面包围拢来的通货膨胀的危崖上，只有一条生路，那就是工作。我们生产越多，生活费用就越减低；我们能购买的货物也就越加多，我们的剩余力量（物质的、经济的、精神的）也就越容易积聚。"

　　我引巴鲁克先生的演说，要我们知道，美国在这极强盛极光荣的时候，他们远见的领袖还这样力劝全国人民努力工作。"工作是把苦闷变成快乐的炼丹仙人"。我们中国青年不应该想想这句话吗？

中学生的修养与择业

刚才吴县长报告了五十八年前我在此地的一段历史——我在三岁至四岁间，随先人在台东住过一年多，在台南住过十个月——要我把台东看作第二家乡；昨天台南市市长也向台南市市民介绍我是台南人；这番盛意，我非常感谢！吴县长预备在这里要做纪念我先人的举动，实在不敢当。明天举行县议员选举，我将以不是候选人也不是选举人，冒充同乡，到各投票所去参观。

今天我看到了吴县长老太太，看到了她，我非常感动，她可算台东年龄最高的了，她与先母年龄相当，先母如在世，已经有七十九岁了。

我到这里不久，与县长、教育科长、校长等几位谈话，知道了台东的教育是在异常困难的情况下来推进的，我非常敬佩他们艰苦不移紧守岗位的坚毅意志，本来教育厅陈雪屏厅长预备与我们同来的，因台北有事，临时由台南赶回去了，不过教育厅还有一位视察杨日旭先生是同来的，我已经特地要他到各校去视察，并将视察结果报告教育厅，以使省府对台东的教育情形有所了解。

今天我应该讲些什么？事先曾请教吴县长，师范刘校长和同来的几位朋友，他们以今天到场的大多数是青年朋友们，也有青年朋友们的父兄，因此要我讲讲中等教育的东西。同时，我到过的地方，许多朋友常常问我中学生应注重什么，中学毕业后，升学的应该怎样选科，到社会里去的应该怎样择业。我是不懂教育的，不过年纪大些，并且自己也是经过中学大学出来的，同时看到朋友们与我们自己的子弟经过中学，得到一点认识，愿意将自己的认识提出来供大家参考，今天讲的题目，就是："中学生的修养与中学生的择业"。

中学生的修养应注重两点：

（一）工具的求得

中学生大概是从十二岁的幼年到十八岁的青年，这个时期是决定他将来最重要的一个时期。求知识与做人、做事的工具，要在这个时期求得。古人说："工欲善其事，必先利其器。"中学生要将来有成就，便应该注意到"求工具"——学业上、事业上，求知识所需要的工具。求工具的目标有二：一是中学毕业后无力升学要到社会里去就业；一是继续升学。

第一种工具是言语文字。不论就业升学，以我个人的经验和观察所得，语言文字是最需要的工具。在中学里不仅应该学好本国的语言文字，最好能多学一二种外国的语言文字。它是就业升学的钥匙，能为我们打开知识的门。多学得一种语言，等于辟开一个新的花园、新的世界。语言文字，可以说是中学时期应该求得的工具当中非常重要的了。在中学时期如果没有打好语言文字的基础，以后做学问非常困难。而且过了这个时期，很少能够把语言文字弄好的。

第二种工具是科学的基本知识。许多人都说学了数学，将来没有什么用处，这是错误的。数学是自然科学重要的钥匙，如果不能把这个重要的钥匙——数学，与物理学、化学、生物学、矿物学、植物学等，在中学时期学好，则不能求得新的知识。所以中学时期最重要的，是把这些基本知识弄好。

青年们在学校里对于各种基本科学，不能当他是功课，是学校课程里面需要的功课，应该把它当成求知识、做学问、做人的工具，必不可少的工具。拿工具这个观念来看课程，课程便活了。拿工具这个观念来批评课程，可以得到一个标准。首先看看哪些功课够得上做工具，并分出哪些功课是求知识做学问的工具，哪些功课是做人的工具。哪些功课是重要，哪些功课是次要。同时拿工具这个观念来督促自己，来分别轻重缓急，先生的教法，也可以拿工具这个观念来衡量，那种教法是死的笨的，请先生改良，哪些应该特别注重，请先生注意。我这个话，不是叫学生对先生造反，而是请先生以工具来教，不要死板地照课本讲，这样推动先生，可以使得先生从没有精神提起精神，不是造反而是教学相长，不把功课当作功课看，把它当作必需的工具看。拿工具的观念看功课，功课便是活的。这一点也可以说是中学生治学的方法。

（二）良好习惯的养成

良好习惯的养成，即普通所谓的人品教育，品性人格的陶冶。教育学家、心理学家都告诉我们说：人品性格是习惯的养成，好的品格是好的习惯养成。中学生是定型的阶段，中学生时期与其注重治学方法，毋宁提倡良好习惯的养成。一个人的坏习惯在中学还可纠正，假使在中学里不能养成良好的习惯，这个人的前途便算完了，在大学里不会是个好学生，在社会里不会是个有用的人才。我愿在这里提醒青年学生们的注意，也请学生的父兄教师们注意。

我们的国家以前专注重文字教育，读书人的指甲蓄得很长，手脸都是白白的，行动是文绉绉的，读书可以从"学而时习之"背诵起，写文章摇摇摆摆地会写出许多好听的词句来，可是他们是无用的，不能动手，也不能动脚，连桌凳有一点坏了，也不能拿起斧头钉子来修理。这种只能背书写文章的读书人就是没有养成良好的习惯——动手动脚的习惯。

我在台湾大学讲《治学方法》时，讲到一个故事：宋时有一新进士请教老前辈做官的秘诀，老前辈告诉他四个字："勤谨和缓"。这四个字，大家称为做官秘诀，我把它看作做人、做事、做学问的秘诀。简单地分别说：

勤，就是不偷懒，不走捷径，要切切实实，辛辛苦苦的去做。要用眼睛的用眼睛，用手的用手，用脚的用脚。先生叫你找材料，你就到应该到的地方去找。叫你找标本，你就到田野，到树林里去找，无论在实验室里，自然界里，都不要偷懒，一点一滴的去做。

谨，就是谨慎，不粗心，不苟且。以江浙的俗话来说，不拆烂污。写字，一点、一横都不放过。写外国字，"i"的一点，"t"的一横，也一样的不放过。做数学，一个圈，一个小数点都不可苟且。不要以为这是小事情，做事关系天下的大事，做学问关系成败，所以细心谨慎，是必须要养成的习惯。

　　和，就是不要发脾气，不要武断。要虚心，要和和平平。什么叫做虚心？脑筋不存成见，不以成见来观察事，不以成见来对待人。就做学问来说：要以心平气和的态度来做化学、数学、历史、地理，并以心平气和的态度来学语文。无论对事、对人、对物、对问题、对真理，完全是虚心的，这叫做和。

　　缓，这个字很重要，缓的意思不要忙，不轻易下一个结论。如果没有缓的习惯，前面三个字都不容易做到。譬如找证据，这是很难的工作，如果要几点钟交卷，就不能做到勤的功夫。忙于完成，证据不够，不管它了，这样就不能做到谨的功夫。匆匆忙忙地去做，当然不能做到和的功夫。所以证据不够，应该悬而不断，就是姑且挂在那里，悬而不断，并不是叫你搁下来不管，是要你勤，要你谨，要你和。缓，就是南方人说的"晾晾去吧"，缓的意思，是要等着找到了充分的证据，然后根据事实来下判断。无论做学问、做事、做官、做议员，都是一样的。大家知道治花柳病的名药"六〇六"吧？什么叫"六〇六"呢？经过六百零六次的试验才成功的。"九一四"则试验了九百一十四次，达尔文的生物进化论，认为动植物的生存进化与环境有绝大的关系，也费了三十年的工夫，到四海去搜集标本和研究，并与朋友们往复讨论。朋友们都劝他发表，他仍然不肯。后来英国皇家学会收到另一位科学家华莱士的论文，其结论与达尔文的一样，朋友们才逼着达尔文把研究的结论公布，并提出与朋友们讨论的信件，来证明他早已获得结论，于是皇家学会才决定同华莱士的论文同时发表，达尔文这种持重的态度，不是缺点，是美德，这也是科学史上勤谨和缓的实例。值得我们去想想，作为榜样，尤其青年学生们要在中学里便养成这种好习惯。有了这种好习惯，无论是做人做事做学问，将来不怕没有成就。

中学生高中毕业后，面临的问题是继续升学或到社会去找职业。升学应如何选科？到社会去应如何择业？简单地说，有两个标准：

（一）社会的标准

社会上所需要的，最易发财的，最时髦的是什么？这便是社会的标准。台湾大学钱校长告诉我说，今年台大招生，投考学生中外文成绩好的都投考工学院，尤其是考电机工程、机械工程的特多，考文史的则很少，因为目前社会需要工程师，学成后容易得到职业而且待遇好。这种情形，在外国也是一样的，外国最吃香的学科是原子能、物理学和航空工程，干这一行的，最受欢迎，最受优待。

（二）个人的标准

所谓个人的标准，就是个人的兴趣、性情、天才近那门学科，适于那一行业。简单地说，能干什么。社会上需要工程师，学工程的固不忧失业，但个人的性情志趣是否与工程相合？父母、兄长、爱人都希望你学工程，而你的性情志趣，甚至天才，却近于诗词、小说、戏剧、文学，你如迁就父母、兄长、爱人之所好而去学工程，结果工程界里多了一个饭桶，国家社会失去了一个第一流的诗人、小说家、文学家、戏剧学家，不是可惜了吗？所以个人的标准比社会的标准重要。因为社会标准所需要的太多，中国人常说社会职业有三百六十行，这是以前的说法，现在何止三百六十行，也许三千六百行，三万六千行都有，三千六百行，三万六千行，行行都需要。社会上需要建筑工程师，需要水利工程师，需要电力工程师，也需要大诗人、大美术家、大法学家、大政治家，同时也需要做新式马桶的工人。能做新式马桶的，照样可以发财。社会上三万六千行，既是行行都需要，一个人决不可能会做每行的事，顶多会二三行，普通都只能会一行的。在这种情形之下，试问是社会的标准重要？还是个人的标准重要？当然是个人的重要！因此选科择业不要太注重社会上的需要，更不要迁就父母兄长爱人的所好。爸爸要你学赚钱的职业，妈妈要你学时髦的职业，爱人要你学社会上有地位的职业，你都不要管他，只问你自己的性情近乎什么，自己的天才力量能做什么，配做什么，要根据这些来决定。

　　历史上在这一方面，有很好的例子。意大利的伽利略是科学的老祖宗，是新的天文学家，新的物理学家的老祖宗。他的父亲是一个数学家，当时学数学的人很倒霉。在伽利略进大学的时候（三百多年前），他父亲因不喜欢数学，所以要他学医，可是他读医科，毫无兴趣，朋友们以为他的绘画还不坏，认为他有美术天才，劝他改学美术，他自己也颇以为然。有一天他偶然走过雷积教授替公爵府里面做事的人补习几何学的课室，便去偷听，竟大感兴趣，于是医学不学了，画也不学了，改学他父亲不喜欢的数学。后来替全世界创立了新的天文学、新的物理学，这两门学问都建筑于数学之上。

最后说我个人到外国读书的经过，民国前二年，考取官费留美，家兄特从东三省赶到上海为我送行，因家道中落，要我学铁路工程，或矿冶工程，他认为学了这些回来，可以复兴家业，并替国家振兴实业。不要我学文学、哲学，也不要学做官的政治法律，说这是没有用的。当时我同许多人谈谈这个问题。因路矿都不感兴趣，为免辜负兄长的期望，决定选读农科，想做科学的农业家，以农报国。同时美国大学农科，是不收费的，可以节省官费的一部分，寄回补助家用。进农学院以后第三个星期，接到实验系主任的通知，要我到该系报到实习。报到以后，他问我："你有什么农场经验？"我说："我不是种田的。"他又问我："你做什么呢？"我说："我没有做什么，我要虚心来学，请先生教我。"先生答应说："好。"接着问我洗过马没有，要我洗马。我说："我们中国种田，是用牛不是用马。"先生说："不行。"于是学洗马，先生洗一半，我洗一半。随即学驾车，也是先生套一半，我套一半。做这些实习，还觉得有兴趣。下一个星期的实习，为苞谷选种，一共有百多种，实习结果，两手起了泡，我仍能忍耐，继续下去，一个学期结束了，各种功课的成绩，都在八十五分以上。到了第二年，成绩仍旧维持到这个水准。依照学院的规定，各科成绩在八十五分以上的，可以多选两个学分的课程，于是增选了种果学。起初是剪树、接种、浇水、捉虫，这些工作，也还觉得有兴趣。在上种果学的第二星期，有两小时的实习苹果分类，一张长桌，每个位子分置了四十个不同种类的苹果，一把小刀，一本苹果分类册，学生们须根据每个苹果的长短，开花孔的深浅、颜色、形状、果味和脆软等标准，查对苹果分类册，分别其类别（那时美国苹果有四百多类，现恐有六百多类了），普通名称和学名。美国同学都是农家子弟，对于苹果的普通名称一看便知，只需在苹果分类册里查对学名，便可填表缴卷，费时甚短。我和一位郭姓同学则须一个一个地经过所有鉴别的手续，花了两小时半，只分类了二十个苹果，而且大部分是错的。晚上我对这种实习起了一种念头：我花了两小时半的时间，究竟是在干什么？中国连苹果种子都没有，我学它什么用处？自己的性情不相近，干吗学这个？这两个半钟头的苹果实习使我改行，于是，决定离开农科。

放弃一年半的时间（这时我已上了一年半的课）牺牲了两年的学费，不但节省官费补助家用已不可能，维持学业很困难，以后我改学文科，学哲学、政治、经济、文学，在没有回国时，以前与朋友们讨论文学问题，引起了中国的文学革命运动，提倡白话，拿白话作文，作教育工具，这与农场经验没有关系，与苹果学没有关系，是我那时的兴趣所在。我的玩意儿对国家贡献最大的便是文学的"玩意儿"，我所没有学过的东西。最近研究《水经注》（地理学的东西）。我已经六十二岁了，还不知道我究竟学什么，都是东摸摸、西摸摸，也许我以后还要学学水利工程亦未可知，虽则我现在头发都白了，还是无所专长，一无所成。可是我一生很快乐，因为我没有依社会需要的标准去学时髦。我服从了自己的个性，根据个人的兴趣所在去做，到现在虽然一无所成，但是我生活得很快乐，希望青年朋友们，接受我经验得来的这个教训，不要问爸爸要你学什么，妈妈要你学什么，爱人要你学什么。要问自己性情所近，能力所能做的去学。这个标准很重要，社会需要的标准是次要的。

1952 年 12 月 27 日在台湾省台东县公共体育场的演讲

"少年中国"之精神

　　上回太炎先生话里面说现在青年的四种弱点，都是很可使我们反省的。他的意思是要我们少年人：一、不要把事情看得太容易了；二、不要妄想凭借已成的势力；三、不要虚慕文明；四、不要好高骛远。这四条都是消极的忠告。我现在且从积极一方面提出几个观念，和各位同志商酌商酌。

　　（一）少年中国的逻辑

　　逻辑即是思想、辩论、办事的方法：一般中国人现在最缺乏的就是一种正当的方法。因为方法缺乏，所以有下列的几种现象：一、灵异鬼怪的迷信，如上海的盛德坛及各地的各种迷信；二、谩骂无理的议论；三、用诗云子曰作根据的议论；四、把西洋古人当作无上真理的议论；还有一种平常人不很注意的怪状，我且称他为"目的热"，就是迷信一些空虚的大话，认为高尚的目的。全不问这种观念的意义究竟如何。今天有人说"我主张统一和平"，大家齐声喝彩，就请他做内阁总理；明天又有人说"我主张和平统一"，大家又齐声叫好，就举他做大总统；此外还有什么"爱国"哪，"护法"哪，"孔教"哪，"卫道"哪……许多空虚的名词；意义不曾确定，也都有许多人随声附和，认为天经地义，这便是我所说的"目的热"；以上所说各种现象都是缺乏方法的表示。我们既然自认为"少年中国"，不可不有一种新方法；这种新方法，应该是科学的方法；科学方法，不是我在这短促时间里所能详细讨论的，我且略说科学方法的要点：

第一，注重事实。科学方法是用事实做起点的，不要问孔子怎么说，柏拉图怎么说，康德怎么说；我们要先从研究事实下手，凡游历调查统计等事都属于此项。

第二，注重假设。单研究事实，算不得科学方法；王阳明对着庭前的竹子做了七天的"格物"功夫，格不出什么道理来，反病倒了，这是笨伯的"格物"方法。科学家最重"假设"（Hypothesis）。观察事物之后，自然有几个假定的意思。我们应该把每一个假设所含的意义彻底想出，看那意义是否可以解释所观察的事实、是否可以解决所遇的疑难。所以要博学；正是因为博学方才可以有许多假设，学问只是供给我们种种假设的来源。

第三，注重证实。许多假设之中，我们挑出一个，认为最合用的假设；但是这个假设是否真正合用？必须实地证明。有时候，证实是很容易的；有时候，必须用"试验"方才可以证实。证实了的假设，方可说是"真"的，方才可用。一切古人今人的主张、东哲西哲的学说，若不曾经过这一层证实的功夫，只可作为待证的假设，不配认作真理。

少年的中国，中国的少年，不可不时时刻刻保存这种科学的方法，实验的态度。

（二）少年中国的人生观

现在中国有几种人生观都是"少年中国"的仇敌：第一种是醉生梦死的无意识生活，固然不消说了；第二种是退缩的人生观，如静坐会的人，如坐禅学佛的人，都只是消极的缩头主义；这些人没有生活的胆子，不敢冒险，只求平安，所以变成一班退缩懦夫；第三种是野心的投机主义，这种人虽不退缩，但为完全自己的私利起见，所以他们不惜利用他人，做他们自己的器具，不惜牺牲别人的人格和自己的人格，来满足自己的野心；到了紧要关头，不惜作伪，不惜作恶，不顾社会的公共幸福，以求达他们自己的目的。这三种人生观都是我们该反对的。少年中国的人生观，依我个人看来，该有下列的几种要素：

第一须有批评的精神。一切习惯、风俗、制度的改良，都起于一点批评的眼光。个人的行为和社会的习俗，都最容易陷入机械的习惯，到了"机械的习惯"的时代，样样事都不知不觉地做去，全不理会何以要这样做，只晓得人家都这样做故我也这样做。这样的个人便成了无意识的两脚机器，这样的社会便成了无生气的守旧社会，我们如果发愿要造成少年的中国，第一步便须有一种批评的精神；批评的精神不是别的，就是随时随地都要问我为什么要这样做？为什么不那样做？

第二须有冒险进取的精神。我们要认定这个世界是很多危险的，是不太平的，是需要冒险的。世界的缺点很多，是要我们来补救的；世界的痛苦很多，是要我们来减少的；世界的危险很多，是要我们来冒险进取的，俗语说得好："成人不自在，自在不成人。"我们要做一个人，岂可贪图自在；我们要想造一个"少年的中国"，岂可不冒险；这个世界是给我们活动的大舞台，我们既上了台，便应该老着面皮，拼着头皮，大着胆子，干将起来；那些缩进后台去静坐的人都是懦夫，那些袖着双手只会看戏的人，也都是懦夫。这个世界岂是给我们静坐旁观的吗？那些厌恶这个世界、梦想超生别的世界的人，更是懦夫，不用说了。

第三须要有社会协进的观念。上条所说的冒险进取，并不是野心的，自私自利的。我们既认定这个世界是给我们活动的，又须认定人类的生活全是社会的生活，社会是有机的组织，全体影响个人，个人影响全体。社会的活动全是互助的，你靠他帮忙，他靠你帮忙，我又靠你同他帮忙，你同他又靠我帮忙；你少说了一句话，我或者不是我现在的样子，我多尽了一分力，你或者也不是你现在这个样子，我和你多尽了一分力，或少做了一点事，社会的全体也许不是现在这个样子，这便是社会协进的观念。有这个观念，我们自然把人人都看作通力合作的伴侣，自然会尊重人人的人格了；有这个观念，我们自然觉得我们的一举一动都和社会有关，自然不肯为社会造恶因，自然要努力为社会种善果，自然不致变成自私自利的野心投机家了。

少年的中国，中国的少年，不可不时时刻刻保存这种批评的、冒险进取的、社会的人生观。

（三）少年中国的精神

少年中国的精神并不是别的，就是上文所说的逻辑和人生观。我且说一件故事做我这番谈话的结论：诸君读过英国史的，一定知道英国前世纪有一种宗教革新的运动，历史上称为"牛津运动"（The Oxford Movement），这种运动的几个领袖如凯布勒（Keble）、纽曼（Newman）、福鲁德（Froude）诸人，痛恨英国国教的腐败，想大大地改革一番。这个运动未起事之先，这几位领袖做了一些宗教性的诗歌写在一个册子上，纽曼摘了一句荷马的诗题在册子上，那句诗是，"You shall see the difference now that we are back again！"翻译出来即是"如今我们回来了，你们看便不同了！"

少年的中国，中国的少年，我们也该时时刻刻记着这句话：

如今我们回来了，你们看便不同了！

这便是少年中国的精神。

1919 年 7 月在少年中国学会上的演讲

大宇宙中谈博爱

"博爱"就是爱一切人。这题目范围很大。在未讨论以前，让我们先看一个问题："我们的世界有多大？"

我的答复是"很大"！我从前念《千字文》的时候，一开头便已念到这样的词句："天地玄黄，宇宙洪荒。"宇宙是中国的字，和英文的"Universe""World"意思差不多，都是抽象名词。宇是空间（Space）即东南西北；宙是时间（Time）即古今旦暮。《淮南子》说宇是上下四方，宙是古往今来。宇宙就是天地，宇宙就是"Time-Space"。古人能得"Universe"的观念实在不易，相当于今日的科学。但古人所见的空间很小，时间很短，现在的观念已扩大了许多。考古学探讨千万年的事，地质学、古生物学、天文学等不断的发现，更将时间空间的观念扩大。

现在的看法：空间是无穷的大，时间是无穷的长。

古人只见到八大行星，二十年前只见九大行星。现在所谓的银河，是古代所未能想象得到的。以前觉得太阳很远，现在说起来算不得什么，因为比太阳远千万倍的东西多得很。

科学就这样地答复了"宇宙究竟有多大"这个问题。

现在谈第二点：博爱。

在这个大世界里谈博爱，真是个大问题。广义的爱，是世界各大宗教的最终目的。墨子可谓中国历史上最了不起的人，可说是宗教创立者（Founder of Religion），他提出"兼爱"为他的理论中心。兼爱就是博爱，是爱无等差的爱。墨子理论和基督教教义有很多相合的地方，如"爱人如己""爱我们的仇敌"等。

佛教哲学本谓一切无常，我亦无常，"我"是"四大"（土、水、火、风）偶然结合而成的，是十分简单的东西，因此无所谓爱与恨——根本不值得爱，也不值得恨。但早期佛教亦有爱的意念在：我既无常，可牺牲以为人。

和尚爱众生，但是佛教不准自食其力，所以有人称之为"叫花"（乞丐）宗教。自己的饭亦须取之于人，何能博爱？

古时很多人为了"爱"，每次登坑（大便）的时候便想，想，大想一番，想到爱人。有些人则以身喂蚊，或以刀割肉，以自身所受的痛苦来显示他们对人的爱。这种爱的方法，只能做到牺牲自己，在现代的眼光看来，是可笑的。这种博爱给人的帮助十分有限，与现代的科学——工程、医学……所能给我们的"博爱"比起来，力量实在小得可怜。今日的科学增进了人类互助博爱的能力。就说最近意大利邮船"Andrea Doria"号遇难的事吧，短短的数小时内就救起千多人。近代交通、医学等的发达，减少了人类无数的痛苦。

我们要谈博爱，一定要换一观念。古时那种喂蚊割肉的博爱，等于开空头支票，毫无价值。现在的科学才能放大我们的眼光，促进我们的同情心，增加我们助人的能力。我们需要一种以科学为基础的博爱——一种实际的博爱。

孔子说："修己以敬，修己以安人，修己以安百姓。"修己就是把自己弄好。我们应当先把自己弄好，然后帮助别人；独善其身然后能兼善天下。同学们，现在我们读书的时候，不要空谈高唱博爱；但应先努力学习，充实自己，到我们有充分能力的时候才谈博爱，仍不算迟。

1956 年 9 月 1 日在中西部留美同学夏令大会上的演讲

跟着自己的兴趣走

……目前很多学生选择科系时，从师长的眼光看，都不免带有短见，倾向于功利主义方面。天才比较高的都跑到医工科去，而且只走入实用方面，而又不选择基本学科，譬如学医的，内科、外科、产科、妇科，有很多人选，而基本学科譬如生物化学、病理学，很少青年人去选读，这使我感到今日的青年不免短视，戴着近视眼镜去看自己的前途与将来。我今天头一项要讲的，就是根据我们老一辈的对选科系的经验，贡献给各位。我讲一段故事。

记得四十八年前，我考取了官费出洋，我的哥哥特地从东三省赶到上海为我送行，临行时对我说，我们的家早已破坏中落了，你出国要学些有用之学，帮助复兴家业，重振门楣，他要我学开矿或造铁路，因为这是比较容易找到工作的，千万不要学些没用的文学、哲学之类没饭吃的东西。我说好的，船就要开了，那时和我一起去美国的留学生共有七十人，分别进入各大学。在船上我就想，开矿没兴趣，造铁路也不感兴趣，于是只好采取调和折衷的办法，要学有用之学，当时康奈尔大学有全美国最好的农学院，于是就决定进去学科学的农学，也许对国家社会有点贡献吧！那时进康大的原因有二：一是康大有当时最好的农学院，且不收学费，而每个月又可获得八十元的津贴；我刚才说过，我家破了产，母亲待养，那时我还没结婚，一切从命，所以可将部分的钱拿回养家。另一是我国有百分之八十的人是农民，将来学会了科学的农业，也许可以有益于国家。

入校后头一星期就突然接到农场实习部的信，叫我去报到。那时教授便问我："你有什么农场经验？"我答："没有。""难道一点都没有吗？""要有嘛，我的外公和外婆，都是道地的农夫。"教授说："这与你不相干。"我又说："就是因为没有，才要来学呀！"后来他又问："你洗过马没有？"我说："没有。"我就告诉他中国人种田是不用马的。于是老师就先教我洗马，他洗一面，我洗另一面。他又问我会套车吗，我说也不会。于是他又教我套车，我套一边，套好跳上去，兜一圈子。接着就到农场做选种的实习工作，手起了泡，但仍继续的忍耐下去。农复会的沈宗瀚先生写一本《克难苦学记》，要我和他作一篇序，我也就替他作一篇很长的序。我们那时学农的人很多，但只有沈宗瀚先生赤过脚下过田，是唯一确实有农场经验的人。学了一年，成绩还不错，功课都在八十五分以上。第二年我就可以多选两个学分，于是我选种果学，即种苹果学。分上午讲课

114

与下午实习。上课倒没有什么，还甚感兴趣，下午实验，走入实习室，桌上有各色各样的苹果三十个，颜色有红的，有黄的，有青的……形状有圆的、有长的、有椭圆的、有四方的……要照着一本手册上的标准，去定每一苹果的学名，蒂有多长？花是什么颜色？肉是甜是酸？是软是硬？弄了两个小时。弄了半个小时一个都弄不了，满头大汗，真是冬天出大汗。抬头一看，呀！不对头，那些美国同学都做完跑光了，把苹果拿回去吃了。他们不需剖开，因为他们比较熟悉，查查册子后面的普通名词就可以定学名，在他们是很简单。我只弄了一半，一半又是错的。回去就自己问自己学这个有什么用？要是靠当时的活力与记性，用上一个晚上来强记，四百多个名字都可记下来应付考试。但试想有什么用呢？那些苹果在我国烟台也没有，青岛也没有，安徽也没有……我认为科学的农学无用了，于是决定改行，那时正是民国元年，国内正在革命的时候，也许学别的东西更有好处。

那么，转系要以什么为标准呢？依自己的兴趣呢，还是看社会的需要？我年轻时候的《留学日记》，有一首诗，现在我也背不出来了。我选课用什么做标准？听哥哥的话？看国家的需要？还是凭自己？只有两个标准：一个是"我"；一个是"社会"，看看社会需要什么，国家需要什么，中国现代需要什么。但这个标准——社会上三百六十行，行行都需要，现在可以说三千六百行，从诺贝尔得奖人到修理马桶的，社会都需要，所以社会的标准并不重要。因此，在定主意的时候，便要依着自我的兴趣了——即性之所近，力之所能。我的兴趣在什么地方？与我性质相近的是什么？问我能做什么？对什么感兴趣？我便照着这个标准转到文学院了。但又有一个困难，文科要缴费，而从康大中途退出，要赔出以前二年的学费，我也顾不得这些。经过四位朋友的帮忙，由八十元减到三十五元，终于达成愿望。在文学院以哲学为主，英国文学、经济、政治学之门为副。后又以哲学为主，经济理论、英国文学为副科。到哥伦比亚大学后，仍以哲学为主，以政治理论、英国文学为副。我现在六十八岁了，人家问我学什么，我自己也不知道学些什么。我对文学也感兴趣，白话文方面也曾经有过一点小贡献。在北大，我曾做过哲学系主任、外国文学系主任、英国文学系主任、中国文学系也做过四年的系主任，在北大文学院六个学系中，五系全做过主任。现在我自己也不知道学些什么，我刚才讲过现在的青年大倾向于现实了，不凭性之所近，力之所能去选课。譬如一位有作诗天才的人，不进中文系学作诗，而偏要去医学院学外科，那么文学院便失去了一个一流的诗人，而国内却添了一个三四流甚至五流的饭桶外科医生，这是国家的损失，也是你们自己的损失。

在一个头等第一流的大学，当初日本筹划帝大的时候，真的计划远大，规模宏伟，单就医学院就比当初日本总督府还要大。科学的书籍都是从第一号编起。基础良好，我们接收已有十余年了，总算没有辜负当初的计划。今日台大可说是台湾唯一最完善的大学，各位不要有成见，戴着近视眼镜来看自己的前途，看自己的将来。听说入学考试时有七十二个志愿可填，这样七十二变，变到最后不知变成了什么，当初所填的志愿，不要当作最后的决定，只当做暂时的方向。要在大学一、二年的时候，东摸摸西摸摸的瞎摸。不要有短见，十八九岁的青年仍没有能力决定自己的前途、职业。进大学后第一年到处去摸、去看，探险去，不知道的我偏要去学。如在中学时候的数学不好，现在我偏要去学，中学时不感兴趣，也许是老师不好。现在去听听最好的教授的讲课，也许会提起你的兴趣。好的先生会指导你走上一个好的方向，第一、二年甚至于第三年还来得及，只要依着自己"性之所近，力之所能"的做去，这是清代大儒章学诚的话。

现在我再说一个故事，不是我自己的，而是近代科学的开山大师——伽利略（Galileo），他是意大利人，父亲是一个有名的数学家，他的父亲叫他不要学他这一行，学这一行是没饭吃的，要他学医。他奉命而去。当时意大利正是文艺复兴的时候，他到大学以后曾被教授和同学捧誉为"天才的画家"，他也很得意。父亲要他学医，他却发现了美术的天才。他读书的佛劳伦斯地方是一工业区，当地的工业界首领希望在这大学多造就些科学的人才，鼓励学生研究几何，于是在这大学里特为官儿们开设了几何学一科，聘请一位叫 Ricci 氏当教授。有一天，他打从那个地方过，偶然的定脚在听讲，有的官儿们在打瞌睡，而这位年轻的伽利略却非常感兴趣。于是不断的一直继续听下去，趣味横生，便改学数学，由于浓厚的兴趣与天才，就决心去东摸摸西摸摸，摸出一条兴趣之路，创造了新的天文学、新的物理学，终于成为一位近代科学的开山大师。

大学生选择学科就是选择职业。我现在六十八岁了，我也不知道所学的是什么。希望各位不要学我这样老不成器的人。勿以七十二志愿中所填的一愿就定了终身，还没有的，就是大学二、三年也还没定。各位在此完备的大学里，目前更有这么多好的教授人才来指导，趁此机会加以利用。社会上需要什么，不要管它，家里的爸爸、妈妈、哥哥、朋友等，要你做律师、做医生，你也不要管他们，不要听他们的话，只要跟着自己的兴趣走。想起当初我哥哥要我学开矿，造铁路，我也没听他的话，自己变来变去变成一个老不成器的人。后来我哥哥也没说什么。只管我自己，别人不要管他。依着"性之所近，力之所能"学下去，其未来对国家的贡献也许比现在盲目所选的或被动选择的学科会大得多，将来前途也是无可限量的……

信心与反省

这一期（《独立》一〇三期）里有寿生先生的一篇文章，题为《我们要有信心》。在这文里，他提出一个大问题：中华民族真不行吗？他自己的答案是：我们是还有生存权的。

我很高兴我们的青年在这种恶劣空气里还能保持他们对于国家民族前途的绝大信心。这种信心是一个民族生存的基础，我们当然是完全同情的。

可是我们要补充一点：这种信心本身要建筑在稳固的基础之上，不可站在散沙之上，如果信仰的根据不稳固，一朝根基动摇了，信仰也就完了。

寿生先生不赞成那些旧人"拿什么五千年的古国哟，精神文明哟，地大物博哟，来遮丑"。这是不错的。然而他自己提出的民族信心的根据，依我看来，文字上虽然和他们不同，实质上还是和他们同样的站在散沙之上，同样的挡不住风吹雨打。例如他说：我们今日之改进不如日本之速者，就是因为我们的固有文化太丰富了。富于创造性的人，个性必强，接受性就较缓。

这种思想在实质上和那五千年古国精神文明的迷梦是同样的无稽的夸大。第一，他的原则"富于创造性的人，个性必强，接受性就较缓"，这个大前提就是完全无稽之谈，就是懒惰的中国士大夫捏造出来替自己遮丑的胡说。事实上恰是相反的：凡富于创造性的人必敏于模仿，凡不善模仿的人绝不能创造。创造是一个最误人的名词，其实创造只是模仿到十足时的一点点新花样。古人说的最好："太阳之下，没有新的东西。"一切所谓创造都从模仿出来。我们不要被新名词骗了。新名词的模仿就是旧名词的"学"字；"学之为言效也"是一句不磨的老话。例如学琴，必须先模仿琴师弹琴；学画必须先模仿画师作画；就是画自然界的景物，也是模仿。模仿熟了，就是学会了，工具用的熟了，方法练的细密了，有天才的人自然会"熟能生巧"，这一点功夫到时的奇巧新花样就叫做创造。凡不肯模仿，就是不肯学人的长处。不肯学如何能创造？伽利略（Galileo）听说荷兰有个磨镜匠人做成了一座望远镜，他就依他听说的造法，自己制造了一座望远镜。这就是模仿，也就是创造。从十七世纪初年到如今，望远镜和显微镜都年年有进步，可是这三百年的进步，步步是模仿，也步步是创造。一切进步都是如此：没有一件创造不是先从模仿下手的。孔子说的好：三人行，必有我师焉；择其善者而从之，其不善者而改之。

这就是一个圣人的模仿。懒人不肯模仿，所以绝不会创造。一个民族也和个人一样，最肯学人的时代就是那个民族最伟大的时代；等到他不肯学人的时候，他的盛世已过去了，他已走上衰老僵化的时期了，我们中国民族最伟大的时代，正是我们最肯模仿四邻的时代：从汉到唐宋，一切建筑、绘画、雕刻、音乐、宗教、思想、算学、天文、工艺，那一件里没有模仿外国的重要成分？佛教和他带来的美术建筑，不用说了。从汉朝到今日，我们的历法改革，无一次不是采用外国的新法；最近三百年的历法是完全学西洋的，更不用说了。到了我们不肯学人家的好处的时候，我们的文化也就不进步了。我们到了民族中衰的时代，只有懒劲学印度人的吸食鸦片，却没有精力学满洲人的不缠脚，那就是我们自杀的法门了。

第二，我们不可轻视日本人的模仿。寿生先生也犯了一般人轻视日本的恶习惯，抹杀日本人善于模仿的绝大长处。日本的成功，正可以证明我在上文说的"一切创造都从模仿出来"的原则。寿生说：从唐以至日本明治维新，千数百年间，日本有一件事足为中国取镜者吗？中国的学术思想在他手里去发展改进过吗？我们实无法说有。

这又是无稽的诬告了。三百年前，朱舜水到日本，他居留久了，能了解那个岛国民族的优点，所以他写信给中国的朋友说，日本的政治虽不能上比唐、虞，可以说比得上三代盛世。这是一个中国大学者在长期寄居之后下的考语，是值得我们的注意的。日本民族的长处全在他们肯一心一意的学别人的好处。他们学了中国的无数好处，但始终不曾学我们的小脚、八股文、鸦片烟。这不够"为中国取镜"吗？他们学别国的文化，无论在哪一方面，凡是学到家的，都能有创造的贡献。这是必然的道理。浅见的人都说日本的山水人物画是模仿中国的；其实日本画自有他的特点，在人物方面的成绩远胜过中国画，在山水方面也没有走上四王的笨路。在文学方面，他们也有很大的创造。近年已有人赏识日本的小诗了。我且举一个大家不甚留意的例子。文学史家往往说日本的《源氏物语》等作品是模仿中国唐人的小说《游仙窟》等画的。现今《游仙窟》已从日本翻印回中国来了，《源氏物语》也有了英国人卫来先生（Arthur Waley）的五巨册的译本。我们若比较这两部书，就不能不惊叹日本人创造力的伟大。如果《源氏》真是从模仿《游仙窟》出来的，那真是徒弟胜过师傅千万倍了！寿生先生原文里批评日本的工商业，也是中了成见的毒。日本今日工商业的长足发展，虽然也受了生活程度比人低和货币低落的恩惠，但他的根基实在是全靠科学与工商业的进步。今日大阪与兰肯歇的竞争，骨子里还是新式工业与旧式工业的竞争。日本今日自造的纺织器是世界各国公认为最新最良的。今日英国纺织业也不能不购买日本的新机器了。这是从模仿到创造的最好的例子。不然，我们工人的工资比日本更低，货币平常也比日本钱更贱，为什么我们不能"与他国资本家抢商场"呢？我们到了今日，若还要抹煞事实，笑人模仿，而自居于"富于创造性者"的不屑模仿，那真是盲目的夸大狂了。

第三，再看看"我们的固有文化"是不是真的"太丰富了"。寿生和其他夸大本国固有文化的人们，如果真肯平心想想，必然也会明白这句话也是无根的乱谈。这个问题太大，不是这篇短文里所能详细讨论的，我只能指出几个比较重要之点。使人明白我们的固有文化实在是很贫乏的，谈不到"太丰富"的梦话。近代的科学文化，工业文化，我们可以撇开不谈，因为在那些方面，我们的贫乏未免太丢人了。我们且谈谈老远的过去时代罢。我们的周秦时代当然可以和希腊、罗马相提并论，然而我们如果平心研究希腊罗马的文学、雕刻、科学、政治，单是这四项就不能不使我们感觉我们的文化的贫乏了。尤其是造形美术与算学的两方面，我们真不能不低头愧汗。我们试想想，《几何原本》的作者欧几里得正和孟子先后同时；在那么早的时代，在二千多年前，我们在科学上早已大落后了！（少年爱国的人何不试拿《墨子·经上》里的三五条几何学界说来比较《几何原本》？）从此以后，我们所有的，欧洲也都有；我们所没有的，人家所独有的，人家都比我们强。试举一个例子：欧洲有三个一千年的大学，有许多个五百年以上的大学，至今继续存在，继续发展；我们有没有？至于我们所独有的宝贝，骈文、律诗、八股、小脚、太监、姨太太、五世同居的大家庭、贞节牌坊、地狱活现的监狱、廷杖、板子夹棍的法庭，……虽然"丰富"，虽然"在这世界无不足以单独成一系统"，究竟都是使我们抬不起头来的文物制度。即如寿生先生指出的"那更光辉万丈"的宋明理学，说起来也真正可怜！讲了七八百年的理学，没有一个理学圣贤起来指出裹小脚是不人道的野蛮行为，只见大家崇信"饿死事极小，失节事极大"的吃人礼教：请问那万丈光辉究竟照耀到哪里去了？

以上说的，都只是略略指出寿生先生代表的民族信心是建筑在散沙上面，经不起风吹草动，就会倒塌下来的。信心是我们需要的，但无根据的信心是没有力量的。

可靠的民族信心，必须建筑在一个坚固的基础之上，祖宗的光荣自是祖宗之光荣，不能救我们的痛苦羞辱。何况祖宗所建的基业不全是光荣呢？我们要指出：我们的民族信心必须站在"反省"的唯一基础之上。反省就是要闭门思过，要诚心诚意的想，我们祖宗的罪孽深重，我们自己的罪孽深重；要认清了罪孽所在，然后我们可以用全部精力去消灾灭罪。寿生先生引了一句"中国不亡是无天理"的悲叹词句，他也许不知道这句伤心的话是我十三四年前在中央公园后面柏树下对孙伏园先生说的，第二天被他记在《晨报》上，就流传至今。我说出那句话的目的，不是要人消极，是要人反省；不是要人灰心，是要人起信心，发下大弘誓来忏悔；来替祖宗忏悔，替我们自己忏悔；要发愿造新因来替代旧日种下的恶因。

今日的大患在于全国人不知耻。所以不知耻者，只是因为不曾反省。一个国家兵力不如人，被人打败了，被人抢夺了一大块土地去，这不算是最大的耻辱。一个国家在今日还容许整个的省份遍种鸦片烟，一个政府在今日还要依靠鸦片烟的税收——公卖税、吸户税、烟苗税、过境税——来做政府的收入的一部分，这是最大的耻辱。一个现代民族在今日还容许他们的最高官吏公然提倡什么"时轮金刚法会""息灾利民法会"，这是最大的耻辱。一个国家有五千年的历史，而没有一个四十年的大学，甚至于没有一个真正完备的大学，这是最大的耻辱。一个国家能养三百万不能捍卫国家的兵，而至今不肯计划任何区域的国民义务教育，这是最大的耻辱。

真诚的反省自然发生真诚的愧耻。孟子说的好："不耻不若人，何若人有？"真诚的愧耻自然引起向上的努力，要发弘愿努力学人家的好处，铲除自家的罪恶。经过这种反省与忏悔之后，然后可以起新的信心：要信仰我们自己正是拨乱反正的人，这个担子必须我们自己来挑起。三四十年的天足运动已经差不多完全铲除了小脚的风气：从前大脚的女人要装小脚，现在小脚的女人要装大脚了。风气转移的这样快，这不够坚定我们的自信心吗？

历史的反省自然使我们明了今日的失败都因为过去的不努力，同时也可以使我们格外明了"种瓜得瓜，种豆得豆"的因果铁律。铲除过去的罪孽只是割断以往种下的果。我们要收新果，必须努力造新因。祖宗生在过去的时代，他们没有我们今日的新工具，也居然能给我们留下了不少的遗产。我们今日有了祖宗不曾梦见的种种新工具，当然应该有比祖宗高明千百倍的成绩，才对得起这个新鲜的世界。日本一个小岛国，那么贫瘠的土地，那么少的人民，只因为伊藤博文、大久保利通、西乡隆盛等几十个人的努力，只因为他们肯拼命的学人家，肯拼命的用这个世界的新工具，居然在半个世纪之内一跃而为世界三五大强国之一。这不够鼓舞我们的信心吗？

反省的结果应该使我们明白那五千年的精神文明。那"光辉万丈"的宋明理学，那并不太丰富的固有文化，都是无济于事的银样蜡枪头。我们的前途在我们自己的手里。我们的信心应该望在我们的将来。我们的将来全靠我们下什么种，出多少力。"播了种一定会有收获，用了力绝不至于白费"，这是翁文灏先生要我们有的信心。

再论信心与反省

在《独立》第一〇三期，我写了一篇《信心与反省》，指出我们对国家民族的信心不能建筑在歌颂过去上，只可以建筑在"反省"的唯一基础之上。在那篇讨论里，我曾指出我们的固有文化是很贫乏的，绝不能说是"太丰富了"的。我们的文化，比起欧洲一系的文化来，"我们所有的，人家也都有；我们所没有的，人家所独有的，人家都比我们强。至于我们所独有的宝贝，骈文、律诗、八股、小脚……又都是使我们抬不起头来的文物制度"。所以我们应该反省：认清了我们的祖宗和我们自己的罪孽深重，然后肯用全力去消灾灭罪；认清了自己百事不如人，然后肯死心塌地的去学人家的长处。

我知道这种论调在今日是很不合时宜的，是触犯忌讳的，是至少要引起严厉的抗议的。可是我心里要说的话，不能因为人不爱听就不说了。正因为人不爱听，所以我更觉得有不能不说的责任。

果然，那篇文章引起了一位读者子固先生的悲愤，害他终夜不能睡眠，害他半夜起来写他的抗议，直写到天明。他的文章，《怎样才能建立起民族的信心》是一篇很诚恳的，很沉痛的反省。我很尊敬他的悲愤，所以我很愿意讨论他提出的论点，很诚恳的指出他那"一半不同"正是全部不同。

子固先生的主要论点是：我们民族这七八十年以来，与欧美文化接触，许多新奇的现象炫盲了我们的眼睛，在这炫盲当中，我们一方面没出息地丢了我们固有的维系并且引导我们向上的文化，另一方面我们又没有能够抓住外来文化之中那种能够帮助我们民族更为强盛的一部分。结果我们走入迷途，堕落下去！

忠孝、仁爱、信义、和平是维系并且引导我们民族向上的固有文化，科学是外来文化中能够帮助我们民族更为强盛的一部分。

子固先生的论调，其实还是三四十年前的老辈的论调。他们认得了富强的需要，所以不反对西方的科学工业；但他们心里很坚决的相信一切伦纪道德是我们所固有而不须外求的。老辈之中，一位最伟大的孙中山先生，在他的通俗讲演里，也不免要敷衍一般夸大狂的中国人，说"中国先前的忠孝、仁爱、信义种种的旧道德"都是"驾乎外国人"之上。中山先生这种议论在今日往往被一般人利用来做复古运动的典故，所以有些人就说"中国本来是一个由美德筑成的黄金世界"了！（这是民国十八年叶楚伧先生的名言）

子固先生也特别提出孙中山先生的伟大，特别颂扬他能"在当时一班知识阶级盲目崇拜欧美文化的狂流中，岿然不动地指示我们救国必须恢复我们固有文化，同时学习欧美科学"。但他（子固）如果留心细读中山先生的讲演，就可以看出他当时说那话时是很费力的，很不容易自圆其说的。例如讲"修身"，中山先生很明白的说：但是从修身一方面来看，我们中国人对于这些功夫是很缺乏的。中国人一举一动都欠检点，只要和中国人来往过一次，便看得很清楚。（《三民主义》六）

他还对我们说：所以今天讲到修身，诸位新青年，便应该学外国人的新文化。（《三民主义》六）

可是他一会儿又回过去颂扬固有的旧道德了。本来有保守性的读者只记得中山先生颂扬旧道德的话，却不曾细想他所颂扬的旧道德都只是几个人类共有的理想，并不是我们这个民族实行最有力的道德。例如他说的"忠孝、仁爱、信义、和平"，哪一件不是东西哲人共同提倡的理想？除了割股治病，卧冰求鲤一类不近人情的行动之外，哪一件不是世界文明人类公有的理想？孙中山先生也曾说过：照这样实行一方面讲起来，仁爱的好道德，中国人现在似乎远不如外国。……但是仁爱还是中国的旧道德。我们要学外国，只要学他们那样实行，把仁爱恢复起来，再去发扬光大，便是中国固有的精神。（同上书）

在这短短一段话里，我们可以看出中山先生未尝不明白在仁爱的"实行"上，我们实在远不如人。所谓"仁爱还是中国的旧道德"者，只是那个道德的名称罢了。中山先生很明白的教人：修身应该学外国人的新文化，仁爱也"要学外国"。但这些话中的话都是一般人不注意的。

在这些方面，吴稚晖先生比孙中山先生彻底多了。吴先生在他的《一个新信仰的宇宙观及人生观》里，很大胆的说中国民族的"总和道德是低浅的"；同时他又指出西洋民族：什么仁义道德，孝悌忠信，吃饭睡觉，无一不较上三族（阿拉伯、印度、中国）的人较有做法，较有热心。……讲他们的总和道德叫做高明。

这是很公允的评判。忠孝、信义、仁爱、和平，都是有文化的民族共有的理想；在文字理论上，犹太人、印度人、阿拉伯人、希腊人，以至近世各文明民族，都讲的头头是道。所不同者，全在吴先生说的"有做法，有热心"两点。若没有切实的办法，没有真挚的热心，虽然有整千万册的理学书，终无救于道德的低浅。宋明的理学圣贤，谈性谈心，谈居敬，谈致良知，终因为没有做法，只能走上"终日端坐，如泥塑人"的死路上去。

我之所以要特别提出子固先生的论点，只因为他的悲愤是可敬的，而他的解决方案还是无补于他的悲愤。他的方案，一面学科学，一面恢复我们固有的文化，还只是张之洞一辈人说的"中学为体，西学为用"的方案。老实说，这条路是走不通的。如果过去的文化是值得恢复的，我们今天不至于糟到这步田地了。况且没有那科学工业的现代文化基础，是无法发扬什么文化的"伟大精神"的。忠孝、仁爱、信义、和平是永远存在书本子里的；但是因为我们的祖宗只会把这些好听的名词都写作八股文章，画作太极图，编作理学语录，所以那些好听的名词都不能变成有做法有热心的事实。西洋人跳出了经院时代之后，努力做征服自然的事业，征服了海洋，征服了大地，征服了空气电气，征服了不少的原质，征服了不少微生物——这都不是什么"保存国粹""发扬固有文化"的口号所能包括的工作，然而科学与工业发达的自然结果是提高了人民的生活，提高了人类的幸福，提高了各个参加国家的文化。结果就是吴稚晖先生说的"总和道德叫做高明"。

世间讲"仁爱"的书，莫过于《华严经》的《净行品》，那一篇妙文教人时时刻刻不可忘了人类的痛苦与缺陷，甚至于大便小便时都要发愿不忘众生：

> 左右便利，当愿众生，蠲除污秽，无淫怒痴。已而就水，当愿众生，向无上道，得出世法。以水涤秽，当愿众生，具足净忍，毕竟无垢。以水盥掌，当愿众生，得上妙手，受持佛法。

但是一个和尚的弘愿，究竟能做到多少实际的"仁爱"？回头看看那一心想征服自然的科学救世者，他们发现了一种病菌，制成了一种血清，可以救活无量数的人类，其为"仁爱"，岂不是千万倍的伟大？

以上的讨论，好像全不曾顾到"民族的信心"的一个原来问题。这是因为子固先生的理论，剥除了一些动了感情的话，实在只说了一个"中学为体，西学为用"的老方案，所以我要指出这个方案的

131

"一半"是行不通的：忠孝、仁爱、信义、和平等并不是"维系并且引导我们民族向上的固有文化"，他们不过是人类共有的几个理想，如果没有做法，没有热力，只是一些空名词而已。这些好名词的存在并不曾挽救或阻止"八股、小脚、太监、姨太太、贞节牌坊、地狱的监牢、夹棍板子的法庭"的存在。这些八股，小脚等"固有文化"的崩溃，也全不是程颢、朱熹、顾亭林、戴东原……等等圣贤的功绩，乃是"与欧美文化接触"之后，那科学工业造成的新文化叫我们相形之下太难堪了，这些东方文明的罪孽方才逐渐崩溃的。我要指出：我们民族这七八十年来与欧美文化接触的结果，虽然还不曾学到那个整个的科学工业的文明，（可怜丁文江、翁文灏、颜任光诸位先生都还是四十多岁的少年，他们的工作刚开始哩！）究竟已替我们的祖宗消除了无数的罪孽，打倒了"小脚、八股、太监、五世同居的大家庭、贞节牌坊、地狱活现的监狱、夹棍板子的法庭"的一大部分或一小部分。这都是我们的"数不清的圣贤天才"从来不曾指摘讥弹的；这都是"忠孝、仁爱、信义、和平"的固有文化从来不曾"引导向上"的。这些祖宗罪孽的崩溃，固然大部分是欧美文明的恩赐，同时也可以表示我们在这七八十年中至少也还做到了这些消极的进步。子固先生说我们在这七八十年中"走入迷途，堕落下去"，这真是无稽的诬告！中国民族在这七八十年中何尝"堕落"？在几十年之中，废除了三千年的太监，一千年的小脚，六百年的八股，五千年的酷刑，这是"向上"，不是堕落！

不过我们的"向上"还不够，努力还不够。八股废止至今不过三十年，八股的训练还存在大多数老而不死的人的心灵里，还间接或直接的传授到我们的无数的青年人的脑筋里。今日还是一个大家做八股的中国，虽然题目换了，小脚逐渐绝迹了，夹棍板子、砍头碎剐废止了，但裹小脚的残酷心理，上夹棍打屁股的野蛮心理，都还存在无数老少人们的心灵里。今日还是一个残忍野蛮的中国，所以始终还不曾走上法治的路，更谈不到仁爱和平了。

所以我十分诚挚的对全国人说：我们今日还要反省，还要闭门思过，还要认清祖宗和我们自己的罪孽深重，绝不是这样浅薄的"与欧美文化接触"就可以脱胎换骨的。我们要认清那个容忍拥戴"小脚、八股、太监、姨太太、骈文、律诗、五世同居的大家庭、贞节牌坊、地狱的监牢、夹棍板子的法庭"到几千几百年之久的固有文化，是不足迷恋的，是不能引我们向上的。那里面浮沉着的几个圣贤豪杰，其中当然有值得我们崇敬的人，但那几十颗星儿终究照不亮那满天的黑暗。我们的光荣的文化不在过去，是在将来，是在那扫清了祖宗的罪孽之后重新改造出来的文化。替祖国消除罪孽，替子孙建立文明，这是我们人人的责任。古代哲人曾参说的最好：士不可以不弘毅：任重而道远。先明白了"任重而道远"的艰难，自然不轻易灰心失望了。凡是轻易灰心失望的人，都只是不曾认清他挑的是一个百斤的重担，走的是一条万里的长路。今天挑不动，努力磨炼了总有挑得起的一天。今天走不完，走得一里前途就缩短了一里。"播了种一定会有收获，用了力绝不至于白费"，这是我们最可靠的信心。

三论信心与反省

自从《独立》第一〇三号发表了那篇《信心与反省》之后，我收到了不少的讨论，其中有几篇已在《独立》（第一〇五、一〇六及一〇七号）登出了。我们读了这些和还有一些未发表的讨论，忍不住还要提出几个值得反复申明的论点来补充几句话。

第一个论点是：我们对于我们的"固有文化"，究竟应该采取什么态度，吴其玉先生（《独立》一〇六号）怪我"把中国文化压得太低了"；寿生先生也怪我把中国文化"抑"的太过火了。他们都怕我把中国看的太低了，会造成"民族自暴自弃的心理，造成他对于其他民族屈服卑鄙的心理"。吴其玉先生说：我们"应该优劣并提。不可只看人家的长、我们的短；更应当知道我们的长、人家的短。这样我们才能有努力的勇气"。

这些责备的话，含有一种共同的心理，就是不愿意揭穿固有文化的短处，更不愿意接受"祖宗罪孽深重"的控诉。一听见有人指出"骈文、律诗、八股、小脚、太监、姨太太、贞节牌坊、地狱的监牢、板子夹棍的法庭"等，一般自命为爱国的人们总觉得心里怪不舒服，总要想出法子来证明这些"未必特别羞辱我们"，因为这些都是"不可免的现象""无古今中外是一样的"（吴其玉先生的话）。所以吴其玉先生指出日本的"下女、男女同浴、自杀、暗杀、娼妓的风行、贿赂、强盗式的国际行为"；所以寿生先生也指出欧洲中古武士的"初夜权""贞操锁"。所以子固先生也要问："欧洲可有一个文化系统过去没有类似小脚、太监、姨太太、骈文、律诗、八股、地狱活现的监狱、廷杖、板子夹棍的法庭一类的丑处呢?"（《独立》一○五号）本期（《独立》一○七号）有周作人先生来信，指出这又是"西洋也有臭虫"的老调。这种心理实在不是健全的心理，只是"遮羞"的一个老法门而已。从前笑话书上说：甲乙两人同坐，甲摸着身上一个虱子，有点难为情，把它抛在地上，说："我道是个虱子，原来不是的。"乙偏不识窍，弯身下去，把虱子拾起来，说："我道不是个虱子，原来是个虱子!"甲的做法，其实不是除虱的好法子。乙的做法，虽然可恼，至少有"实事求是"的长处。虱子终是虱子，臭虫终是臭虫，何必讳呢? 何必问别人家有没有呢?

况且我原来举出的"我们所独有的宝贝"：骈文、律诗、八股、小脚、太监、姨太太、五世同居的大家庭、贞节牌坊、地狱的监牢、廷杖、板子夹棍的法庭，这十一项，除姨太太外，差不多全是"我们所独有的""在这世界无不足以单独成一系统的"。高跟鞋与木屐何足以媲美小脚？"贞操锁"我在巴黎的克吕尼博物院看见过，并且带有照片回来，这不过是几个色情狂的私人的特制，万配不上比那普及全国至一千多年之久，诗人颂为香钩、文人尊为金莲的小脚。我们走遍世界，研究过初民社会，没有看见过一个文明的或野蛮的民族把他们的女人的脚裹小到三四寸，裹到骨节断折残废，而一千年公认为"美"的！也没有看见过一个文明的民族的知识阶级有话不肯老实的说，必须凑成对子，做成骈文、律诗、律赋、八股，历一千几百年之久，公认为"美"的！无论我们如何爱护祖宗，这十项的"国粹"是洋鬼子家里搜不出来的。

况且西洋的"臭虫"是装在玻璃盒里任人研究的，所以我们能在巴黎的克吕尼博物院纵观高跟鞋的古今沿革，纵观"贞操锁"的制法，并且可以在博物院中购买精致的"贞操锁"的照片寄回来让国中人士用作"西洋也有臭虫"的实例。我们呢？我们至今可有一个历史博物馆敢于搜集小脚鞋样、模型、图画，或鸦片烟灯、烟枪、烟膏，或廷杖、板子、闸床、夹棍等极重要的文化史料，用历史演变的原理排列展览，供全国人研究与警醒的吗？因为大家都要以为灭迹就可以遮羞，所以青年一辈人全不明白祖宗造的罪孽如何深重，所以他们不能明白国家民族何以堕落到今日的地步，也不能明白这三四十年的解放与改革的绝大成绩。不明白过去的黑暗，所以他们不认得今日的光明；不懂得祖宗罪孽的深重，所以他们不能知道这三四十年革新运动的努力并非全无效果。我们今日所以还要郑重指出八股、小脚、板子、夹棍等罪孽，岂是仅仅要宣扬家丑，我们的用意只是要大家明白我们的脊梁上驮着那二三千年的罪孽重担，所以几十年的不十分自觉的努力还不能够叫我们海底翻身。同时我们也可以从这种历史的知识上得着一种坚强的信心：三四十年的一点点努力已可以废除三千年的太监、一千年的小脚、六百年的八股、四五百年的男娼、五千年的酷刑，这不够使我们更决心向前努力吗！西洋人把高跟鞋、细腰模型、贞操锁都装置在博物院里，任人观看，叫人明白那个"美德造成的黄金世界"原来不在过去，而在那辽远的将来。这正是鼓励人们向前努力的好方法，是我们青年人不可不知道的。

固然，博物院里同时也应该陈列先民的优美成绩，谈固有文化的也应该如吴其玉先生说的"优劣并提"。这虽然不是我们现在讨论的本题（本题是"我们的固有文化真是太丰富了吗？"），我们也可以在此谈谈。我们的固有文化究竟有什么"优""长"之处呢？我是研究历史的人，也是个有血气的中国人，当然也时常想寻出我们这个民族的固有文化的优长之处。但我寻出来的长处实在不多，说出来一定叫许多青年人失望。依我的愚见，我们的固有文化有三点是可以在世界上占数一数二的地位的：第一是我们的语言的"文法"是全世界最容易最合理的。第二是我们的社会组织，因为脱离封建时代最早，所以比较的是很平等的、很平民化的。第三是我们的先民，在印度宗教输入以前，他们的宗教比较的是最简单的、最近人情的；就在印度宗教势力盛行之后，还能勉力从中古宗教之下爬出来，勉强建立一个人世的文化：这样的宗教迷信的比较薄弱，也可算是世界稀有的。然而这三项都夹杂着不少的有害的成分，都不是纯粹的长处。文法是最合理的简易的，可是文字的形体太繁难，太不合理了。社会组织是平民化了，同时也因为没有中坚的主力，所以缺乏领袖，又不容易组织，弄成一个一盘散沙的国家；又因为社会没有重心，所以一切风气都起于最下层而不出于最优秀的分子，所以小脚起于舞女，鸦片起于游民，一切赌博皆出于民间，小说戏曲也皆起于街头弹唱的小民。至于宗教，因为古代的宗教太简单了，所以中间全国投降了印度宗教，造成了一个长期的黑暗迷信的时代，至今还留下了不少的非人生活的遗痕。然而这三项究竟还是我们在这个世界上最特异的三点：最简易合理的文法，平民化的社会构造，薄弱的宗教心。此外，我想了二十年，实在想不出什么别的优长之点了。如有别位学者能够指出其他的长处来，我当然很愿意考虑的（这个问题当然不是一般短文所能讨论的，我在这里不过提出一个纲要而已）。

所以，我不能不被逼上"固有文化实在太不丰富"之结论了。我以为我们对于固有的文化，应该采取历史学者的态度，就是"实事求是"的态度。一部文化史平铺放着，我们可以平心细看：如果真是丰富，我们又何苦自讳其丰富？如果真是贫乏，我们也不必自讳其贫乏。如果真是罪孽深重，我们也不必自讳其罪孽深重。"实事求是"才是最可靠的反省。自认贫乏，方才肯死心塌地的学；自认罪孽深重，方才肯下决心去消除罪愆。如果因为发现了自家不如人，就自暴自弃了，那只是不肖的纨绔子弟的行径，不是我们的有志青年应该有的态度。

话说长了，其他的论点不能详细讨论了，姑且讨论第二个论点，那就是摹仿与创造的问题。吴其玉先生说文化进步发展的方式有四种：(一)模仿；(二)改进；(三)发明；(四)创作。这样分法，初看似乎有理，细看是不能成立的。吴先生承认"发明"之中"很多都由模仿来的"。"但也有许多与旧有的东西毫无关系的"。其实没有一件发明不是由模仿来的。吴先生举了两个例：一是瓦特的蒸汽力，一是印字术。他若翻开任何可靠的历史书，就可以知道这两件也是从模仿旧东西出来的。印字术是模仿抄写，这是最明显的事：从抄写到刻印章、从刻印章到刻印版画、从刻印版画到刻印符咒短文，逐渐进到刻印大部书，又由刻版进到活字排印，历史俱在，哪一个阶段不是模仿前一个阶段而添上的一点新花样，瓦特的蒸汽力，也是从模仿来的：瓦特生于 1736 年，他用的是牛可门（Newcomen）的蒸汽机，不过加上第二个凝冷器及其他修改而已。牛可门生于 1663 年，他用了萨维里（Savery）的蒸汽机。牛、萨两人又都是根据法国人巴平（Denis Papin）的蒸汽唧筒。巴平又是模仿他的老师荷兰人胡根斯（Huygens）的空气唧筒的（Kaempffert: Modern Wonder Workers，pp.467—503）。吴先生举的两个"发明"的例子，其实都是我所说的"模仿到十足时的一点新花样"。吴先生又说："创作也须靠模仿为入手，但只模仿是不够的。"这和我的说法有何区别？他把"创作"归到"精神文明"方面，如美术、音乐、哲学等。这几项都是"模仿以外，还须有极高的开辟天才和独立的精神"。我的说法并不曾否认天才的重要。我说的是：

139

模仿熟了，就是学会了，工具用的熟了，方法练的细密了，有天才的人自然会"熟能生巧"，这一点功夫到时的奇巧新花样就叫做创造。（《信心于反省》页四〇八）

吴先生说，"创造须由模仿入手"；我说，"一切所谓创造都从模仿出来"，我看不出有一丝一毫的分别。

如此看来，吴先生列举的四个方式，其实只有一个方式：一切发明创作是我们都从模仿出来。没有天才的人只能死板的模仿；天才高的人，功夫到时，自然会改善一点；改变稍多一点，新花样添的多了，就好像是一件发明或创作了，其实还是模仿功夫深时添上的一点新花样。

这样的说法，比较现时一切时髦的创造论似乎要减少一点弊窦。今日青年人的大毛病是误信"天才""灵感"等最荒谬的观念，而不知天才没有功力只能蹉跎自误，一无所成。世界大发明家爱迪生说的最好："天才（Genius）是一分神来，九十九分汗下。"他所谓"神来"（Inspiration）即是玄学鬼所谓"灵感"。用血汗苦功到了九十九分时，也许有一分的灵巧新花样出来，那就是创造了。颓废懒惰的人，痴待"灵感"之来，是终无所成的。寿生先生引孔子的话："吾尝终日不食，终夜不寝，以思，无益，不如学也。"这一位最富有常识的圣人的话是值得我们大家想想的。

本文原载 1934 年 7 月《独立评论》第 107 号

当前中国文化问题

当前中国文化问题，讲起来很难令人满意，实在是问题太大了，今天只就平时想到的几点，提出来谈谈。

一、文化与文明

"文化"两字蕴义甚广，"文化""文明"有时可解释为两个意思，也有时可看作一件事。解释为两个意思时，"文明"比较具体，看得见的东西如文物发明，属于物质的，"文化"比较抽象，看不见不易捉摸。

"文化"与"文明"虽可分为两件事，但有联系。某一民族为应付环境而创造发明的是文明，发明火，便不再茹毛饮血晚上有灯点，没有火，许多要应付的环境便无法应付。火的发明，也许是无意中的，一经发明不仅可以烧钣可以点灯还可以将金属由硬化为软，制造种种应用的东西。人类之异于一切动物，即是会靠一颗脑袋两只手制造东西，发明火可以制造更多的东西，这是"文明"。在某种文明中所过的生活形态生活方式，这是"文化"，所以"文化"和"文明"有联系。

一般的解释，"文化"是包括了"文化"与"文明"，范围较广，今天讲的属于后者，不采严格解释。

二、文化的世界性

从前交通阻塞时，某种民族的生活，都有民族性、国家性、地方性，各不相杂，交通发达以后，此种生活的民族性、国家性、地方性渐渐地削弱而世界性日渐加强，我们看到这礼堂里的电灯、椅子、瓷砖一切东西和各位所穿衣服，很少还能找出保持着纯粹地方性的，这便是交通发达文化交流的结果。

文化的沟通不过是近几百年的事，最初靠轮船火车电报传递，近来靠飞机无线电，利用无线电是第一次世界大战末期的事，战争初期尚未充分利用，现在要是没有无线电，一定有人说怎么可以打仗呢？诸君都看过《曾文正公日记》，他在江西建昌时，早上起身先要卜一个卦问问前方战事好不好，早上卜的是"中上"，中午卜的是"中中"，就很担心，实际上他离前线不过百余里，只因交通不便，没有飞机无线电侦察通消息，只好卜卦问吉凶。曾文正公距今不过数十年，相差就是这么远。第一次世界大战时已有电报电话，第二次世界大战就充分利用了无线电；现在上海纽约间随时可以通电话，整个世界的距离已经缩得很短了。到了最近更有进步，电视发明了，美国大选，人民坐在家里看，坐在家里听，赛球不必去球场看胜负，只需将电视一开就得了。记得小时候看《封神榜》《西游记》，见到讲顺风耳千里眼十分奇怪，想不到这些理想现在都成事实，非但成事实，而且方便与普遍远胜书中的理想。现代消息传播之迅速，往来交通之方便，决不是几百年几十年前想象得到，因此，现代人类由于交通发达吸收交流的文化也就难以估计了。这时候要在任何一个地方任何一件东西上分辨何者从美国来何者从英国来，简直不可能。我到美国看见春天四处都是黄色的花，非常美丽，那是我国的迎春花；中国女子赏识的栀子花，美国女子也欢迎，但美国很少有人能说这是中国去的。即将开放的菊花，冬天结实的橘子，世界每一角落都见得到，这两种东西都是中国去的，一经介绍被人欢迎就成为世界一部分，不再知道这是中国的产品了。又如丝绸、茶叶、桐油、大豆都是中国去的，丝绸已成为世界穿着不可少的东西，桐油是工业重要原料，大豆更是世界公认了不起的植物，这些早成了世界性的东西。再看我们自己，用的方面人人少不了钟和表，那是十六世纪发明用机器计时的东西，从前我们用滴水计时，钟表来到中国，不到几十年就遍满全国。现在到故宫博物院去，还可以见到各式各样的钟，有的一个人出来打钟，有的一只鸟出来叫几声，有的是一个人出来写"天下太平"四个字，这些千奇百怪的钟，都是刚发明时所造，也成了世界上稀有的东西，到今日不但有西洋来的钟表，也有上海、北平、广东自造的钟表，已经成为世界文化的一部分了。再说吃的，玉蜀黍大家都误为四川来的，殊不知它却是从美国来的，在极短时期中不仅传遍中国，且已传遍全球，成了重要食粮之一。它能迅速传遍全世界，即是因为可以生长在平原也可以生长在高山，用不到多施肥料，便到处被欢迎。玉蜀黍因为普遍，就很少人知道从哪里来的。穿的方面，机器织造的布匹呢绒来到中国不过一百多年，现在我们样样可以自造。又如装饰，小姐太太们的头发是国民革命军北伐以后剪去的，那时我从美国回来，见剪短的黑发小姐很美丽，二十年后的今天，不但已经剪短还要烫发，再也分不出怎样的头发是西洋的，怎样的还是中国的，再往下去恐怕烫发是从西洋来的也无人知道了。日用品风俗习惯装饰，都是文化，由于吸收外来文化的结果，打破了地方性，减少了民族性，减少了国家性。所以，这个时代讲到文化就是世界文化，很难找出一件纯粹的本国文化。我曾想用毛笔写中国字该是中国文化了，可是除了民国以前留下来的墨还用中国胶制造以外，现在制墨用的胶都是外国工厂用剩下来的，常常听到人说现在的墨写字胶笔不如从前，原因就是在此。写出来的文章，更不知不觉地受了外国文化影响，无形中吸收了不少西洋文法，标点更全盘接受了西洋文化。我又想，吃中国饭用筷子总是中国文化吧！前天到最标准的中国式饭店马祥兴去，他们先将筷子用开水烫烫消毒，也受了西洋文化影响了。交通这样发达，坐在家里开无线电就可以听到旧金山的新闻报告，也可以听到王外长在巴黎说话的情形了。生活方式要不受外国文化影响，要分析哪些还是纯粹本国文化哪些是受世界文化影响几乎不可能，我记得小时候上海报上登载一篇法国小说，讲八十天环游地球，大家都说这件事了不得，也怀疑是不是事实，岂知四十年后，一百小时便可以环游地球，以后也许还可以减少到八十小时七十小时环游地球，一百小时不过四天，交通发达到这个阶段，谈到文化便只有世界性文化，如何还能有纯粹的地方性、民族性、国家性文化呢？

三、文化的接受与选择

文化的接受与选择，具有"自然""自由"的条件，某些东西一经介绍便被采用，某些东西虽经介绍仍不为接受，迎春花栀子花用不着推广人人欢迎，因为这种花你说好，你的女朋友也说好，自然采用了。钟表来到中国，铜壶滴漏即被弃置，现在仅能在博物馆中看到。从前男人穿双梁鞋不分左右足，我起初穿这种鞋子生鸡眼很痛苦，幸而后来一位无名英雄造福人群，仿照皮鞋制成左右不同的鞋子，我们穿了无限舒服，立刻就风行全国。这虽是小事，其解放男子的足，决不下于解放女子缠足，并没有什么力量强制我们接受，只是大家觉得比我们好就自然采用。自由选择不同文化接触不同文化，接受或拒绝，也有其必然的道理，简单说，不外以其所有易其所无，人家有的我没有，我采用，人家有我也有，我的比人家好，人家就采用，所以有无优劣可说是自由选择自然选择的条件，但这限于物质的。

三百多年前西洋人到中国来传教，那时他们势力已经达到澳门一带，知道中国文化很高，便研究应从哪一方面入手，后来认为到中国传教应选学问最好的人带来中国所没有的东西及比中国更好的学问，所以派利玛窦（Matteo Ricci）带了三件东西，第一件是刚发明不久用机械计时的钟，并选制造最好最讲究的送给中国，这是代表物质。第二件是西方已经很进步的天文学，他们知道中国在讲改革历法，利玛窦天文学学得很好，也带到了中国，这是代表科学。第三件是宗教，才是他们最大的目的。

三件东西同时来到中国，可是吸收的程序不同，第一件，钟。毫无抵抗接受了，铜壶滴漏不如机械制造的钟，铜壶滴漏自然被打倒。第二件，天文学。经过一个时期才接受，那时候中国有两种天文学，一种是原有的，一种是回教的，两种天文学各不相让，中国素来遇到两方相争，便各给一个天文台，你们去算月食日食某月某日几时几分几秒开始，何时复圆，谁算得准确，就采用谁的历法，利玛窦也设了天文台，不但算北京月食、日食时间，也算出南京、成都、广州许多地方的时间，北京下雨，别处不一定下雨，仍可以测验是否准确。比较结果教会天文台成绩最好，一分一秒也不差，显然中国历法不如他，经过十多年后大家都说西洋历法了不得，明崇祯十六年采用新历法，下一年明朝就止了，清代沿用下去，民国后才整个接受世界一致的历法。第三件宗教接受程度最少，我们原来有佛教、道教、孔教，天主教来到中国后要比较哪一种最好，却没有比较算日食月食时间那般方便明显，也不免有主观感情成分，我见我爸爸妈妈相信的，外祖母外祖父相信的，我为什么不相信？所以家庭制度、社会制度、政治哲学、社会哲学以及宗教等的吸收，不如物质科学那般容易，抵抗力大得多了。第一种是机械不容易抵御，钟比铜壶滴漏好，电灯比桐油灯好，无线电我们没有，自然接受了——至于说最近政府要减少汽车减少飞机班次，那是偶然的事，和拒绝接受不同。第二种科学有抵抗但抵抗有限度，医学我们有，天文学我们也有，但新的医学来了，旧的阴阳五行就被打倒，到今天虽还有人说阴阳五行比西医好，这只是少数。第三种，社会制度、政治制度、经济制度、宗教等文化的吸收不吸收，拒绝不拒绝就不若前两种可以比较，可以试验，可以有绝对的选择自由。当前中国文化问题就在这里。

四、当前文化的选择与认识

当前中国文化问题既然就是前面所说的社会制度、政治制度、经济制度、宗教等吸收或拒绝，在交通工具如此发达之时，我们不能也不可能拒绝某种文化，问题是这类文化的接受牵涉到感情、牵涉到信仰、牵涉到思想、牵涉到宗教，具体说，当前有两个东西在斗争，这两个东西放在我们前面，既不是物质，就不能像商品那样，这是德国货，这是英国货、美国货一般辨别谁好谁坏。现在放在面前的美国货、俄国货是无法比较的东西，既不能以品质来比优劣，又不能以价格来比高下，放在面前的是两个世界或者说两个文化要我们去选择，去决定往东、往西、往左、往右。

数百年来自由选择，自由拒绝世界文化的阶段已经过去了，目前是必须要我们在两个中间挑选一个，我们既无法列一公式来证明往左是生路往右是死路，或者往右是生路往左是死路，又无法说我们有我们自己的你们的两个都不要，所以问题就严重了，三十年前教科书里的东西用不着了，梁启超先生早年介绍我们"自由"，许多人谈"不自由毋宁死"，那时看来是天经地义的，现在是变了，打倒资本主义也要打倒自由主义，要服从要牺牲个人自由争取集体自由，从前对的话现在不对了。自由究竟要不要，是另一个问题。如从历史上看，一切文化都向前进，而自由正是前进的原动力，有学术思想自由、言论自由、出版自由才有不断的新科学新文化出来，照辩证法说，有甲就有非甲，甲与非甲斗争成为乙，有乙又有非乙，乙与非乙斗争成为丙。

我今天说这一段话，不是"卖膏药"，我没有膏药可卖。只是这个问题牵涉到情感、牵涉到信仰、牵涉到思想，除了思想有一点理智成分外，情感信仰就不同，受不了一点刺激。我今年五十八岁，一生相信自由主义，我是向来深信三百年来的历史完全是科学的改造，以人类的聪明睿智改造物质，减少人类痛苦，增加人类幸福，这种成就完全靠了有思想自由、信仰自由、出版自由，不怕天不怕地，倘使失了自由，那里还有现在的物质文明。

我走过许多国家，我没有见到一个国家牺牲经济自由可以得到政治自由，也没有见到一个国家牺牲政治自由可以得到经济自由，俄国人民生活程度三十年来提高了多少？人民生活痛苦减轻了多少，经济自由得到了没有？牺牲政治自由而得到经济自由的，历史上未有先例。

　　是自由非自由的选择，也是容忍与不容忍的选择。前年在美国时去看一位老师，他年已八十，一生努力研究自由历史，见了我说："我年纪愈大，我才感到容忍与自由一样重要，也许比自由更重要。"不久他就死了。讲自由要容忍理由很简单，从前的自由是皇帝允许我才有的，现在要多数人允许才能得到，主张左的容忍右的，主张右的容忍左的，相信上帝的要容忍不相信上帝的，不相信上帝的要容忍相信上帝的，不像从前我相信神你不相信神就打死你，现在是社会允许我讲无神论，讲无神论也要容忍讲有神论，因为社会一样允许他。各位都看到报上说美国华莱士组织第三党竞选总统，比较左倾，反对他的人，拿鸡蛋番茄掷他，掷他的人给警察抓了送到法庭去，法官说这是不对的，华莱士有言论自由。要判他在监里坐或罚他抄写纽约前锋论坛报几十年来作标语的一句名言一千篇，那个人想想还是愿意抄一千篇，这一句话是："你说的话我一个字也不相信，但我要拼命辩护你有权说这话。"这一句话多么伟大！假使这世界是自由与非自由之争的世界，我虽是老朽，我愿意接受有自由的世界，如果一个是容忍一个是不容忍的世界，我要选择容忍的世界。

此次从北平到上海，一位朋友对我说，这个输麻将还打什么，我说你是失败主义的说法，真正输麻将是十二年前的局面，那时我们和世界三海军国之一陆军占世界第三位工业占世界第三位的国家打仗，我们没有一点基础，飞机连教练机不过二百架，那才是必输的，可是我们要打，而且打胜了。人家最悲观的时候，我一点不悲观，我总是想，他们没有好装备，没有海军没有空军，我们只要稍稍好转，就可以风雨皆释了。这次斗争既是文化选择问题的斗争，决不能说输就算了，这不比选择双梁鞋、选择剪头发、选择钟表、选择天文历法那般容易，必须得从感情信仰思想各方面去决定，我们的决定也即是国家民族的决定！

（本文为 1948 年 9 月 27 日胡适在公余学校的演讲，

原有谈龙滨记录，

载 1948 年 10 月《自由与进步》第 1 卷第 10 期，现居正修记稿，

收入耿云志主编:《胡适遗稿几秘藏书信》第 12 册）

我们对于学生的希望^①

今天是 5 月 4 日。我们回想去年今日，我们两人都在上海欢迎杜威博士，直到 5 月 6 日方才知道北京 5 月 4 日的事。日子过的真快，匆匆又是一年了！

当去年的今日，我们心里只想留住杜威先生在中国讲演教育哲学；在思想一方面提倡实验的态度和科学的精神；在教育一方面输入新鲜的教育学说，引起国人的觉悟，大家来做根本的教育改革。这是我们去年今日的希望。不料时势的变化大出我们的意料之外，这一年以来，教育界的风潮几乎没有一个月是平静的；整整的一年光阴就在风潮扰攘里过去了。

这一年的学生运动，从远大的观点看起来，自然是几十年来的

---

① 编者注：本文以胡适与蒋梦麟两个人的名义发表。

一件大事。从这里面发出来的好效果，自然也不少；引起学生的自动的精神，是第一件；引起学生对于社会国家的兴趣，是第二件；引出学生的作文演说的能力、组织的能力、办事的能力，是第三件；使学生增加团体生活的经验，是第四件；引起许多学生求知识的欲望，是第五件；这都是旧日的课堂生活所不能产生的，我们不能不认为学生运动的重要的贡献。

社会若能保持一种水平线以上的清明，一切政治上鼓吹和设施，制度上的评判和革新，都应该由成年人去料理；未成年的一代人，（学生时代之男女）应该有安心求学的权利，社会也用不着他们求做学校生活之外的活动。但是我们现在不幸生在这个变态的社会里，没有这种常态社会中人应该有的福气；社会上许多事被一班成年的或老年的人弄坏了，别的阶级又都不肯出来干涉纠正，于是这种干涉纠正的责任遂落在一般未成年的男女学生的肩膀上。这是变态的社会里一种不可免的现象。现在有许多人说学生不应该干预政治，其实并不是学生自己要这样干，这都是社会和政府硬逼出来的。如果社会国家的行为没有受学生干涉纠正的必要，如果学生能享受安心求学的幸福而不受外界的强烈的刺激和良心上的督责，他们又何必甘心抛了宝贵的光阴，冒着生命的危险，来做这种学生运动呢？

简单一句话：在变态的社会国家里面，政府太卑劣腐败了，国民又没有正式的纠正机关（如代表民意的国会之类）。那时候，干预政治的运动，一定要从青年的学生界发生的。汉末的太学生，宋代的太学生，明末的结社，戊戌政变以前的公车上书，辛亥以前的留学生革命党，俄国从前的革命党，德国革命前的学生运动，印度和朝鲜现在的运动，中国去年的"五四"运动与"六三"运动，都是同一个道理，都是有发生的理由的。

但是我们不要忘记：这种运动是非常的事，是变态的社会里不得已的事，但是它不是很不经济的不幸事。因为是不得已，故它的发生是可以原谅的。因为是很不经济的不幸事，故这种运动是暂时不得已的救急的办法，却不可长期存在的。

荒唐的中年老年人闹下了乱子，却要未成年的学子抛弃学业，荒废光阴，来干涉纠正，这是天下最不经济的事。况且中国眼前的学生运动更是不经济。何以故呢？试看自汉末以来学生运动，试看俄国、德国、印度、朝鲜的学生运动，哪有一种用罢课作武器的？即如去年的"五四"与"六三"，这两次的成绩可是单靠罢课代武器的吗？单靠用罢课作武器，是最不经济的方法，是下下策，屡用不已，是学生运动破产的表现！

罢课于旁人无损，于自己却有大损失，这是人人共知的。但我们看来，用罢课作武器，还有精神上的很大损失：

（一）养成依赖群众的恶心理，现在的学生很像忘了个人自己有许多事可做，他们很像以为不全体罢课便无事可做。个人自己不肯牺牲，不敢做事，却要全体罢了课来呐喊助威，自己却躲在大众群里跟着呐喊，这种依赖群众的心理是懦夫的心理！

（二）养成逃学的恶习惯，现在罢课的学生，究竟有几个人出

153

来认真做事？其余无数的学生，既不办事，又不自修，究竟为了什么事罢课？从前还可说是"激于义愤"的表示，大家都认作一种最重大的武器，不得已而用之。久而久之，学生竟把罢课的事看作平常的事。我们要知道，多数学生把罢课看作很平常的事，这便是逃学习惯已养成的证据。

（三）养成无意识的行为的恶习惯，无意识的行为，就是自己说不出为什么要做的行为。现在不但学生把罢课看作很平常的事，社会也把学生罢课看作很平常的事，一件很重大的事，变成了很平常的事，还有什么功效灵验呢？既然明知没有灵验功效，却偏要去做；一处无意识的做了，别处也无意识的盲从，这种心理的养成，实在是眼前和将来最可悲观的现象。

以上说的是我们对于现在学生运动的观察。

我们对于学生的希望，简单说来，只有一句话："我们希望学生从今以后要注意课堂里，操场上，课余时间里的学生生活，只有这种学生活动是能持久又最有功效的学生运动。"

这种学生活动有三个重要部分：（1）学问的生活；（2）团体的生活；（3）社会服务的生活。

第一，学问的生活。

这一年以来，最可使人乐观的一种好现象，就是许多学生对于知识学问的兴趣渐渐增加了。新出的出版物的销数增加，可以估量学生求知识的兴趣增加。我们希望现在的学生充分发展这点新发生的兴趣，注重学问的生活。要知道社会国家的大问题，绝不是没有学问的人能解决的。我们说的"学问的生活"并不限于从前的背书抄讲义的生活。我们希望学生——无论中学、大学——都能注重下列的几项细目：

（1）注重外国文，现在中文的出版物实在不够满足我们求知的欲望。求新知识的门径在于外国文，每个学生至少须要能用一种外国语看书。学外国语须要经过查生字，记生字的第一难关，千万不要怕难。若是学堂里的外国文教员确是不好，千万不要让他敷衍你们，不妨赶他跑。

（2）注重观察事实与调查事实，这是科学训练的第一步。要求学校里用实验来教授科学。自己去采集标本，自己去观察调查。观察调查须要有个目的——例如本地的人口、风俗、出产、植物、鸦片烟馆等项的调查——还要注重团体的互助，分工合作，做成有系统的报告。现在的学生天天谈《二十一条》，究竟二十一条是什么东西，有几个人说得出吗？天天谈"高徐济顺"，究竟有几个人指得出这条路在什么地方吗？这种不注重事实的习惯，是不可不打破的。打破这种习惯的唯一法子，就是养成观察调查的习惯。

（3）用建设的精神促进学校的改良。现在的学校课程和教员一定有许多不能满足学生求学的欲望的。我们学生不要专做破坏的攻击，须要用建设的精神，促进学校的改良。与其提倡考试的废止，不如提倡考试的改良；与其攻击校长不多买博物标本，不如提倡学生自己采集标本。这种建设促进，比教育部和教育厅的命令功效大得多咧。

（4）注重自修，灌进去的知识学问是没有多大用处的。真正可靠的学问都是从自修得来的。自修的能力是求学问的唯一条件。不养成自修的能力，绝不能求学问。自修应注重的事是：（一）看书的能力，（二）要求学校购备参考书报，如大字典、词典、重要的大部书之类，（三）结合同学多买书报，交换阅看，（四）要求教员指导自修的门径和自修的方法。

第二，团体的生活。

五四运动以来，总算增加了许多的学生的团体生活的经验。但是现在的学生团体有两大缺点：一是内容太偏枯了，二是组织大不完备了。内容偏枯的补救，应注意各方面的"俱分并进"。

（1）学术的团体生活，如学术研究会或讲演会之类。应该注重自动地调查、报告、试验、讲演。

（2）体育的团体生活，如足球、运动会、童子军、野外幕居、假期旅行团等。

（3）游艺的团体生活，如音乐、图书、戏剧等。

（4）社交的团体生活，如同学茶话会、家人恳亲会、师生恳亲会、同乡会等。

（5）组织的团体生活，如本校学生会、自治会、各校联合会、学生联合总会之类。

要补救组织不完备，应注重世界通行的议会法规（Parliamentary Law）的重要条件。简单来说，至少须有下列的几个条件：

（1）法定开会人数。这是防弊的要件。

（2）动议的手续与修正议案的手续。这是会议法规里最繁难又最重要的一项。

（3）发言的顺序。这是维持秩序的要件。

（4）表决的方法。①须规定某种议案必须全体几分之几的可决，某种必须到会人数几分之几的可决，某种仅须过半数的可决。②须规定某种重要议案必须用无记名投票，某种必须用有记名投票，某种可用举手的表决。

（5）凡是代表制的联合会——无论校内校外——皆须有复决制（Referendum）。遇重大的案件，代表会议的议决案必须再经过会员的总投票，总会的议决案，必须再经过各分会的复决。

（6）议案提出后，应有规定的讨论时间，并须限制每人发言的时间与次数。现在许多学生会的章程只注重职员的分配，却不注重这些最紧要的条件，这是学生团体失败的一个大原因。

此外还须注意团体生活最不可少的两种精神：

（1）容纳反对党的意见，现在学生会议的会场上，对于不肯迎合群众心理的言论，往往有许多威压的表示，这是暴民专制，不是民治精神。民治主义的第一个条件就是要使各方面的意见都可以自由发表。

（2）人人要负责任，天下有许多事都是不肯负责任的"好人"弄坏的。好人坐在家里叹气，坏人在议场做戏，天下事所以败坏了。不肯出头负责任的人，便是团体的罪人，便不配做民治国家的国民。民治主义的第二个条件是人人要负责任，要尊重自己的主张，要用正当的方法来传播自己的主张。

第三，社会服务的生活。

学生运动是学生对于社会国家的利害发生兴趣的表示，所以各处都有平民夜学，平民讲演的发起。我们希望今后的学生继续推广这种社会服务的事业。这种事业，一来是救国的根本办法，二来是学生的能力做得到的，三来可以发展学生自己的学问与才干，四来可以训练学生待人接物的经验。我们希望学生注意以下几点：

（1）平民夜校。注重本地的需要，介绍卫生的常识、职业的常识、公民的常识。

（2）通俗讲演。现在那些"同胞快醒，国要亡了""杀卖国贼""爱国是人生的义务"等空话的讲演，是不能持久的，说了两三遍就没有用了。我们希望学生注重科学常识的讲演、改良风俗的讲演、破除迷信的讲演。譬如你今天演说"下雨"，你不能不先研究雨是怎样来的，何以从天上下来；听的人也可以因此知道雨不是龙王、菩萨洒下来的，也可以知道雨不是道士、和尚求得下来的。又如你明天演说"种田何以须用石灰做肥料"，你就不能不研究石灰的化学性，听的人也可以因此知道肥料的道理。这种讲演，不但于人有益，于自己也极有益。

（3）破除迷信的事业。我们希望学生不但用科学的道理来解释本地的种种迷信，并且还要实行破除迷信的事业。如求神合婚、求仙言、放焰口、风水等迷信，都该破除。学生不来破除迷信，迷信是永远不会破除的。

（4）改良风俗的事业。我们希望学生用力去做改良风俗的事业。譬如女子缠足的，现在各处多有。学生应该组织天足会，相戒不娶小脚的女子。不能解放你的姐妹的小脚，他就不配谈"女子解放"。又如鸦片烟与吗啡，现在各处仍旧很销行，学生应该组织调查队，或报告官府，或自动的捣毁烟间与吗啡店。你不能干涉你村上的鸦片吗啡，你也不配干预国家的大事。

以上说的是我们对于学生的希望。

学生运动已发生了，是青年一种活动力的表现，是一种好现象，绝不能压下去的，也绝不可把它压下去的。我们对于办教育的人的忠告是："不要梦想压制学生运动；学潮的救济只有一个法子，就是引导学生向有益有用的路上去活动。"

学生运动现在四面都受攻击，"五四"的后援也没有了，"六三"的后援也没有了。我们对于学生的忠告是："单靠用罢课做武装是下下策，可一而再再而三的吗？学生运动如果要想保存"五四"和"六三"的荣誉，只有一个法子，就是改变活动的方向，把"五四"和"六三"的精神用到学校内外有益有用的学生活动上去。"

我们讲的话，是很直率，但这都是我们的老实话。

赠与今年的大学毕业生

　　这一两个星期里，各地的大学都有毕业的班次，都有很多的毕业生离开学校去开始他们的成人事业。学生的生活是一种享有特殊优待的生活，不妨幼稚一点，不妨吵吵闹闹，社会都能纵容他们，不肯严格地要他们负行为的责任。现在他们要撑起自己的肩膀来挑他们自己的担子了。在这个国难最紧急的年头，他们的担子真不轻！我们祝他们的成功，同时也不忍不依据我们自己的经验，赠与他们几句送行的赠言——虽未必是救命毫毛，也许作个防身的锦囊罢！

　　你们毕业之后，可走的路不出这几条：绝少数的人还可以在国内或国外的研究院继续做学术研究；少数的人可以寻着相当的职业；此外还有做官，办党，革命三条路；此外就是在家享福或者失业闲居了。第一条继续求学之路，我们可以不讨论。走其余几条路的人，都不能没有堕落的危险。堕落的方式很多，总括起来，约有这两大类：

第一是容易抛弃学生时代的求知识的欲望。你们到了实际社会里，往往所用非所学，往往所学全无用处，往往可以完全用不着学问，而一样可以胡乱混饭吃，混官做。在这种环境里，即使向来抱有求知识学问的决心的人，也不免心灰意懒，把求知的欲望渐渐冷淡下去。况且学问是要有相当的设备的；书籍、试验室、师友的切磋指导、闲暇的工夫，都不是一个平常要糊口养家的人所能容易办到的。没有做学问的环境，有谁能怪我们抛弃学问呢？

第二是容易抛弃学生时代的理想的人生的追求。少年人初次与冷酷的社会接触，容易感觉理想与事实相去太远，容易发生悲观和失望。多年怀抱的人生理想，改造的热诚，奋斗的勇气，到此时候，好像全不是那么一回事。渺小的个人在那强烈的社会炉火里，往往经不起长时期的烤炼就熔化了，一点高尚的理想不久就幻灭了。抱着改造社会的梦想而来，往往是弃甲曳兵而走，或者做了恶势力的俘虏。你在那俘虏牢狱里，回想那少年气壮时代的种种理想主义，好像都成了自误误人的迷梦！从此以后，你就甘心放弃理想人生的追求，甘心做现成社会的顺民了。

要防御这两方面的堕落，一面要保持我们求知识的欲望，一面要保持我们对于理想人生的追求。有什么好法子呢？依我个人的观察和经验，有三种防身的药方是值得一试的。

第一个方子只有一句话："总得时时寻一两个值得研究的问

题!"问题是知识学问的老祖宗;古今来一切知识的产生与积聚,都是因为要解答问题——要解答实用上的困难或理论上的疑难。所谓"为知识而求知识",其实也只是一种好奇心追求某种问题的解答,不过因为那种问题的性质不必是直接应用的,人们就觉得这是"无所为"的求知识了。我们出学校之后,离开了做学问的环境,如果没有一两个值得解答的疑难问题在脑子里盘旋,就很难继续保持追求学问的热心。可是,如果你有了一个真有趣的问题天天逗你去想他,天天引诱你去解决他,天天对你挑衅笑你无可奈他——这时候,你就会同恋爱一个女子发了疯一样,坐也坐不下,睡也睡不安,没工夫也得偷出工夫去陪她,没钱也得撙衣节食去巴结她。没有书,你自会变卖家私去买书;没有仪器,你自会典押衣服去置办仪器;没有师友,你自会不远千里去寻师访友。你只要能时时有疑难问题来逼你用脑子,你自然会保持发展你对学问的兴趣,即使在最贫乏的知识环境中,你也会慢慢的聚起一个小图书馆来,或者设置起一所小试验室来。所以我说:第一要寻问题。脑子里没有问题之日,就是你的知识生活寿终正寝之时!古人说:"待文王而兴者,凡民也。若夫豪杰之士,虽无文王犹兴。"试想伽利略(Galileo)和牛顿(Newton)有多少藏书?有多少仪器?他们不过是有问题而已。有了问题而后,他们自会造出仪器来解答他们的问题。没有问题的人们,关在图书馆里也不会用书,锁在试验室里也不会有什么发现。

第二个方子也只有一句话:"总得多发展一点非职业的兴趣。"离开学校之后,大家总得寻个吃饭的职业。可是你寻得的职业未必就是你所学的，或者未必是你所心喜的，或者是你所学而实在和你的性情不相近的。在这种状况之下，工作就往往成了苦工，就不感觉兴趣了。为糊口而做那种非"性之所近而力之所能勉"的工作，就很难保持求知的兴趣和生活的理想主义。最好的救济方法只有多多发展职业以外的正当兴趣与活动。一个人应该有他的职业，又应该有他的非职业的玩意儿，可以叫做业余活动。凡一个人用他的闲暇来做的事业，都是他的业余活动。往往他的业余活动比他的职业还更重要，因为一个人的前程往往全靠他怎样用他的闲暇时间。他用他的闲暇来打麻将，他就成个赌徒；你用你的闲暇来做社会服务，你也许成个社会改革者；或者你用你的闲暇去研究历史，你也许成个史学家。你的闲暇往往定你的终身。英国十九世纪的两个哲人，密尔（J.S.Mill）终身做东印度公司的秘书，然而他的业余工作使他在哲学上、经济学上、政治思想史上都占一个很高的位置；斯宾塞（Spencer）是一个测量工程师，然而他的业余工作使他成为前世纪晚期世界思想界的一个重要人物。古来成大学问的人，几乎没有一个不是善用他的闲暇时间的。特别在这个组织不健全的中国社会，职业不容易适合我们性情，我们要想生活不苦痛或不堕落，只有多方发展业余的兴趣，使我们的精神有所寄托，使我们的剩余精力有所施展。有了这种心爱的玩意儿，你就做六个钟头的抹桌子工夫也不会感觉烦闷了，因为你知道，抹了六个钟头的桌子之后，你可以回家去做你的化学研究，或画完你的大幅山水，或写你的小说戏曲，或继续你的历史考据，或做你的社会改革事业。你有了这种称心如意的活动，生活就不枯寂了，精神也就不会烦闷了。

第三个方子也只有一句话："你总得有一点信心。"我们生当这个不幸的时代，眼中所见，耳中所闻，无非是叫我们悲观失望的。特别是在这个年头毕业的你们，眼见自己的国家民族沉沦到这步田地，眼看世界只是强权的世界，望极天边好像看不见一线的光明——在这个年头不发狂自杀，已算是万幸了，怎么还能够希望保持一点内心的镇定和理想的信任呢？我要对你们说：这时候正是我们要培养我们的信心的时候！只要我们有信心，我们还有救。古人说："信心（Faith）可以移山。"又说："只要功夫深，生铁磨成绣花针。"你不信吗？当拿破仑的军队征服普鲁士占据柏林的时候，有一位穷教授叫做菲希特（Fichte）的，天天在讲堂上劝他的国人要有信心，要信仰他们的民族是有世界的特殊使命的，是必定要复兴的，菲希特死的时候（1814年），谁也不能预料德意志统一帝国何时可以实现。然而不满五十年，新的统一的德意志帝国居然实现了。

一个国家的强弱盛衰，都不是偶然的，都不能逃出因果的铁律的。我们今日所受的苦痛和耻辱，都只是过去种种恶因种下的恶果。我们要收将来的善果，必须努力种现在的新因。一粒一粒的种，必有满仓满屋的收，这是我们今日应该有的信心。

我们要深信：今日的失败，都由于过去的不努力。

我们要深信：今日的努力，必定有将来的大收成。

佛典里有一句话："福不唐捐。"唐捐就是白白地丢了。我们也应该说："功不唐捐！"没有一点努力是会白白地丢了的。在我们看不见想不到的时候，在我们看不见想不到的方向，你瞧！你种下的种子早已生根发叶开花结果了！

你不信吗？法国被普鲁士打败之后，割了两省地，赔了五十万万法郎的赔款。这时候有一位刻苦的科学家巴斯德（Pasteur）终日埋头在他的试验室里做他的化学试验和微菌学研究。他是一个最爱国的人，然而他深信只有科学可以救国。他用一生的精力证明了三个科学问题：（1）每一种发酵作用都是由于一种微菌的发展；（2）每一种传染病都是由于一种微菌在生物体中的发展；（3）传染病的微菌，在特殊的培养之下，可以减轻毒力，使它从病菌变成防病的药苗——这三个问题，在表面上似乎都和救国大事业没有多大的关系。然而从第一个问题的证明，巴斯德定出做醋酿酒的新法，使全国的酒醋业每年减除极大的损失。从第二个问题的证明，巴斯德教全国的蚕丝业怎样选种防病，教全国的畜牧农家怎样防止牛羊瘟疫，又教全世界的医学界怎样注重消毒以减除外科手术的死亡率。从第三个问题的证明，巴斯德发明了牲畜的脾热瘟的治疗药苗，每年替法国农家灭除了二千万法郎的大损失；又发明了疯狗咬毒的治疗法，救济了无数的生命。所以英国的科学家赫胥黎（Huxley）在皇家学会里称颂巴斯德的功绩道："法国给了德国五十万万法郎的赔款，巴斯德先生一个人研究科学的成绩足够还清这一笔赔款了。"

巴斯德对于科学有绝大的信心，所以他在国家蒙奇辱大难的时候，终不肯抛弃他的显微镜与试验室。他绝不想他的显微镜底下能偿还五十万万法郎的赔款，然而在他看不见想不到的时候，他已收获了科学救国的奇迹了。

　　朋友们，在你最悲观最失望的时候，那正是你必须鼓起坚强的信心的时候。你要深信：天下没有白费的努力。成功不必在我，而功力必不唐捐。

三　我们所应走的路

——第一条我们应走的路，就是修己以爱人，或者说为己而后可以为人。

非个人主义的新生活

这个题目是我在山东道上想着的，后来曾在天津学生联合会的学术讲演会讲过一次，又在唐山的学术讲演会讲过一次。唐山的演讲稿由一位刘赞清君记出，登在 1 月 15 日《时事新报》上。我这一篇的大意是对于新村的运动贡献一点批评。这种批评是否合理，我也不敢说。但是我自信这一篇文字是研究考虑的结果，并不是根据于先有的成见的。

本篇有两层意思：一是表示我不赞成现在一般有志青年所提倡，我所认为"个人主义的"新生活。一是提出我所主张的"非个人主义的"新生活，就是"社会的"新生活。

先说什么叫做"个人主义"（Individualism）。一月二日夜（就是我在天津讲演前一晚），杜威博士在天津青年会讲演《真的与假的个人主义》，他说，个人主义有两种：

（1）假的个人主义——就是为我主义（Egoism），他的性质是自私自利：只顾自己的利益，不管群众的利益。

（2）真的个人主义——就是个性主义（Individuality），他的特性有两种：一是独立思想，不肯把别人的耳朵当耳朵，不肯把别人的眼睛当眼睛，不肯把别人的脑力当自己的脑力；二是个人对于自己思想信仰的结果要负完全责任，不怕权威，不怕监禁杀身，只认得真理，不认得个人的利害。

杜威先生极力反对前一种假的个人主义，主张后一种真的个人主义。这是我们都赞成的。但是他反对的那种自私自利的个人主义的害处，是大家都明白的。因为人们大多明白这种主义的害处，故它的危险究竟不很大。例如东方现在实行这种极端为我主义的"财主督军"，无论他们眼前怎样横行，究竟逃不了公论的怨恨，究竟不会受多数有志青年的崇拜。所以我们可以说这种主义的危险是很有限的。但是我觉得"个人主义"还有第三派，是很受人崇敬的，是格外危险的。这一派是：

（3）独善的个人主义——它的共同性质是：不满意于现社会，却又无可奈何，只想跳出这个社会去寻一种超出现社会的理想生活。

这个定义含有两部分：1.承认这个现社会是没有法子挽救的了；2.要想在现社会之外另寻一种独善的理想生活。自有人类以来，这种个人主义的表现也不知有多少次了。简括说来，共有四种：

（一）宗教家的极乐国。如佛家的净土，犹太人的伊甸园，别种宗教的天堂、天国，都属于这一派。这种理想的缘起，都由于对现社会不满意。因为厌恶现社会，故悬想那些无量寿、无量光的净土；不识不知，完全天趣的伊甸园；只有快乐，毫无痛苦的天国。这种极乐国里所没有的，都是他们所厌恨的；所有的，都是他们所梦想而不能得到的。

（二）神仙生活。神仙的生活也是一种悬想的超出现社会的生活。人世有疾病痛苦，神仙无病长生；人世愚昧无知，神仙能知过去未来；人生不自由，神仙乘云遨游，来去自由。

（三）山林隐逸的生活。前两种是完全出世的；他们的理想生活是悬想的、渺茫的出世生活。山林隐逸的生活虽然不是完全出世的，也是不满意于现社会的表示。他们不满意于当时的社会政治，却又无能为力，只得隐姓埋名，逃出这个恶浊社会去做他们自己理想中的生活。他们不能"得君行道"，故对于功名利禄，表示藐视的态度；他们痛恨富贵的人骄奢淫逸，故说富贵如同天上的浮云，如同脚下的破草鞋。他们痛恨社会上有许多不耕而食、不劳而得的"吃白阶级"，故自己耕田锄地，自食其力。他们厌恶这污浊的社会，故实行他们理想中梅妻鹤子、渔蓑钓艇的洁净生活。

（四）近代的新村生活。近代的新村运动，如十九世纪法国美国的理想农村，如现在日本日向的新村，照我的见解看起来，实在同山林隐逸的生活是根本相同的。那不同的地方，自然也有。山林隐逸是没有组织的，新村是有组织的；这是一种不同。隐遁的生活是同世事完全隔绝的，故有"不知有汉，遑论魏晋"的理想；现在的新村的人能有赏玩 Rodin 同 Cézanne 的幸福，还能在村外著书出报：这又是一种不同。但是这两种不同都是时代造成的，是偶然的，不是根本的区别。从根本性质上看来，新村的运动都是对于现社会不满意的表示。即如日向的新村，他们对于现在"少数人在多数人的不幸上，筑起自己的幸福"的社会制度，表示不满意，自然是公认的事实。周作人先生说日向新村里有人把中国看作"最自然，最自在的国"。这是他们对于日本政治极不满意的一种牢骚话，很可玩味的。武者小路实笃先生一班人虽然极不满意于现社会，却又不赞成用"暴力"的改革。他们都是"真心仰慕着平和"的人。他们于无可如何之中，想出这个新村的计划来。周作人先生说："新村的理想，要将历来非暴力不能做到的事，用和平方法得来。"这个和平方法就是离开现社会，去做一种模范的生活。"只要万人真希望这种的世界，这世界便能实现。"这句话不但是独善主义的精义，简直全是净土宗的口气了！所以我把新村来比山林隐逸，不算冤枉他；就是把他来比求净土天国的宗教运动，也不算玷辱他。不过他们的"净土"是在日向，不在西天罢了。

我这篇文章要批评的"个人主义的新生活"，就是指这一种跳出现社会的新村生活。这种生活，我认为是"独善的个人主义"的一种。"独善"两个字是从孟轲"穷则独善其身"一句话上来的。有人说：新村的根本主张是要人人"尽了对于人类的义务，却又完全发展自己个性"；如此看来，他们既承认"对于人类的义务"，如何还是独善的个人主义呢？我说：这正是个人主义的证据。试看古往今来主张个人主义的思想家，从希腊的"狗派"（Cynic）以至十八九世纪的个人主义，哪一个不是一方面崇拜个人，一方面崇拜那广漠的"人类"的？主张个人主义的人，只是否认那些切近的伦谊——或是家族，或是"社会"，或是国家——但是因为要推翻这些比较狭小逼人的伦谊，不得不捧出那广漠不逼人的"人类"。所以凡是个人主义的思想家，没有一个不承认这个双重关系的。

新村的人主张"完全发展自己个性"，故是一种个人主义。他们要想跳出现社会去发展自己个性，故是一种独善的个人主义。

这种新村的运动，因为恰合现在青年不满意于现社会的心理，故近来中国也有许多人欢迎、赞叹、崇拜。我也是敬仰武者先生一班人的，故也曾仔细考究这个问题。我考究的结果是不赞成这种运动。我以为中国的有志青年不应该仿行这种个人主义的新生活。

这种新村的运动有什么可以反对的地方呢？

第一，因为这种生活是避世的，是避开现社会的。这就是让步。这便不是奋斗。我们自然不应该提倡"暴力"，但是非暴力的奋斗是不可少的。我并不是说武者先生一班人没有奋斗的精神。他们在日本能提倡反对暴力的论调——如《一个青年的梦》——自然是有奋斗精神的。但是他们的新村计划想避开现社会里"奋斗的生活"，去寻那现社会外"生活的奋斗"，这便是一大让步。武者先生的《一个青年的梦》里的主人翁最后有几句话，很可玩味。他说：

……请宽恕我的无力——宽恕我的话的无力。但我心里所有的对于美丽的国的仰慕，却要请诸君体察的。……

我们对于日向的新村应该做如此观察。

第二，在古代，这种独善主义还有存在的理由；在现代，我们就不该崇拜他了。古代的人不知道个人有多大的势力，故孟轲说："穷则独善其身，达则兼善天下。"古人总想，改良社会是"达"了以后的事业——是得君行道以后的事业；故承认个人——穷的个人——只能做独善的事业，不配做兼善的事业。古人错了。现在我们承认个人有许多事业可做。人人都是一个无冠的帝王，人人都可以做一些改良社会的事。去年的"五四运动"和"六三运动"，何尝是"得君行道"的人做出来的？知道个人可以做事，知道有组织的个人更可以做事，便可以知道这种个人主义的独善生活是不值得摹仿的了。

第三，他们所信仰的"泛劳动主义"是很不经济的。他们主张："一个人生存上必要的衣食住，论理应该用自己的力去得来，不该要别人代负这责任。"这话从消极一方面看——从反对那"游民贵族"的方面看——自然是有理的。但是从他们的积极实行方面看，他们要"人人尽劳动的义务，制造这生活的资料"——就是衣食住的资料——这便是"矫枉过正"了。人人要尽制造衣食住的资料的义务，就是人人要加入这生活的奋斗（周作人先生再三说新村里平和幸福的空气，也许不承认"生活的奋斗"的话；但是我说的，并不是人同人争面包米饭的奋斗，乃是人在自然界谋生存的奋斗；周先生说新村的农作物至今还不够自用，便是一证）。现在文化进步的趋势，是要使人类渐渐减轻生活的奋斗至最低度，使人类能多分一些精力出来，做增加生活意味的事业。新村的生活使人人都要尽"制造衣食住的资料"的义务，根本上否认分功进化的道理，增加生活的奋斗，是很不经济的。

第四，这种独善的个人主义的根本观念就是周先生说的"改造社会，还要从改造个人做起"。我对于这个观念，根本上不能承认。这个观念的根本错误在于把"改造个人"与"改造社会"分作两截；在于把个人看作一个可以提到社会外去改造的东西。要知道个人是社会上种种势力的结果。我们吃的饭，穿的衣服，说的话，呼吸的空气，写的字，有的思想，……没有一件不是社会的。我曾有几句诗，说："……此身非吾有：一半属父母，一半属朋友。"当时我以为把一半的我归功社会，总算很慷慨了。后来我才知道这点算学做错了！父母给我的真是极少的一部分。其余各种极重要的部分，如思想、信仰、知识、技术、习惯，等等，大都是社会给我的。我穿线袜的法子是一个徽州同乡教我的；我穿皮鞋打的结能不散开，是一个美国女朋友教我的。这两件极细碎的例，很可以说明这个"我"是社会上无数势力所造成的。社会上的"良好分子"并不是生成的，也不是个人修炼成的——都是因为造成他们的种种势力里面，良好的势力比不良的势力多些。反过来，不良的势力比良好的势力多，结果便是"恶劣分子"了。古代的社会哲学和政治哲学只为要妄想凭空改造个人，故主张正心、诚意、独善其身的办法，这种办法其实是没有办法，因为没有下手的地方。近代的人生哲学渐渐变了，渐渐打破了这种迷梦，渐渐觉悟：改造社会的下手方法在于改良那些造成社会的种种势力——制度、习惯、思想、教育，等等。那些势力改良了，人也改良了。所以我觉得"改造社会要从改造个人做起"还是脱不了旧思想的影响。我们的根本观念是：

个人是社会上无数势力造成的。

改造社会须从改造这些造成社会，造成个人的种种势力做起。

改造社会即是改造个人。

新村的运动如果真是建筑在"改造社会要从改造个人做起"一个观念上，我觉得那是根本错误了。改造个人也是要一点一滴的改造那些造成个人的种种社会势力。不站在这个社会里来做这种一点一滴的社会改造，却跳出这个社会去"完全发展自己个性"，这便是放弃现社会，认为不能改造；这便是独善的个人主义。

以上说的是本篇的第一层意思。现在我且简单说明我所主张的"非个人主义的"新生活是什么。这种生活是一种"社会的新生活"；是站在这个现社会里奋斗的生活；是霸占住这个社会来改造这个社会的新生活。他的根本观念有三条：

一、社会是种种势力造成的，改造社会须要改造社会的种种势力。这种改造一定是零碎的改造——一点一滴的改造，一尺一步的改造。无论你的志愿如何宏大，理想如何彻底，计划如何伟大，你总不能笼统的改造，你总不能不做这种"得寸进寸，得尺进尺"的功夫。所以我说：社会的改造是这种制度那种制度的改造，是这种思想那种思想的改造，是这个家庭那个家庭的改造，是这个学堂那个学堂的改造。

[附注]

　　有人说："社会的种种势力是互相牵掣的，互相影响的。这种零碎的改造，是不中用的。因为你才动手改这一种制度，其余的种种势力便围拢来牵掣你了。如此看来，改造还是该做笼统的改造。"我说不然。正因为社会的势力是互相影响牵掣的，故一部分的改造自然会影响到别种势力上去。这种影响是最切实的，最有力的。近年来的文字改革，自然是局部的改革，但是他所影响的别种势力，竟有意想不到的多。这不是一个很明显的例吗？

　　二、因为要做一点一滴的改造，故有志做改造事业的人必须要时时刻刻存研究的态度，做切实的调查，下精细的考虑，提出大胆的假设，寻出实验的证明。这种新生活是研究的生活，是随时随地解决具体问题的生活。具体的问题多解决了一个，便是社会的改造进了那么多一步。做这种生活的人要睁开眼睛，公开心胸；要手足灵敏，耳目聪明，心思活泼；要欢迎事实，要不怕事实；要爱问题，要不怕问题的逼人！

　　三、这种生活是要奋斗的。那避世的独善主义是与人无忤，与世无争的，故不必奋斗。这种新生活，到处翻出不中听的事实，到处提出不中听的问题，自然是很讨人厌的，是一定要招起反对的。反对就是兴趣的表示，就是注意的表示。我们对于反对的旧势力，应该做正当的奋斗，不可退缩。我们的方针是：奋斗的结果，要使社会的旧势力不能不让我们；切不可先就偃旗息鼓退出现社会去，把这个社会双手让给旧势力。换句话说，应该使旧社会变成新社会，使旧村变为新村，使旧生活变为新生活。

我且举一个实际的例子。英美近二三十年来，有一种运动，叫做"贫民区域居留地"（Social Settlements）的运动。这种运动的大意是：一班青年的男女——大都是大学的毕业生——在本城拣定一块极龌龊、极不堪的贫民区域，买一块地，造一所房屋。这班人便终日在这里面做事。这屋里，凡是物质文明所赐的生活需要品——电灯、电话、热气、浴室、游水池、钢琴、话匣，等等——无一不有。他们把附近的小孩子——垢面的孩子，顽皮的孩子——都招拢来，教他们游水，教他们读书，教他们打球，教他们演说辩论，组成音乐队，组成演剧团，教他们演戏奏艺。还有女医生和看护妇，天天出去访问贫家，替他们医病，帮他们接生和看护产妇。病重的，由"居留地"的人送入公家医院。因为天下贫民都是最安本分的，他们眼见那高楼大屋的大医院心里以为这定是为有钱人家造的，绝不是替贫民诊病的；所以必须有人打破他们这种见解，教他们知道医院不是专为富贵人家的。还有许多贫家的妇女每日早晨出门做工，家里小孩子无人看管，所以"居留地"的人教他们把小孩子每天寄在"居留地"里，有人替他洗浴，换洗衣服，喂他们饮食，领他们游戏。到了晚上，他们的母亲回来了，各人把小孩领回去。这种小孩子从小就在洁净慈爱的环境里长大，渐渐养成了良好习惯，回到家中，自然会把从前的种种污秽的环境改了。家中大人也因时时同这种新生活接触，渐渐地改良了。我在纽约时，曾常常去看亨利街上的一所居留地，是华德女士（Lilian Wald）办的。有一晚我去看那条街上的贫家子弟演戏，演的是贝里（Barry）的名剧。我至今回想起来，他们演戏的程度比我们大学的新戏高得多咧！

这种生活是我所说的"非个人主义的新生活"！是我所说的"变旧社会为新社会，变旧村为新村"的生活！这也不是用"暴力"去得来的！我希望中国的青年要做这一类的新生活，不要去模仿那跳出现社会的独善生活，我们的新村就在我们自己的旧村里！我们所要的新村是要我们自己的旧村变成的新村！

可爱的男女少年！我们的旧村里我们可做的事业多得很咧！村上的鸦片烟灯还有多少？村上的吗啡针害死了多少人？村上缠脚的女子还有多少？村上的学堂成个什么样子？村上的绅士今年卖选票得了多少钱？村上的神庙香火还是这么兴旺？村上的医生断送了几百条人命？村上的煤矿工人每日只拿到五个铜子，你知道吗？村上多少女工因贫穷被逼去卖淫，你知道吗？村上的工厂没有避火的铁梯，昨天火起，烧死了一百多人，你知道吗？村上的童养媳妇被婆婆打断了一条腿，村上的绅士逼他的女儿饿死做烈女，你知道吗？

有志求新生活的男女少年！我们有什么权利，丢开这许多的事业去做那避世的新村生活！我们放着这个恶浊的旧村，有什么面孔，有什么良心，去寻那"和平幸福"的新村生活！

我们所应走的路

　　国难当前，我们究竟应该走哪条路，才能救国。我今天所讲的题目，就是《我们所应走的路》。我说的话，都是老生常谈，并没有新奇的高论。概括地说：一、为己而后可以为人。二、求学而后可以救国。我们十几年来，提倡新文化运动，究竟为的是什么。似乎大家都还不甚明白，今天我要说一说：我们当时所提倡的，是一种个人主义的人生观，换一句话说，就是修己而后可以爱人。我们当时提倡易卜生的文学，他的要点，就在"修己"，绝没有一个人，对自己尚不能负责任，而能负责救人的。在易卜生的书里面，有一篇戏剧作品，描写一个女子娜拉，她很想做一个孝女良妻贤母，但是她能力不够，经过十年的奋斗，她才有一个大的发现，就是一个人对自己不能负责的，绝没有做孝女、良妻、贤母的资格。所以她决计离开家庭，去做修己的功夫。这个故事所要表明的，就是无论何人，都要能对自己尽责任，有了知识，有了能力，有了人格，而后能救国救我。易卜生还有一篇戏剧著作，叫做《国民公敌》，描写有一个地方，有很好的泉水，相传可以疗病，所以到那里去养病和沐浴的人很多，那个地方因此繁盛起来。有一个医生忽然发现那里的水，不但不能医病，并且可以传染恶疾，因为里面有一种微菌，于人身很不相宜，他就想当众宣布出来。因为他的哥哥是当地的市长，恐怕消息传出，妨害全市繁荣，所以不准他发表。全市的人民，也和他哥哥表同情，不准他把消息传到市外，以免游人和病人裹足不前。但是这医士，他既经发现有害人生命的微菌，就应该正式宣布，免得害人。结果，全市的人民，认他是全市民的公敌，置之于死地。这一出戏闭幕的时候，医生说：最强的人，就是能为真理而孤立的。用一句中国的俗话，就是有特立独行的人，是最强的，如果是为公理，就是全国人反对他，也得发表，即使个人受害，也是为社会牺牲。

从这两篇戏剧，我们可以发现两个原则：一、努力发展个人的能力和人格。二、要能够冲破一切障碍，完成一种真理。孔子说："古之学者为己，今之学者为人。"又说"修己以敬""己欲立而立人，己欲达而达人。"这都是修己而爱人的道理。宋朝的王安石，是一个大政治家，他因为想改善政治和经济的状况，牺牲一切，是一个有特立独行的人，他做了一篇文章，论杨朱、墨翟，主张要学杨朱"为我"，"为我"的功夫，没有做好，就不要轻谈墨翟的"兼爱"。他说学者必先为己，为己有余，而后可以为人，凡是不能为己的人，必沉沦堕落，绝无救人的能力。

十五年来社会的状况，很使我们失望，因为近来产生两种人生观：一、自私自利的享乐主义。二、眼光短浅的牺牲主义。这些专知享乐的人并不谋如何能够报答所受的享乐，这是错误的。至于那些为了主义，为了爱国一时的冲动，不顾一切，牺牲生命的青年，几年来不下数万人，我们对于这些青年，不能不拜服，但是虽然佩服，我们并不希望大家学他们这样做，因为没有修养，纵然牺牲，也还是不能救国。牺牲这样多的人，而于国无益，这完全是青年们还没有彻底的了解我们当时所提倡的新文化运动，或者因为我们没有把所抱的主义解释得十分清楚，这是我们应该忏悔的。一个青年最大的责任，要把自己这一块材料，造成一件有用的东西，自己还不能成器，哪里能够改造社会，即使牺牲，也不能够救国，所以第一条我们应走的路，就是修己以爱人，或者说为己而后可以为人。

再讲第二条路：我们应该走的，就是以"学术救国"。现在谈到救国，觉得很惭愧，我们国家受外侮到此地步，究竟是什么缘故，直截了当地说，就是学术不如人。我们样样科学都要依赖别人，所以失败，我们现在要赶上学术与人家平等，我们才能得到国际的真平等。我们现在说个故事，证明科学可以救国。法国有一个大科学家，名叫巴斯德，他就是一个以科学救国的实例。前几年法国有人征求大众的意见，究竟谁是法国最大的伟人，投票的结果，当选的不是拿破仑，或是其他军政要人，乃是这位大科学家巴斯德。他的票数，比拿破仑多一百多万，这种缘故，听我细细说来：

当1870年，普鲁士战败法军、拿破仑三世攻入巴黎，逼迫法国作城下之盟。当时普国军队，烧毁一个很大的图书馆和其他的文化机关，巴斯德很生气，他本是一个有名的学者，普鲁士大学就送他一个名誉博士的学位。他现在把这张博士文凭撕毁，写一封信给普鲁士大学，说："你们军队这样野蛮，我耻于接受你们所予的学位，特地交还你们。"他虽然动气，但是他回头细想，法国的失败，是由于科学的不振作，当拿破仑第一时代，政府提倡科学，科学家与政府合作，所以能够强兵富国，后来法国政府，态度变更，蔑视科学，所以弄到一蹶不振。现在要挽回国运，除研究科学外，再无他道，于是集中全力，研究微菌学，他的发明，就是物必先有微生物，然后腐化，他这种发明，把我们中国"物腐而后虫生"的学说打倒了。他这一点发明，就救了法国，因为法国三种大工业；第一种是制酒，法国的酒窖，有长到三十英里的，所藏的酒量非常之多，但是因为酒容易发酸，所以不能运往远处销售，也不能长久保留他研究的结果，知道酒酸的缘故，是一种微生虫的作用。如果做酒到四十五度，立刻封好，就绝不会酸的。因为这种发明，法国的酒，就可以推销全世界，每年可得赢余一万万余法郎；第二种，法国的蚕丝，也是一种大工业，因为发生蚕病，每年损失到一万万元以上。巴斯德发明一种隔离蚕种、消灭蚕病的方法，救了法国的蚕业，每年也替国家增加一万万多法郎的收入。第三种，法国的牧畜业，也是很重要的，因为发生了一种兽瘟，牛羊倒毙无算。巴斯德检验病牛的身，知道其中有一种微生菌，他采用种牛痘的方法，发明一种注射防疫的新药，就是把病菌养在鸡汤里，然后注射到牛身上，和种牛痘一样的有效，试验结果，把兽瘟病完全治好，每年也替国家增加一万万多法郎的收入。三件事合起来，他每年为法国赚三十万万法郎，所以二十年之后，英国的赫胥黎说：德国所得法国的五十万万法郎的赔款，由巴斯德一个人替国家偿还清楚了。这就是一个科学救国的实例。我们现在要学巴斯德，埋头去做一点有益于国家的学术研究，不然，空唤口号，是没有用的。我们每每看见一个强盗，将要上法场的时候，常说"二十年后，又是一条好汉"。我们青年，对于国家，也要有这样的精神，现在虽然受到种种外侮，二十年后，我们还是一个强大的中国。

救国的方法很多，我今天不过只讲一样，希望大家努力，大凡一个国家的兴亡强弱，都不是偶然的，就是日本蕞尔三岛，一跃而为世界强国，再一跃而为世界五强之一，更进而为世界三大海军国之一，之所以能够如此，也有它的道理，我们不可认为偶然的，我们想要抵抗日本，也应该研究日本，"知己知彼，百战百胜"。我们大家要使中国强盛，还要着实努力，我最后说一句话，作为今天的结论，就是"唯科学可以救国"。

我所提倡的拜金主义

吴稚晖先生在今年五月底曾对我说："适之先生，你千万再不要提倡那害人误国的国故整理了。现在最要紧的是要提倡一种纯粹的拜金主义。"

我因为个人兴趣上的关系，大概还不能完全抛弃国故的整理。但对于他说的拜金主义的提倡，我却表示二十四分的赞成。

拜金主义并没有什么深奥的教旨，吴稚晖先生在他的《一个新信仰的宇宙观与人生观》里，曾发挥过这种教义。简单说来，拜金主义只有三个信条：

第一，要自己能挣饭吃。

第二，不可抢别人的饭吃。

第三，要能想出法子来，开出生路来，叫别人有挣饭吃的机会。

《朱砂痣》里有一句说白："原来银子是一件好宝贝。"这就是拜金主义的浅说。银子为什么是一件好宝贝呢？因为没有银子便是贫穷，贫穷便是一切罪恶的来源。《朱砂痣》里那个男子因为贫穷，便肯卖妻子，卖妻子便是一桩罪恶。你仔细想想，哪一件罪恶不是由于贫穷的？小偷、大盗、扒儿手、绑票、卖娼、贪赃、卖国，哪一件不是由于贫穷？

所以古人说：衣食足而后知荣辱，仓廪实而后知礼节。

这便是拜金主义的人生观。

一班瞎了眼睛，迷了心头孔的人，不知道人情是什么，偏要大骂西洋人，尤其是美国人，骂他们"崇拜大拉"（Worship the dollar）！你要知道，美国人因为崇拜大拉，所以已经做到了真正"夜不闭户，路不拾遗"的理想境界了。（几个大城市里自然还有罪恶，但乡间真能夜不闭户，路不拾遗是西洋的普遍现状。）

我们不配骂人崇拜大拉；请回头看看我们自己崇拜的是什么！

一个老太婆，背着一只竹篓，拿着一根铁扦，天天到弄堂里去扒垃圾堆，去寻那垃圾堆里一个半个没有烧完的煤球，一寸两寸稀烂奇脏的破布——这些人崇拜的是什么！

要知道，这种人连半个没有烧完的煤球也不肯放过，还能有什么"道德""牺牲""廉洁""路不拾遗"？

所以现今的要务是要充分提倡拜金主义，提倡人人要能挣饭吃。

上海青年会里的朋友们，现在办了一种职业学校，要造成一些能自己挣饭吃的人才，这真是大做好事，功德无量。我想社会上一定有些假充道学的人，嫌这个学校的拜金气味太重，所以写这篇短文，预先替他们做点辩护。

易卜生主义

一

易卜生最后所作的《我们死人再生时》（*When We Dead Awaken*）一本戏里面有一段话，很可表出易卜生所作文学的根本方法。这本戏的主人公是一个美术家，费了全副精神，雕成一副像，名为"复活日"。这位美术家自己说他这副雕像的历史道：

我那时年纪还轻，不懂得世事。我以为这"复活日"应该是一个极精致，极美的少女像，不带着一毫人世的经验，凭空地醒来，自然光明庄严，没有什么过恶可除……但是我后来那几年，懂得些世事了，才知道这"复活日"

不是这样简单的，原来是很复杂的……我眼里所见的人情世故，都到我理想中来，我不能不把这些现状包括进去。我只好把这像的座子放大了，放宽了。

我在那座子上雕了一片曲折爆裂的地面。从那地的裂缝里，钻出来无数模糊不分明，人身兽面的男男女女。这都是我在世间亲自见过的男男女女。（二幕）

这是"易卜生主义"的根本方法。那不带一毫人世罪恶的少女像，是指那盲目的理想派文学。那无数模糊不分明，人身兽面的男男女女，是指写实派的文学。易卜生早年和晚年的著作虽不能全说是写实主义，但我们看他极盛时期的著作，尽可以说，易卜生的文学，易卜生的人生观，只是一个写实主义。1882年，他有一封信给一个朋友，信中说道：

我做书的目的，要使读者人人心中都觉得他所读的全是实事。（《尺牍》第一五九号）

人生的大病根在于不肯睁开眼睛来看世间的真实现状。明明是男盗女娼的社会，我们偏说是圣贤礼仪之邦；明明是赃官污吏的政治，我们偏要歌功颂德；明明是不可救药的大病，我们偏说一点病都没有！却不知道：若要病好，须先认有病；若要政治好，须先认现今的政治实在不好；若要改良社会，须先知道现今的社会实在是男盗女娼的社会！易卜生的长处，只在他肯说老实话，只在他能把社会种种腐败醒醒的实在情形写出来叫大家仔细看。他并不是爱说社会的坏处，他只是不得不说。1880 年，他对一个朋友说：

> 我无论作什么诗，编什么戏，我的目的只要我自己精神上的舒服清净。因为我们对于社会的罪恶，都脱不了干系的。（《尺牍》第一四八号）

因为我们对于社会的罪恶都脱不了干系，故不得不说老实话。

二

我们且看易卜生写近世的社会，说的是一些什么样的老实话。第一，先说家庭。

易卜生所写的家庭，是极不堪的。家庭里面，有四种大恶德：一是自私自利；二是倚赖性、奴隶性；三是假道德、装腔做戏；四是懦怯没有胆子。做丈夫的便是自私自利的代表。他要快乐，要安逸，还要体面，所以他要娶一个妻子。正如《娜拉》戏中的海尔茂，他觉得同他妻子有爱情是很好玩的。他叫他妻子做"小宝贝""小鸟儿""小松鼠儿""我的最亲爱的"，等等肉麻名字。他给他妻子一点钱去买糖吃，买粉搽，买好衣服穿。他要他妻子穿得好看，打扮得标致。做妻子的完全是一个奴隶。她丈夫喜欢什么，她也该喜欢什么，她自己是不许有什么选择的。她的责任在于使丈夫欢喜。她自己不用有思想：她丈夫会替她思想。她自己不过是她丈夫的玩意儿，很像叫花子的猴子专替她变把戏引人开心的（所以《娜拉》又名《玩偶之家》）。丈夫要妻子守节，妻子却不能要丈夫守节，正如《群鬼》（Ghosts）戏里的阿尔文夫人受不过丈夫的气，跑到一个朋友家去；那位朋友是个牧师，很教训了她一顿，说她不守妇道。但是阿尔文夫人的丈夫专在外面偷妇人，甚至淫乱他妻子的婢女；人家都毫不介意，那位牧师朋友也觉得这是男人常有的事，不足为奇！妻子对丈夫，什么都可以牺牲；丈夫对妻子，是不犯着牺牲什么的。《娜拉》戏内的娜拉因为要救她丈夫的生命，所以冒她父亲的名字，签了借据去借钱。后来事体闹穿了，她丈夫不但不肯替娜拉分担冒名的干系，还要痛骂她带累他自己的名誉。后来和平了结了，没有危险了，她丈夫又装出大度的样子，说不追究她的错处了。他得意扬扬地说道："一个男人赦了他妻子的过犯是很畅快的事！"（《娜拉》三幕）

这种极不堪的情形，何以居然忍耐得住呢？第一，因为人都要顾面子，不得不装腔作势，做假道德遮着面孔。第二，因为大多数的人都是没有胆子的懦夫。因为要顾面子，故不肯闹翻；因为没有胆子，故不敢闹翻。那《娜拉》戏里的娜拉忽然看破家庭是一座做猴子戏的戏台，她自己是台上的猴子。她有胆子，又不肯再装假面子，所以告别了掌班的，跳下了戏台，去干她自己的生活。那《群鬼》戏里的阿尔文夫人没有娜拉的胆子，又要顾面子，所以被她的牧师朋友一劝，就劝回头了，还是回家去尽她的"天职"，守她的"妇道"。她丈夫仍旧做那种淫荡的行为。阿尔文夫人只好牺牲自己的人格，尽力把他羁縻在家。后来生下一个儿子，她母亲恐怕他在家学了他父亲的坏榜样，所以到了七岁便把他送到巴黎去。她一面要哄她丈夫在家，一面要在外边替她丈夫修名誉，一面要骗她儿子说他父亲是怎样一个正人君子。这种情形，过了十九个足年，她丈夫才死。死后，他妻子还要替他装面子，花了许多钱，造了一所孤儿院，作她亡夫的遗爱。孤儿院造成了，把她儿子唤回来参与孤儿院落成的庆典。谁知她儿子从胎里就得了他父亲的花柳病的遗毒，变成一种脑腐症，到家没几天，那孤儿院也被火烧了，她儿子的遗传病发作，脑子坏了，就成了疯人了。这是没有胆子，又要顾面子的结局。这就是腐败家庭的下场！

三

其次，且看易卜生的社会的三种大势力。那三种大势力：一是法律，二是宗教，三是道德。

第一，法律。法律的效能在于除暴去恶，禁民为非。但是法律有好处也有坏处。好处在于法律是无有偏私的；犯了什么法，就该得什么罪。坏处也在于此。法律是死板板的条文，不通人情世故；不知道一样的罪名却有几等几样的居心，有几等几样的境遇情形；同犯一罪的人却有几等几样的知识程度。法律只说某人犯了某法的某某篇某某章某某节，该得某某罪，全不管犯罪的人的知识不同，境遇不同，居心不同。《娜拉》戏里有两件冒名签字的事：一件是一个律师做的，一件是一个不懂法律的妇人做的。那律师犯这罪全由于自私自利，那妇人犯这罪全因为她要救她丈夫的性命。但是法律全不问这些区别。请看这两个"罪人"讨论这个问题：

（律师）海夫人，你好像不知道你犯了什么罪，我老实对你说，我犯的那桩使我一生声名扫地的事，和你所做的事恰恰相同，一毫也不多，一毫也不少。

（娜拉）你！难道你居然也敢冒险去救你妻子的命吗？

（律师）法律不管人的居心如何。

（娜拉）如此说来，这种法律是笨极了。

（律师）不问他笨不笨，你总要受他的裁判。

（娜拉）我不相信。难道法律不许做女儿的想个法子免得她临死的父亲烦恼吗？难道法律不许做妻子的救她丈夫的命吗？我不大懂得法律，但是我想总该有这种法律承认这些事的。你是一个律师，你难道不知道有这样的法律吗？柯先生，你真是一个不中用的律师了。（《娜拉》一幕）

最可怜的是世上真没有这种入情入理的法律！

第二，宗教。易卜生眼里的宗教久已失了那种可以感化人的能力；久已变成毫无生气的仪节信条，只配口头念得烂熟，却不配使人奋发鼓舞了。《娜拉》戏里说：

（海尔茂）你难道没有宗教吗？

（娜拉）我不很懂得究竟宗教是什么东西。我只知道我进教时那位牧师告诉我的一些话。他对我说宗教是这个，是那个，是这样，是那样。（三幕）

如今人的宗教，都是如此，你问他信什么教，他就把他的牧师或是他的先生告诉他的话背给你听。他会背耶稣的祈祷文，他会念阿弥陀佛，他会背一部《圣谕广训》。这就是宗教了！

宗教的本意，是为人而作的，正如耶稣说的，"礼拜是为人造的，不是人为礼拜造的。"不料后世的宗教处处与人类的天性相反，处处反乎人情。如《群鬼》戏中的牧师，逼着阿尔文夫人回家去受那荡子丈夫的待遇，去受那十九年极不堪的惨痛。那牧师说，宗教不许人求快乐；求快乐便是受了恶魔的魔力了。他说，宗教不许做妻子的批评她丈夫的行为。他说，宗教教人无论如何总要守妇道，总须尽责任。那牧师口口声声所说是"是"的，阿尔文夫人心中总觉得都是"不是"的。后来阿尔文夫人仔细去研究那牧师的宗教，忽然大悟。原来那些教条都是假的，都是"机器造的！"（《群鬼》二幕）

但是这种机器造的宗教何以居然能这样兴旺呢？原来现在的宗

教虽没有精神上的价值，却极有物质上的用场。宗教是可以利用的，是可以使人发财得意的。那《群鬼》戏里的木匠，本是一个极下流的酒鬼，卖妻卖女都肯干的。但是他见了那位道学的牧师，立刻就装出宗教家的样子，说宗教家的话，做宗教家的唱歌祈祷，把这位蠢牧师哄得滴溜溜的转（二幕）。那《罗斯莫庄》（Rosmersholm）戏里面的主人公罗斯莫本是一个牧师，后来他的思想改变了，遂不信教了。他那时想加入本地的自由党，不料党中的领袖却不许罗斯莫宣告他脱离教会的事。为什么呢？因为他们党里很少信教的人，故想借罗斯莫的名誉来号召那些信教的人家。可见宗教的兴旺，并不是因为宗教真有兴旺的价值，不过是因为宗教有可以利用的好处罢了。

第三，道德。法律宗教既没有裁制社会的本领，我们且看"道德"可有这种本事。据易卜生看来，社会上所谓"道德"不过是许多陈腐的旧习惯。合于社会习惯的，便是道德；不合于社会习惯的，便是不道德。正如我们中国的老辈人看见少年男女实行自由结婚，便说是"不道德"。为什么呢？因为这事不合于"父母之命，媒妁之言"的社会习惯。但是这班老辈人自己讨许多小老婆，却以为是很平常的事，没有什么不道德。为什么呢？因为习惯如此。又如中国人死了父母，发出讣书，人人都说"泣血稽颡"，"苫块昏迷"。其实他们何尝泣血？又何尝"寝苫枕块"？这种自欺欺人的事，人人都以为是"道德"，人人都不以为羞耻。为什么呢？因为社会的习惯如此，所以不道德的也觉得道德了。

这种不道德的道德，在社会上，造出一种诈伪不自然的伪君子。面子上都是仁义道德，骨子里都是男盗女娼。易卜生最恨这种人。他有一本戏，叫做《社会的栋梁》(*Pillars of Society*)。戏中的主人公名叫博尼克，是一个极坏的伪君子；他犯了一桩奸情，却让他兄弟受这恶名，还要诬赖他兄弟偷了钱跑脱了。不但如此，他还雇了一只烂脱底的船送他兄弟出海，指望把他兄弟和一船的人都沉死在海底，可以灭口。

这样一个大奸，面子上却做得十分道德，社会上都尊敬他，称他作"全市第一个公民""公民的模范""社会的栋梁"！他谋害他兄弟的那一天，本城的公民，聚了几千人，排起队来，打着旗，奏着军乐，上他的门来表示社会的敬意，高声喊道："博尼克万岁！社会的栋梁博尼克万岁！"

这就是道德！

四

其次，我们且看易卜生写个人与社会的关系。

易卜生的戏剧中，有一条极显而易见的学说，是说社会与个人互相损害；社会最爱专制，往往用强力摧折个人的个性，压制个人自由独立的精神；等到个人的个性都消灭了，等到自由独立的精神都完了，社会自身也没有生气了，也不会进步了。社会里有许多陈腐的习惯，老朽的思想，极不堪的迷信，个人生在社会中，不能不受这些势力的影响。有时有一两个独立的少年，不甘心受这种陈腐规矩的束缚，于是东冲西突想与社会作对。上文所说的博尼克，当少年时，也曾想和社会反抗。但是社会的权力很大，网罗很密；个人的能力有限，如何是社会的敌手？社会对个人道："你们顺我者生，逆我者死；顺我者有赏，逆我者有罚。"那些和社会作对的少年，一个一个的都受家庭的责备，遭朋友的怨恨，受社会的侮辱驱逐。再看那些奉承社会意旨的人，一个个的都升官发财，安富尊荣了。当此境地，不是顶天立地的好汉，决不能坚持到底。所以像博尼克那般人，做了几时的维新志士，不久也渐渐地受社会同化，仍旧回到旧社会去做"社会的栋梁"了。社会如同一个大火炉，什么金银铜铁锡，进了炉子，都要熔化。易卜生有一本戏叫做《雁》（The Wild Duck）写一个人捉到一只雁，把它养在楼上半阁里，每天给它一桶水，让它在水里打滚游戏。那雁本是一个海阔天空逍遥自得的飞鸟，如今在半阁里关久了，也会生活，也会长得胖胖的，后来竟完全忘记了它从前那种海阔天空来去自由的乐处了！个人在社会里，就同这雁在人家半阁上一般，起初未必满意，久而久之，也就惯了，也渐渐的把黑暗世界当作安乐窝了。

社会对于那班服从社会命令、维持陈旧迷信、传播腐败思想的人，一个一个的都有重赏。有的发财了，有的升官了，有的享大名誉了。这些人有了钱，有了势，有了名誉，就像老虎长了翅膀，更可横行无忌了，更可借着"公益"的名义去骗人钱财，害人生命，做种种无法无天的行为。易卜生的《社会的栋梁》和《博克曼》

（*John Gabriel Borkman*）两本戏的主人公都是这种人物。他们钱赚得够了，然后掏出几个小钱来，开一个学堂，造一所孤儿院，立一个公共游戏场，"捐二十镑金去买面包给贫人吃"（用《社会的栋梁》二幕中语）。于是社会格外恭维他们，打着旗子，奏着军乐，上他们家来，大喊"社会的栋梁万岁"！

那些不懂事又不安本分的理想家，处处和社会的风俗习惯作对，是该受重罚的。执行这种重罚的机关，便是"舆论"，便是大多数的"公论"。世间有一种最通行的迷信，叫做"服从多数的迷信"。人都以为多数人的公论总是不错的。易卜生绝对的不承认这种迷信。他说"多数党总在错的一边，少数党总在不错的一边"（《国民公敌》五幕）。一切维新革命，都是少数人发起的，都是大多数人所极力反对的。大多数人总是守旧麻木不仁的；只有极少数人，有时只有一个人，不满意于社会的现状，要想维新，要想革命。这种理想家是社会所最忌的。大多数人都骂他是"捣乱分子"，都恨他"扰乱治安"，都说他"大逆不道"；所以他们用大多数的专制威权去压制那"捣乱"的理想志士，不许他开口，不许他行动自由；把他关在监牢里，把他赶出境去，把他杀了，把他钉在十字架上活活的钉死，把他捆在柴草上活活的烧死。过了几十年几百年，那少数人的主张渐渐的变成多数人的主张了，于是社会的多数又把他们从前杀死钉死烧死的那些"捣乱分子"一个一个的重新推崇起来，替他们修墓，替他们作传，替他们立庙，替他们铸铜像。却不知道从前那种"新"思想，到了这时候，又早已成了"陈腐的"迷信！当他们替从前那些特立独行的人修墓铸铜像的时候，社会里早已发生了几个新派少数人，又要受他们杀死钉死烧死的刑罚了！所以说"多数党总是错的，少数党总是不错的"。

易卜生有一本戏叫做《国民公敌》，里面写的就是这个道理。这本戏的主人公斯多克芒医生从前发现本地的水可以造成几处卫生浴池。本地的人听了他的话，觉得有利可图，便集了资本造了几处卫生浴池。后来四方的人闻了这浴池的名，纷纷来这里避暑养病。来的人多了，本地的商业市面便渐渐发达兴旺。斯多克芒医生便做了浴池的官医。后来洗浴的人之中，忽然发生一种流行病症；经这位医生仔细考察，知道这病症是从浴池的水里来的，他便装了一瓶水寄与大学的化学师请他化验。化验出来，才知道浴池的水管安的太低了，上流的污秽，停积在浴池里，发生一种传染病的微生物，极有害于公众卫生。斯多克芒医生得了这种科学证据，便做了一篇切切实实的报告书，请浴池的董事会把浴池的水管重行改造，以免妨碍卫生。不料改造浴池要花费许多钱，又要把浴池闭歇一两年；浴池一闭歇，本地的商务便要受许多损失。所以本地的人全体用死力反对斯多克芒医生的提议。他们宁可听那些来避暑养病的人受毒病死，却不情愿受这种金钱的损失，所以他们用大多数的专制威权压制这位说老实话的医生，不许他开口。他做了报告，本地的报馆都不肯登载。他要自己印刷，印刷局也不肯替他印。他要开会演说，全城的人都不把空屋借他做会场。后来好容易找到了一所会场，开了一个公民会议，会场上的人不但不听他的老实话，还把他赶下台去，由全体一致表决，宣告斯多克芒医生从此是国民的公敌。他逃出会场，把裤子都撕破了，还被众人赶到他家，用石头掷他，把窗户都打碎了。到了第二天，本地政府革了他的官医；本地商民发了传单不许人请他看病；他的房东请他赶快搬出屋去；他的女儿在学堂教书，也被校长辞退了。这就是"特立独行"的好结果！这就是大多数惩罚少数"捣乱分子"的辣手段！

五

其次，我们且说易卜生的政治主义。易卜生的戏剧不大讨论政治问题，所以我们须用他的《尺牍》（Letters，ed. by his son, Sigurd Ibsen，English Trans. 1905）做参考的材料。

易卜生起初完全是一个主张无政府主义的人。当普法之战（1870—1871年）时，他的无政府主义最为激烈。1871年，他有信与一个朋友道：

> ……个人绝无做国民的需要。不但如此，国家简直是个人的大害。请看普鲁士的国力，不是牺牲了个人的个性去买来的吗？国民都成了酒馆里跑堂的了，自然个个是好兵了。再看犹太民族：岂不是最高贵的人类吗？无论受了何种野蛮的待遇，那犹太民族还能保存本来的面目。这都因为他们没有国家的原故。国家总得毁去。这种毁除国

家的革命，我也情愿加入。毁去国家观念，单靠个人的情愿和精神上的团结做人类社会的基本——若能做到这步田地，这可算得有价值的自由起点。那些国体的变迁，换来换去，都不过是弄把戏——都不过是全无道理的胡闹。（《尺牍》第七九）

易卜生的纯粹无政府主义，后来渐渐的改变了。他亲自看见巴黎"市民政府"（Commune）的完全失败（1871年），便把他主张无政府主义的热心减了许多（《尺牍》第八一）。到了1884年，他写信给他的朋友说，他在本国若有机会，定要把国中无权的人民联合成一个大政党，主张极力推广选举权，提高妇女的地位，改良国家教育，要使脱除一切中古陋习（《尺牍》第一七八）。这就不是无政府的口气了。但是他自己到底不曾加入政党。他以为加入政党是很下流的事（《尺牍》第一五八）。他最恨那班政客，他以为"那班政客所力争的，全是表面上的权利，全是胡闹。最要紧的是人心的大革命"（《尺牍》第七七）。

易卜生从来不主张狭义的国家主义，从来不是狭义的爱国者。1888年，他写信给一个朋友说道：

知识思想略为发达的人，对于旧式的国家观念，总不满意。我们不能以为有了我们所属的政治团体便足够了。据我看来，国家观念不久就要消灭了，将来定有人种

观念起来代它。即以我个人而论，我已经过这种变化。我
起初觉得我是那威国人，后来变成斯堪的纳维亚人（挪威
与瑞典总名斯堪的纳维亚），我现在已成了条顿人了。(《尺
牍》第二〇六）

这是 1888 年的话。我想易卜生晚年临死的时候（1906 年），一
定已进到世界主义的地步了。

六

我开篇便说过易卜生的人生观只是一个写实主义。易卜生把家
庭、社会的实在情形都写了出来，叫人看了动心，叫人看了觉得我
们的家庭社会原来是如此黑暗腐败，叫人看了晓得家庭社会真正不
得不维新革命——这就是"易卜生主义"。表面上看去，像是破坏
的，其实完全是建设的。譬如医生诊了病，开的一个脉案，把病状
详细写出，这难道是消极的破坏的手续吗？但是易卜生虽开了许多
脉案，却不肯轻易开药方。他知道人类社会是极复杂的组织，有种
种绝不相同的境地，有种种绝不相同的情形。社会的病，种类纷繁，
决不是什么"包医百病"的药方所能治得好的。因此他只好开个脉
案，说出病情，让病人各人自己去寻医病的药方。

虽然如此，但是易卜生生平却也有一种完全积极的主张。他主
张个人要充分发达自己的天才性；要充分发展自己的个性。他有一

封信给他的朋友白兰戴说道：

> 我所最期望于你的是一种真实纯粹的为我（你）主
> 义。要使你有时觉得天下只有关于我的事最要紧，其余
> 的都算不得什么……你要想有益于社会，最好的法子莫如
> 把你自己这块材料铸造成器……有的时候我真觉得全世界
> 都像海上撞沉了船，最要紧的还是救出自己。（《尺牍》第
> 八四）

最可笑的是有些人明知世界"陆沉"，却要跟着"陆沉"，跟着
堕落，不肯"救出自己"！却不知道社会是个人组成的，多救出一
个人便是多备下一个再造新社会的分子。所以孟轲说"穷则独善其
身"，这便是易卜生所说"救出自己"的意思。这种"为我主义"，
其实是最有价值的利人主义。所以易卜生说，"你要想有益于社会，
最好的法子莫如把你自己这块材料铸造成器"。《娜拉》戏里，写娜
拉抛了丈夫儿女飘然而去，也只为要"救出自己"。那戏中说：

> （海尔茂）……你就是这样抛弃你的最神圣的责
> 任吗？
> （娜拉）你以为我的最神圣的责任是什么？
> （海）还等我说吗？可不是你对于你的丈夫和你的儿
> 女的责任吗？

（娜）我还有别的责任同这些一样的神圣。

（海）没有的。你且说，那些责任是什么。

（娜）是我对于我自己的责任。

（海）最要紧的，你是一个妻子，又是一个母亲。

（娜）这种话我现在不相信了。我相信第一我是一个人正同你一样——无论如何，我务必努力做一个人。

（三幕）

1882 年，易卜生有信给朋友道：

这样生活，须使各人自己充分发展——这是人类功业顶高的一层；这是我们大家都应该做的事。（《尺牍》第一六四）

社会最大的罪恶莫过于摧折个人的个性，不使他自由发展。那本《雁》戏所写的只是一件摧残个人才性的惨剧。那戏写一个人少年时本极有高尚的志气，后来被一个恶人害得破家荡产，不能度日；那恶人又把他自己通奸有孕的下等女子配给他做妻子，从此家累日重一日，他的志气便日低一日。到了后来，他堕落深了，竟变成了一个懒人懦夫，天天受那下贱妇人和两个无赖的恭维，他洋洋得意地觉得这种生活很可以终身的。所以那本戏借一个雁做比喻：那雁在半阁上关得久了，他从前那种高飞远举的志气全消灭了。居然把人家的半阁做他的极乐国了!

发展个人的个性，要有两个条件。第一，须使个人有自由意志。第二，须使个人担干系，负责任。《娜拉》戏中写海尔茂的最大错处只在他把娜拉当作"玩意儿"看待，既不许她有自由意志，又不许她担负家庭的责任，所以娜拉竟没有发展她自己个性的机会。所以娜拉一旦觉悟时，恨极她的丈夫，决意弃家远去，也正为这个原故。易卜生又有一本戏，叫做《海上夫人》（*The Lady From The Sea*），里面写一个女子艾丽达少年时嫁给人家做后母，她丈夫和前妻的两个女儿看她年纪轻，不让她管家务，只叫她过安闲日子。艾丽达在家觉得做这种不自由的妻子，不负责任的后母，是极没趣的事。因此她天天想跟人到海外去过那海阔天空的生活。她丈夫越不许她自由，她偏越想自由。后来她丈夫知道留她不住，只得许她自由出去。她丈夫说道：

> （丈夫）……我现在立刻和你毁约，现在你可以有完全自由拣定你自己的路子……现在你可以自己决定，你有完全的自由，你自己担干系。
>
> （艾丽达）完全自由！还要自己担干系！还担干系咧！有这么一来，样样事都不同了。

艾丽达有了自由又自己负责任了，忽然大变了，也不想那海上的生活了，决意不跟人走了（《海上夫人》第五幕）。这是为什么呢？

因为世间只有奴隶的生活是不能自由选择的，是不用担干系的。个人若没有自由权，又不负责任，便和做奴隶一样，所以无论怎样好玩，无论怎样高兴，到底没有真正乐趣，到底不能发展个人的人格。所以艾丽达说，有了完全自由，还要自己担干系，有这么一来，样样事都不同了。

家庭是如此，社会国家也是如此。自治的社会，共和的国家，只是要个人有自由选择之权，还要个人对于自己所行所为都负责任。若不如此，决不能造出自己独立的人格。社会国家没有自由独立的人格如同酒里少了酒曲，面包里少了酵母，人身上少了脑筋：那种社会国家决没有改良进步的希望。

所以易卜生的一生目的只是要社会极力容忍，极力鼓励斯多克芒医生一流的人物（斯多克芒事见上文四节）；要想社会上生出无数永不知足，永不满意，敢说老实话攻击社会腐败情形的"国民公敌"；要想社会上有许多人都能像斯多克芒医生那样宣言道："世上最强有力的人就是那个最孤立的人！"

社会国家是时刻变迁的，所以不能指定那一种方法是救世的良药：十年前用补药，十年后或者须用泄药了；十年前用凉药，十年后或者须用热药了。况且各地的社会国家都不相同，适用于日本的药，未必完全适用于中国；适用于德国的药，未必适用于美国。只有康有为那种"圣人"，还想用他们的"戊戌政策"来救戊午的中国；只有辜鸿铭那班怪物，还想用二千年前的"尊王大义"来施行于二十世纪的中国。易卜生是聪明人，他知道世上没有"包医百病"的

206

仙方，也没有"施诸四海而皆准，推之百世而不悖"的真理。因此他对于社会的种种罪恶污秽，只开脉案，只说病状，却不肯下药。但他虽不肯下药，却到处告诉我们一个保卫社会健康的卫生良法。他仿佛说道："人的身体全靠血里面有无量数的白血轮时时刻刻与人身的病菌开战，把一切病菌扑灭干净，方才可使身体健全，精神充足。社会国家的健康也全靠社会中有许多永不知足，永不满意，时刻与罪恶分子龌龊分子宣战的白血轮，方才有改良进步的希望。我们若要保卫社会的健康，要使社会里时时刻刻有斯多克芒医生一般的白血轮分子。但使社会常有这种白血轮精神，社会决没有不改良进步的道理。"1883 年，易卜生写信给朋友道：

十年之后，社会的多数人大概也会到了斯多克芒医生开公民大会时的见地了。

但是这十年之中，斯多克芒自己也刻刻向前进；所以到了十年之后，他的见地仍旧比社会的多数人还高十年。即以我个人而论，我觉得时时刻刻总有进境。我从前每作一本戏时的主张，如今都已渐渐变成了多数人的主张。但是等到他们赶到那里时，我久已不在那里了。我又到别处去了。我希望我总是向前去了。(《尺牍》第一七二)

初稿原载于《新青年》第 4 卷第 6 号，1918 年 6 月 15 日

梦想与理想

梦想做大事业，人或笑之，以为无益。其实不然。天下多少事业，皆起于一二人之梦想。今日大患，在于无梦想之人耳。

尝谓欧人长处在敢于理想。其理想所凝集，往往托诸"乌托邦"（Utopia）。柏拉图之 *Republic*（《理想国》），培根之 *New Atlantis*（《新亚特兰蒂斯》），穆尔（Thomas Moore）之 *Utopia*（《乌托邦》），圣阿格斯丁（St. Augustine）之 *City of God*（《上帝城》），康德之 *Kingdom of Ends*（《论万物之终结》）及其 *Eternal Peace*（《太平论》），皆乌托邦也。乌托邦者，理想中之郅治之国，虽不能至，心向往焉。今日科学之昌明，有远过培根梦想中之《郅治国》者，三百年间事耳。今日之民主政体虽不能如康德所期，然有非柏拉图二千四百年前所能梦及者矣。七十年前（1842 年），诗人邓耐生（今译丁尼生，英国诗人）有诗云：

For I dipt into the future, far as human eye could see,

Saw the vision of the world, and all the wonder that would be ;

Saw the heavens with commerce, argosies of magic sails,

Pilots of the purple twilight, dropping down with costly bales ;

Heard the heavens fill with shouting, and there rain'd a ghastly dew

From the nations' airy navies grappling in the central blue ;

Far along the world wide whisper of the south wind rushing warm,

With the standards of the peoples plunging through the thunderstorm ;

Till the war drum throbb'd no longer, and the battle flags were furl'd

In the Parliament of man, the Federation of the world.

Locksley Hall

[译文]

吾曾探究未来，凭眼极力远眺，

望见世界之远景，望见将会出现之种种奇迹；

看到空中贸易不断，玄妙之航队穿梭往来，

驾紫色暮霭之飞行者纷纷降落，携带昂贵之货品；

听到天上充满呐喊声，交战各国之舰队在蓝天中央

厮杀，

降下一阵可怖之露水；

同时，在遍及全世界之和煦南风奏响之飒飒声中，

在雷电之轰鸣声中，各民族之军旗勇往直前；

直到鸣金收兵，直到战旗息偃，

息偃在全人类之议会里，在全世界之联邦里。

《洛克斯利田庄》

在当时句句皆梦想也。而七十年来，前数句皆成真境，独末二语未验耳。然吾人又安知其果不能见诸实际乎？

天下无不可为之事，无不可见诸实际之理想。电信也，电车也，汽机也，无线电也，空中飞行也，海底战斗也，皆数十年梦想所不及者也，今都成实事矣。理想家念此可以兴矣。

吾国先秦诸子皆有乌托邦：老子、庄子、列子皆悬想一郅治之国；孔子之小康大同，尤为卓绝古今。汉儒以还，思想滞塞，无敢作乌托邦之想者，而一国之思想遂以不进。吾之以乌托邦之多寡，卜思想之盛衰，有以也夫！

摘自胡适 1916 年 3 月 8 日留美日记

新生活——为《新生活》杂志第一期做的

哪样的生活可以叫做新生活呢？

我想来想去，只有一句话。新生活就是有意思的生活。

你听了，必定要问我，有意思的生活又是什么样子的生活呢？

我且先说一两件实在的事情做个样子，你就明白我的意思了。

前天你没有事做，闲得不耐烦了，你跑到街上一个小酒店里，打了四两白干，喝完了，又要四两，再添上四两。喝得大醉了，同张大哥吵了一回嘴，几乎打起架来。后来李四哥来把你拉开，你气忿忿的又要了四两白干，喝得人事不知，幸亏李四哥把你扶回去睡了。昨儿早上，你酒醒了，大嫂子把前天的事告诉你，你懊悔的很，自己埋怨自己："昨儿为什么要喝那么多酒呢？可不是糊涂吗？"

你赶上张大哥家去，作了许多揖，赔了许多不是，自己怪自己糊涂，请张大哥大量包涵。正说时，李四哥也来了，王三哥也来了。

他们三缺一，要你陪他们打牌。你坐下来，打了十二圈牌，输了一百多吊钱。你回得家来，大嫂子怪你不该赌博，你又懊悔得很，自己怪自己道："是呵，我为什么要陪他们打牌呢？可不是糊涂吗？"

诸位，像这样子的生活，叫做糊涂生活，糊涂生活便是没有意思的生活。你做完了这种生活，回头一想，"我为什么要这样干呢"？你自己也回答不出究竟为什么。

诸位，凡是自己说不出"为什么这样做"的事，都是没有意思的生活。

反过来说，凡是自己说得出"为什么这样做"的事，都可以说是有意思的生活。

生活的"为什么"，就是生活的意思。

人同畜牲的分别，就在这个"为什么"上。你到万牲园里去看那白熊一天到晚摆来摆去不肯歇，那就是没有意思的生活。我们做了人，应该不要学那些畜生的生活。畜生的生活只是糊涂，只是胡混，只是不晓得自己为什么如此做。一个人做的事应该件件事回得出一个"为什么"。

我为什么要干这个？为什么不干那个？回答得出，方才可算是一个人的生活。

我们希望中国人都能做这种有意思的新生活。其实这种新生活并不十分难，只消时时刻刻问自己为什么这样做，为什么不那样做，就可以渐渐的做到我们所说的新生活了。

诸位，千万不要说"为什么"这三个字是很容易的小事。你打今天起，每做一件事，便问一个为什么——为什么不把辫子剪了？为什么不把大姑娘的小脚放了？为什么大嫂子脸上搽那么多的脂粉？为什么出棺材要用那么多叫花子？为什么娶媳妇也要用那么多叫花子？为什么骂人要骂他的爹妈？为什么这个？为什么那个？——你试办一两天，你就会觉得这三个字的趣味真是无穷无尽，这三个字的功用也无穷无尽。

诸位，我们恭恭敬敬地请你们来试试这种新生活。

漫游的感想

一、东西文化的界线

我离了北京，不上几天到了哈尔滨，在此地我得了一个绝大的发现：我发现了东西文明的交界点。

哈尔滨本是俄国在远东侵略的一个重要中心。当初俄国人经营哈尔滨的时候，早就预备要把此地辟做一个二百万居民的大城，所以一切文明设备，应有尽有；几十年来，哈尔滨就成了北中国的上海。这是哈尔滨的租界，本地人叫作"道里"，现在租界收回，改为特别区。

租界的影响，在几十年中，使附近的一个村庄逐渐发展，也变成了一个繁盛的大城。这是"道外"。

"道里"现在收归中国管理了，但俄国人的势力还是很大的，向来租界时代的许多旧习惯至今还保存着。其中的一种遗风就是不准用人力车（东洋车）。"道外"的街道上都是人力车。一到了"道里"，只见电车与汽车，不见一部人力车。"道外"的东洋车可以拉到"道里"，但不准再拉客，只可拉空车回去。

　　我到了哈尔滨，看了"道里"与"道外"的区别，忍不住吹口气，自己想道：这不是东方文明与西方文明的交界点吗？东西洋文明的界线只是人力车文明与摩托车文明的界线——这是我的一大发现。

　　人力车又叫作东洋车，这真是确切不疑。请看世界之上，人力车所至之地，北起哈尔滨，西至四川，南至南洋，东至日本，这不是东方文明的区域吗？

　　人力车代表的文明就是那用人作牛马的文明，摩托车代表的文明就是用人的心思才智做出机械来代替人力的文明。把人作牛马看待，无论如何，够不上叫作精神文明。用人的智慧造出机械来，减少人类的苦痛，便利人类的交通，增加人类的幸福——这种文明却含有不少的理想主义，含有不少的精神文明的可能性。

　　我们坐在人力车上，眼看那些圆颅方趾的同胞努起筋肉，弯着背脊梁，流着血汗，替我们做牛做马，拖我们行远登高，为的是要挣几十个铜子去活命养家——我们当此时候不能不感谢那发明蒸汽机的大圣人，不能不感谢那发明电力的大圣人，不能不祝福那制作汽船汽车的大圣人：感谢他们的心思才智节省了人类多少精力，减除了人类多少苦痛！你们嫌我用"圣人"一个字吗？孔夫子不说过吗？"制而用之谓之器。利用出入，民咸用之，谓之神"。孔老先生还嫌"圣"字不够，他简直要尊他们为"神"呢！

二、摩托车的文明

去年 8 月 17 日的伦敦晚报（Evening Standard）有下列的统计：

全世界的摩托车共 24590000 辆。

全世界人口平均每七十一人有一辆摩托车。

美国每六人有车一辆。

加拿大与新西兰每十二人有车一辆。

澳洲每二十人有车一辆。

今年 1 月 16 日纽约的《国民周报》（The Nation）有下列的统计：

全世界摩托车　27500000

美国摩托车　22330000

美国摩托车数占全世界百分之八十一。

美国人口平均每五人有车一辆。

去年（1926）美国造的摩托车凡四百五十万辆，出口五十万辆。美国的路上，无论是大城里或乡间，都是不断的汽车。《纽约时报》上曾说一个故事：有一个北方人驾着摩托车走过 Miami 的一条大道，他开的速度是每点钟三十五英里。后面一个驾着两轮摩托车的警察赶上来问他为什么挡住大路。他说："我开的已是三十五里了。"警察喝道:"开六十里!"

今年 3 月里我到费城(Philadelphia)演讲,一个朋友请我到乡间 Haverford 去住一天。我和他同车往乡间去,到了一处,只见那边停着一二百辆摩托车。我说:"这里开摩托车赛会吗?"他用手指道:"那边不在造房子吗?这些都是木匠、泥水匠坐来做工的摩托车。"

这真是一个摩托车的国家!木匠、泥水匠坐了摩托车去做工,大学教员自己开着摩托车去上课,乡间儿童上学都有公共汽车接送,农家出的鸡蛋、牛乳每天都自己用摩托车送上火车或直送进城。十字街头,向来总有一两家酒店的;近年酒禁实行了,十字街头往往建着汽油的小站。车多了,停车的空场遂成为都市建筑的一个大问题。此外还发生了许多连带的问题,很能使都市因此改观。例如我到丹佛城(Denver),看见墙上都没有街道的名字,我很诧异。后来才看见街名都用白漆写在马路两边的"行道"(Pavement or Side Walk)的底下,为的是要使夜间摩托车灯光容易照着。这一件事便可以看出摩托车在都市经营上的影响了。

摩托车的文明的好处真是一言难尽。汽车公司近年通行"分月付款"的法子,使普通人家都可以购买摩托车。据最近统计,去年一年之中美国人买的摩托车有三分之二是分月付钱的。这种人家向来是不肯出远门的。如今有了摩托车,旅行便利了,所以每日工作完毕之后,回家带了家中妻儿,自己开着汽车,到郊外去游玩;每星期日,可以全家到远地旅行游览。例如旧金山的"金门公园",

远在海滨，可以纵观太平洋上的水光岛色；每到星期日，四方男女来游的真是人山人海！这都是摩托车的恩赐。这种远游的便利可以增进健康，开拓眼界，增加知识——这都是我们在轿子文明与人力车文明底下想象不到的幸福。

最大的功效还在人的官能的训练。人的四肢五官都是要训练的；不练就不灵巧了，久不练就迟钝麻木了。中国乡间的老百姓，看见汽车来了，往往手足失措，不知道怎样回避；你尽着呜呜地压着号筒，他们只听不见；连街上的狗与鸡也只是懒洋洋地踱来摆去，不知避开。但是你若把这班老百姓请到上海来，请他们从先施公司走到永安公司去，他们便不能不用耳目手足了。走过大马路的人，真如《封神传》上黄天化说的"须要眼观四处，耳听八方"。你若眼不明，耳不听，手足不灵动，必难免危险。这便是摩托车文明的训练。

美国的汽车大概都是个人自己驾驶的。往往一家里，父母子女都会开车。人工贵了，只有顶富的人家可以雇人开车。这种开车的训练真是"胜读十年书"！你开着汽车，两手各有职务，两脚也各有职务，眼要观四处，耳要听八方，还要手足眼耳一时并用，同力合作。你不但要会开车，还要会修车；随你是什么大学教授、诗人诗哲，到了半路车坏的时候，也不能不卷起袖管，替机器医病。什么书呆子、书蹩头、傻瓜，若受了这种训练，都不会四体不勤，五官不灵了。你们不常听见人说大学教授"心不在焉"的笑话吗？我这回新到美国，有些大学教授如孟禄博士等请我坐他们自己开的车。我总觉得有点栗栗危惧，怕他们开到半路上忽然想起什么哲学问题或天文学问题来，那才危险呢！但是我经过几回之后，才觉得这些大学教授已受了摩托车文明的洗礼，把从前的"心不在焉"的呆气都赶跑了，坐在轮子前便一心在轮子上，手足也灵活了，耳目也聪明了！猗欤休哉！摩托车的教育！

三、一个劳工代表

有些自命"先知"的人常常说："美国的物质发展终有到头的一天；到了物质文明破产的时候，社会革命便起来了。"

我可以武断地说：美国是不会有社会革命的，因为美国天天在社会革命之中。这种革命是渐进的，天天有进步，故天天是革命。如所得税的实行，不过是十四年来的事，然而现在所得税已成了国家税收的一大宗，巨富的家私有纳税百分之五十以上的。这种"社会化"的现象随地都可以看见。从前马克思派的经济学者说资本愈集中则财产所有权也愈集中，必做到资本全归极少数人之手的地步。但美国近年的变化却是资本集中而所有权分散在民众。一个公司可以有一万万的资本，而股票可以由雇员与工人购买，故一万万的资本就不妨有一万人的股东。近年移民进口的限制加严，贱工绝迹，故国内工资天天增涨；工人收入既丰，多有积蓄，往往购买股票，逐渐成为小资本家。不但白人如此，黑人的生活也逐渐抬高。纽约城的哈伦区，向为白人居住的，十年之中土地房屋全被发财的黑人买去了，遂成了一片五十万人的黑人区域。人人都可以做有产阶级，故阶级战争的煽动不发生效力。

我且说一件故事。

我在纽约时，有一次被邀去参加一个"两周讨论会"（Fortnightly Forum）。这一次讨论的题目是"我们这个时代应该叫什么时代？" 18 世纪是"理智时代"，19 世纪是"民治时代"，这个时期应该叫什么？究竟是好是坏？

依这个讨论会规矩，这一次请了六位客人作辩论员：一个是俄国克伦斯基革命政府的交通总长；一个是印度人；一个是我；一个是有名的"效率工程师"（Efficiency Engineer），是个老女士；一个是纽约有名的牧师 Holmes；一个是工会代表。

有些人的话是可以预料的。那位印度人一定痛骂这个物质文明的时代，那位俄国交通总长一定痛骂布尔什维克，那位牧师一定是很悲观的，我一定是很乐观的，那位女效率专家一定鼓吹她的效率主义。一言表过不提。

单说那位劳工代表 Frahne 先生。他站起来演说了。他穿着晚餐礼服，挺着雪白的硬衬衫，头发苍白了。他站起来，一手向里面衣袋抽出了一卷打字的演说稿，一手向外面袋中摸出眼镜盒，取出眼镜戴上。他高声演说了。

他一开口便使我诧异。他说我们这个时代可以说是人类有历史以来最好的最伟大的时代，最可惊叹的时代。

这是他的主文。以下他一条一条地举例来证明这个主旨。他先说科学的进步，尤其注重医学的发明；次说工业的进步；次说美术的新贡献，特别注重近年的音乐与新建筑。最后他叙述社会的进步，列举资本制裁的成绩，劳工待遇的改善，教育的普及，幸福的增加。他在十二分钟之内描写世界人类各方面的大进步，证明这个时代是人类有史以来最好的时代。

我听了他的演说，忍不住对自己说道：这才是真正的社会革命。社会革命的目的就是要做到向来被压迫的社会分子能站在大庭广众之中歌颂他的时代为人类有史以来最好的时代。

四、往西去

我在莫斯科住了三天，见着一些中国共产党的朋友，他们劝我在俄国多考察一些时日。我因为要赶到英国去开会，所以不能久留。那时冯玉祥将军在莫斯科郊外避暑，我听说他很崇拜苏俄，常常绘画列宁的肖像。我对他的秘书刘伯坚诸君说：我很盼望冯玉祥先生从俄国向西去看看。即使不能看美国，至少也应该看德国。

我的老朋友李大钊先生在被捕之前一两月曾对北京朋友说："我们应该写信给适之，劝他仍然从俄国回来，不要让他往西去打美国回来。"但他说这话时，我早已到了美国了。

我希望冯玉祥先生带了他的朋友往西去看看德国、美国，李大钊先生却希望我不要往西去。要明白此中的意义，且听我再说一件有趣味的故事。

我在日本时，同了马伯援先生去访问日本最有名的经济学家福田德三博士。我说："福田先生，听说先生新近到欧洲游历回来之后，先生的思想主张颇有改变，这话可靠吗？"

他说："没有什么大的改变。"

我问："改变的大致是什么？"

他说："从前我主张社会政策；这次从欧洲回来之后，我不主张这种妥协的、缓和的社会政策了。我现在以为这其间只有两条路：不是纯粹的马克思派社会主义，就是纯粹的资本主义。没有第三条路。"

我说："可惜先生到了欧洲不曾走得远点，索性到美国去看看，也许可以看见第三条路，也未可知。"

福田博士摇头说："美国我不敢去，我怕到了美国会把我的学说完全推翻了。"

我说："先生这话使我颇失望。学者似乎应该尊重事实。若事实可以推翻学说，那么我们似乎应该抛弃那学说，另寻更满意的假设。"

福田博士摇头说："我不敢到美国去。我今年五十五了，等到了六十岁时，我的思想定了，不会改变了，那时候我要往美国看看去。"

朋友们，不要笑那位日本学者。他还知道美国有些事实足以动摇他的学说，所以他不敢去。我们之中却有许多人决不承认世上会有事实足以动摇我们的迷信的。

五、东方人的"精神生活"

我到纽约后的第十天——1月21日——《纽约时报》上登出一条很有趣味的新闻：

昨天下午一点钟，新泽西州的恩格尔伍德（Englewood，N.J.）的山郎先生住宅面前，围了许多男男女女，小孩子，小狗，等着要看一位名叫哈密（Hamid Bey）的埃及道人（Fakir）被活埋的奇事。

哈密道人站在那掘好的坑坑的旁边，微微的雨点滴在他的飘飘的长袍上。他身边站着两个同道的助手。

人越来越多了。到了一点一分的时候，哈密道人忽然倒在地下，不省人事了。两个请来的医生同了三个报馆访员动手把他的耳朵、鼻子、嘴，都用棉花塞好。随后便有人来把哈密道人抬下坟坑，放在坑里的内穴中。他脸上撒了一层薄层的沙。内穴上面用木板盖好。

内穴上面还有三尺深的空坑，他们也用泥土填满了。填满了后，活埋的工作算完了。

到场的许多人都走进山郎先生的家中去吃茶点。山郎夫人未嫁之前就是那位绰号"千眼姑娘"的李麻小姐。她在那边招待来宾，大家谈着"人生无涯"一类的问题，静候那活埋道人的复活。

一点钟过去了。……一点半过去了。……两点钟过去了。……

到了下午四点，三个爱尔兰的工人动手把坑掘开。三个黑种工人站在旁边陪着——也许是给那三个白种同伴镇压邪鬼吧。

四点钟敲过不久，哈密道人扶起来了。扶到了空气中，他便颤动了，渐渐活过来了。他低低地喊了一声"胡帝尼"，微微一笑，他回生了。

他未埋之先，医生验过他的脉跳是七十二，呼吸是十八。复活之后，脉跳与呼吸仍是七十二与十八。他在坑中足足埋了两点五十二分。

这回的安排布置全是勒乌公司（Loew's）的杜纳先生办理的。杜纳先生说，本想同这位埃及道人订一个"杂耍戏"的契约，不过还得考虑一会，因为看戏的人等不得三个钟头就会跑光了。

哈密道人却很得意，他说他还可以活埋三天咧。

美国是个有钱的地方，世界各国的奇奇怪怪的宗教掮客都赶到这里来招揽信徒，炫卖花样。前一年，有个埃及道人名叫拉曼（Rahman）的，自称能收敛心神，停止呼吸。他当大众试验，闭在铁棺内，沉在赫贞河中，过一点钟之久。当时美国有大幻术家胡帝尼（Harry Houdini）研究此事，说这不是停止呼吸，乃是一种"浅呼吸"，是可以操练出来的。胡帝尼自己练习，到了去年夏间，他也公开试验：睡在铁棺中，叫人沉在纽约谢尔敦大旅馆的水池中，过了一点半钟，方才捞起来。开棺之后，依然复生，不过脉跳增加至一百四十二跳而已。胡帝尼的成绩比拉曼加长半点钟，颇能使人明白这种把戏不过是一种技术上的训练，并没有什么精神作用。

胡帝尼死后，这班东方道人还不服气，所以有今年 1 月 20 日哈密道人的公开试验。哈密的成绩又比胡帝尼加长了八十二分钟，应该够得上和勒乌公司订六个月的"杂耍戏"的契约了，然而杜纳先生又嫌活埋三点钟太干燥无味了，怕不能号召看戏的群众！可惜，可惜！大概哈密先生和他的道友们后来仍然回到东方去继续他们的"内心生活"了罢。

胡帝尼的试验的精神是很可佩服的。其实即使这班东方道人真能活埋三点钟以至三天，完全停止呼吸，这又算得什么精神生活？这里面哪有什么"精神的份子"？泥中的蚯蚓，以至一切冬天蛰伏的爬虫，不是都能这样吗？

十九，三，十原载 1927 年 8 月 13 日、20 日和 9 月 17 日《现代评论》
第 6 卷第 140、141、145 期

自由主义

孙中山先生曾引一句外国成语："社会主义有五十七种，不知哪一种是真的。"其实"自由主义"也可以有种种说法，人人都可以说他的说法是真的，今天我说的"自由主义"，当然只是我的看法，请大家指教。

自由主义最浅显的意思是强调的尊重自由，现在有些人否认自由的价值。同时又自称是自由主义者。自由主义里没有自由，那就好像长坂坡里没有赵子龙，空城计里没有诸葛亮，总有点叫不顺口罢！据我的拙见，自由主义就是人类历史上那个提倡自由、崇拜自由、争取自由、充实并推广自由的大运动。"自由"在中国古文里的意思是："由于自己"，就是不由于外力，是"自己做主"。在欧洲文字里，"自由"含有"解放"之意，是从外力裁制之下解放出来，才能"自己做主"。在中国古代思想里，"自由"就等于自然，"自然"

是"自己如此"，"自由"是"由于自己"，都有不由于外力拘束的意思。陶渊明的诗"久在樊笼里，复得返自然"，这里"自然"二字可以说是完全同"自由"一样。王安石的诗："风吹瓦堕屋，正打破我头……我终不嗔渠，此瓦不自由"。这就是说，这片瓦的行动是被风吹动的，不是由于自己的力量。中国古人太看重"自由""自然"的"自"字，所以往往看轻外面的拘束力量，也许是故意看不起外面的压迫，故意回向自己内心去求安慰，求自由。这种回向自己求内心的自由，有几种方式，一种是隐遁的生活——逃避外力的压迫，一种是梦想神仙的生活——行动自由，变化自由——正如庄子说，列子御风而行，还是"有待"。"有待"还不是真自由，最高的生活是事人无待于外。道教的神仙，佛教的西天净土，都含有由自己内心去寻求最高的自由的意义。我们现在讲的"自由"，不是那种内心境界，我们现在说的"自由"，是不受外力拘束压迫的权利，是在某一方面的生活不受外力限制束缚的权利。

在宗教信仰方面不受外力限制，就是宗教信仰自由；在思想方面就是思想自由；在著作出版方面，就是言论自由，出版自由。这些自由都不是天生的，不是上帝赐给我们的，是一些先进民族用长期的奋斗努力争出来的。

人类历史上那个自由主义大运动实在是一大串解放的努力。宗教信仰自由只是解除某个宗教威权的束缚，思想自由只是解除某派正统思想威权的束缚。在这些方面……在信仰与思想的方面，东方历史上也有很大胆的批评者与反抗者。从墨翟、杨朱，到桓谭、王充，从范缜、傅奕、韩愈，到李贽、颜元、李塨，都可以说是为信仰思想自由奋斗的东方豪杰之士，很可以同他们的许多西方同志齐名比美。我们中国历史上虽然没有抬出"争自由"的大旗子来做宗教运动、思想运动或政治运动，但中国思想史与社会政治史的每一个时代都可以说含有争取某种解放的意义。

我们的思想史的第一个开山时代，就是春秋战国时代——就有争取思想自由的意义。

古代思想的第一位大师老子，就是一位大胆批评政府的人。他说："天下多忌讳，而民弥贫。""法令滋彰，盗贼多有。""民之饥，以其上食税之多，是以饥。""民之难治，以其上之有为，是以难治。""民之轻死，以其求生之厚，是以轻死。""天之道损有余，而补不足。""人之道则不然，损不足以奉有余。"老子同时的邓析是批评政府而被杀的。另一位更伟大的人就是孔子，他也是一位偏向左的"中间派"，他对于当时的宗教与政治，都有大胆的批评。他的最大胆的思想是在教育方面：

有教无类："类"是门类，是阶级民族，"有教无类"，是说："有了教育，就没有阶级民族了。"

从老子、孔子打开了自由思想的风气，二千多年的中国思想史、宗教史，时时有争自由的急先锋，有时还有牺牲生命的殉道者。孟子的政治思想可以说是全世界的自由主义的最早一个倡导者。孟子提出的"大丈夫"是"贫贱不能移，富贵不能淫，威武不能屈"。这是中国经典里自由主义的理想人物。在二千多年历史上，每到了宗教与思想走进了太黑暗的时代，总有大思想家起来奋斗，批评，改革。

汉朝的儒教太黑暗了，就有桓谭、王充、张衡起来，做大胆的批评。后来佛教势力太大了，就有齐梁之间的范缜，唐朝初年的傅奕，唐朝后期的韩愈出来，大胆的批评佛教，攻击那在当时气焰熏天的佛教。大家都还记得韩愈攻击佛教的结果是："一封朝奏九重天，夕贬潮阳路八千。"佛教衰落之后，在理学极盛时代，也曾有多少次批评正统思想或反抗正统思想的运动。王阳明的运动就是反抗朱子的正统思想的。李卓吾是为了反抗一切正宗而被拘捕下狱，他在监狱里自杀的。他死在北京，葬在通州。这个七十六岁的殉道者的坟墓，至今存在，他的书经过多少次禁止，但至今还是很流行的。北方的颜李学派，也是反对正统的程朱思想的。当时，这个了不得的学派很受正统思想的压迫，甚至于不能公开的传授。这三百年的汉学运动，也是一种争取宗教自由、思想自由的运动。汉学是抬出汉朝的书做招牌，来掩护一个批评宋学的大运动。这就等于欧洲人抬出《圣经》来反对教会的权威。

但是东方自由主义运动始终没有抓住政治自由的特殊重要性，所以始终没有走上建设民主政治的路子。西方的自由主义绝大贡献正在这一点，他们觉悟到只有民主的政治方才能够保障人民的基本自由，所以自由主义的政治意义是强调的拥护民主。一个国家的统治权必须放在多数人民手里。近代民主政治制度是盎格鲁-撒克逊民族的贡献居多，代议制度是英国人的贡献，成文而可以修改的宪法是英美人的创制，无记名投票是澳洲人的发明，这就是政治的自由主义应该包含的意义。我们古代也曾有"天视自我民视，天听自我民听"，"民为邦本"，"民为贵，社稷次之，君为轻"的民主思想。我们也曾在二千年前就废除了封建制度，做到了大一统的国家，在这个大一统的帝国里，我们也曾建立一种全世界最久的文官考试制度，使全国才智之士有参加政府的平等制度。但，我们始终没有法可以解决君主专制的问题，始终没有建立一个制度来限制君主的专制大权，世界只有盎格鲁撒克逊民族在七百年中逐渐发展出好几种民主政治的方式与制度。这些制度可以用在小国，也可以用在大国。（1）代议政治，起源很早，但史家指 1295 年为正式起始。（2）成文宪，最早的 1215 年的大宪章，近代的是美国宪法（1789）。（3）无记名投票（政府预备选举票，票上印各党候选人的姓名，选民秘密填记）是 1856 年 South Australia 最早采用的。自由主义在这两百年的演进史上，还有一个特殊的空前的政治意义，就是容忍反对党，保障少数人的自由权利。向来政治斗争不是东风压了西风，就是西风压了东风，被压的人是没有好日子过的，但近代西方的民主政治却渐渐养成了一种容忍异己的度量与风气。因为政权是多数人民授予的，在朝执政权的党一旦失去了多数人民的支持，就成了在野党了，所以执政权的人都得准备下台时坐冷板凳的生活，而个个少数党都有逐渐变成多数党的可能。甚至于极少数人的信仰与主张，"好像一粒芥子，在各种种子里是顶小的，等到他生长起来，却比各种菜蔬都大，竟成了小树，空中的飞鸟可以来停在他的枝上。"（《新约·马太福音十四章》，圣地的芥菜可以高到十英尺）人们能这样想，就不能不存容忍别人的态度了，就不能不尊重少数人的基本自由了。在近代民主国家里，容忍反对党，保障少数人的权利，久已成了当然的政治作风，这是近代自由主义里最可爱慕而又最基本的一个方面。我做驻美大使的时期，有一天我到费城去看我的一个史学老师白尔教授，他平生最注意人类争自由的历史，这时候他已八十岁了。他对我说："我年纪越大，越觉得容忍比自由还更重要。"这句话我至今不忘记。为什么容忍比自由还更要紧呢？因为容忍就是自由的根源，没有容忍，就没有自由可说了。至少在现代，自由的保障全靠一种互相容忍的精神，无论是东风压了西风，是西风压了东风，都是不容忍，都是摧残自由。多数人若不能容忍少数人的思想信仰，少数人当然不会有思想信仰的自由，反过来说，少数人也得容忍多数人的思想信仰，因为少数人要时常怀着"有朝一日权在手，杀尽异教方罢休"的心理，多数人也就不能不行"斩草除根"的算计了。最后我要指出，现代的自由主义，还含有"和平改革"的意思。

和平改革有两个意义，第一就是和平的转移政权；第二就是用立法的方法，一步一步地做具体改革，一点一滴地求进步。容忍反对党，尊重少数人权利，正是和平的政治社会改革的唯一基础。反对党的对立，第一是为政府树立最严格的批评监督机关，第二是使人民可以有选择的机会，使国家可以用法定的和平方式来转移政权。严格的批评监督，和平的改换政权，都是现代民主国家做到和平革新的大路。近代最重大的政治变迁，莫过于英国工党的执掌政权，英国工党在五十多年前，只能选择出十几个议员，三十年后，工党两次执政，但还站不长久，到了战争胜利之年（1945），工党得到了绝对多数的选举票，故这次工党的政权，是巩固的，在五年之内，谁都不能推翻他们，他们可以放手改革英国的工商业，可以放手改革英国的经济制度，这样重大的变化——从资本主义的英国变到社会主义的英国——不用流一滴血，不用武装革命，只靠一张无记名的选举票，这种和平的革命基础，只是那容忍反对党的雅量，只是那保障少数人自由权利的政治制度，顶顶小的芥子不曾受摧残，在五十年后居然变成大树了。自由主义在历史上有解除束缚的作用，故有时不能避免流血的革命，但自由主义的运动，在最近百年中最大成绩。例如英国自从1832年以来的政治革新，直到今日的工党政府，都是不流血的和平革新，所以在许多人的心目中自由主义竟成了"和平改革主义"的别名，有些人反对自由主义，说它是"不革命主义"，也正是如此。我们承认现代的自由主义正应该有"和平改革"的含义，因为在民主政治已上了轨道的国家里，自由与容忍铺下了和平改革的大路，自由主义者也就不觉得有暴力革命的必要了。这最后一点，有许多没有忍耐心的年轻人也许听了不满意。他们要"彻底改革"，不要那一点一滴地立法；他们要暴力革命，不要和平演讲。我要很诚恳地指出：近代一百六七十年的历史，很清楚地指示我们，凡主张彻底改革的人，在政治上没有一个不走上绝对专制的路，这是很自然的，只有绝对的专制政权可以铲除一切反对党，消灭一切阻力；也只有绝对的专制政治可以不择手段，不惜代价，用最残酷的方法做到他们认为根本改革的目的。他们不承认他们的见解会有错误，他们也不能承认反对的人会有值得考虑的理由，所以他们绝对不能容忍异己，也绝对不能容许自由的思想与言论。所以我很坦白地说，自由主义为了尊重自由与容忍，当然反对暴力革命与暴力革命必然引起来的暴力专制政治。

总结起来，自由主义的第一个意义是自由，第二个意义是民主，第三个意义是容忍——容忍反对党，第四个意义是和平的渐进的改革。

原载 1948 年 9 月 5 日北平《世界日报》

贞操问题

一

　　周作人先生所译的日本与谢野晶子的《贞操论》(《新青年》四卷五号)，我读了很有感触。这个问题，在世界上受了几千年无意识的迷信，到近几十年中，方才有些西洋学者正式讨论这问题的真意义。文学家如易卜生的《群鬼》和 Thomas Hardy 的《苔丝》(*Tess*)，都带着讨论这个问题。如今家庭专制最厉害的日本居然也有这样大胆的议论！这是东方文明史上一件极可贺的事。

　　当周先生翻译这篇文字的时候，北京一家很有价值的报纸登出一篇恰相反的文章。这篇文章是海宁朱尔迈的《会葬唐烈妇记》(七月二十三四日北京《中华新报》)。上半篇写唐烈妇之死如下：

唐烈妇之死，所阅灰水，钱卤，投河，雉经者五，前后绝食者三；又益之以砒霜，则其亲试乎杀人之方者凡九。自除夕上溯其夫亡之夕，凡九十有八日。夫以九死之惨毒，又历九十八日之长，非所称百挫千折有进而无退者乎？……

下文又借出一件"俞氏女守节"的事来替唐烈妇作陪衬：

女年十九，受海监张氏聘，未于归，夫夭，女即绝食七日；家人劝之力，始进糜日，"吾即生，必至张氏，宁服丧三年，然后归报地下"。

最妙的是朱尔迈的论断：

嗟乎，俞氏女盖闻热妇之风而兴起者乎？……俞氏女果能死于绝食七日之内，岂不甚幸？乃为家人阻之，俞氏女亦以三年为己任，余正恐三年之间，凡一千八十日有奇，非如烈妇之九十八日也。且绝食之后，其家人防之者百端……虽有死之志，而无死之间，可奈何？烈妇倘能阴相之以成其节，风化所关，犹钦盛矣！

这种议论简直是全无心肝的贞操论。俞氏女还不曾出嫁，不过因为信了那种荒谬的贞操迷信，想做那"青史上留名的事"，所以绝食寻死，想做烈女。这位朱先生要维持风化，所以忍心巴望那位烈妇的英灵来帮助俞氏女赶快死了，"岂不甚幸"！这种议论可算得贞操迷信的极端代表。《儒林外史》里面的王玉辉看他女儿殉夫死了，不但不哀痛，反仰天大笑道："死得好！死得好！"（五十二回）王玉辉的女儿殉已嫁之夫，尚在情理之中。王玉辉自己"生这女儿为伦纪生色"，他看他女儿死了反觉高兴，已不在情理中了。至于这位朱先生巴望别人家的女儿替她未婚夫做烈女，说出那种"盛哉"的全无心肝的话，可不是贞操迷信的极端代表吗？

贞操问题之中，第一无道理的，便是这个替未婚夫守节和殉烈的风俗。在文明国里，男女用自由意志，由高尚的恋爱，订了婚约，有时男的或女的不幸死了，剩下的那一个因为生时爱情太深，故情愿不再婚嫁。这是合情理的事。若在婚姻不自由之国，男女订婚以后，女的还不知男的面长面短，有何情爱可言？不料竟有一种陋儒，用"青史上留名的事"来鼓励无知女儿做烈女，"为伦纪生色""风化所关，猗欤盛矣！"我以为我们今日若要作具体的贞操论，第一步就该反对这种忍心害理的烈女论，要渐渐养成一种舆论，不但永不把这种行为看作"盛矣"可旌表褒扬的事，还要公认这是不合人情，不合天理的罪恶；还要公认劝人做烈女，罪等于故意杀人。

这不过是贞操问题的一方面。这个问题的真相，与谢野晶子已经说得很明白了。他提出几个疑问，内中有一条是："贞操是否单是女子必要的道德，还是男女都必要的呢？"这个疑问，在中国更为重要。中国的男子要他们的妻子替他们守贞守节，他们自己却公然嫖妓，公然纳妾，公然"吊膀子"。再嫁的妇人在社会上几乎没有社交的资格；再婚的男子，多妻的男子，却一毫不损失他们的身份，这不是最不平等的事吗？怪不得古人要请"周婆制礼"来补救"周公制礼"的不平等了。

我不是说，因为男子嫖妓，女子便该偷汉；也不是说，因为老爷有姨太太，太太便该有姨老爷。我说的是，男子嫖妓，与妇人偷汉，犯的是同等的罪恶；老爷纳妾，与太太偷人，犯的也是同等的罪恶。

为什么呢？因为贞操不是个人的事，乃是人对人的事；不是一方面的事，乃是双方面的事。女子尊重男子的爱情，心思专一，不肯再爱别人，这就是贞操。贞操是一个"人"对另一个"人"的一种态度。因为如此，男子对于女子，也该有同等的态度，若男子不能照样还敬，他就是不配受这种贞操的待遇。这并不是外国进口的妖言，这乃是孔丘说的"己所不欲，勿施于人"。孔丘说：

> 君子之道四，丘未能一焉：所求乎子以事父，未能也；所求乎臣以事君，未能也；所求乎弟以事兄，未能也；所求乎朋友，先施之，未能也。

孔丘五伦之中，只说了四伦，未免有点欠缺。

他理该加上一句道：所求乎吾妇，先施之，未能也。

这才是大公无私的圣人之道！

二

我这篇文字刚才做完，又在上海报上看见陈烈女殉夫的事。今先记此事大略如下：

> 陈烈女名宛珍，绍兴县人，三世居上海。年十七，字王远甫之子菁士。菁士于本年三月二十三日病死，年十八岁。陈女闻死耗，即沐浴更衣，潜自仰药。其家人觉察，仓皇施救，已无及。女乃泫然曰："儿志早决。生虽未获见夫，殁或相从地下……"言讫，遂死，死时距其未婚夫之死仅三时而已。（此据上海绍兴同乡会所出征文启）

过了两天，又见上海县知事呈江苏省长请予褒扬的呈文中说：

> 呈为陈烈女行实可风，造册具书证明，请予按例褒扬事。……（事实略）……兹据呈称……并开具事实，附送褒扬费银六元前来。……知事复查无异。除先给予"贞烈可风"匾额，以资旌表外，谨援《褒扬条例》……之规定，

造具清册，并附证明书，连同褒扬费，一并构文呈送；仰祈鉴核，俯赐咨行内务部将陈烈女按例褒扬，实为德便。

我读了这篇呈文，方才知道我们中华民国居然还有什么《褒扬条例》。于是我把那些条例寻来一看，只见第一条九种可褒扬的行谊的第二款便是"妇女节烈贞操可以风世者"；第七款是"著述书籍制造器用，于学术技艺或发明或改良之功者"；第九款是"年逾百岁者"！一个人偶然活到了一百岁，居然也可以与学术技艺上的著作发明享受同等的褒扬！这已是不伦不类可笑得很了。再看那条例施行细则解释第一条第二款的"妇女节烈贞操可以风世者"如下：

第二条：《褒扬条例》第一条第二款所称之"节"妇，其守节年限自三十岁以前守节至五十岁以后者。但年未五十而身故，其守节已及六年者同。

第三条：同条款所称之"烈"妇"烈"女，凡遇强暴不从致死，或羞愤自尽，及夫亡殉节者，属之。

第四条：同条款所称之"贞"女，守贞年限与节妇同。其在夫家守贞身故，及未符年例而身故者，亦属之。

以上各条乃是中国贞操问题的中心点。第二条褒扬"自三十岁以前守节至五十岁以后"的节妇，是中国法律明明认为三十岁以下的寡妇不该再嫁；再嫁为不道德。第三条褒扬"夫亡殉节"的烈妇烈女，是中国法律明明鼓励妇人自杀以殉夫；明明鼓励未嫁女子自杀以殉未嫁之夫。第四条褒扬未嫁女子替未婚亡夫守贞二十年以上，是中国法律明明说未嫁而丧夫的女子不该再嫁人；再嫁便是不道德。

这是中国法律对于贞操问题的规定。

依我个人的意思看来，这三种规定都没有成立的理由。

第一，寡妇再嫁问题。

这全是一个个人问题。妇人若是对她已死的丈夫真有割不断的情义，她自己不忍再嫁；或是已有了孩子，不肯再嫁；或是年纪已大，不能再嫁；或是家道殷实，不愁衣食，不必再嫁——妇人处于这种境地，自然守节不嫁。还有一些妇人，对她丈夫，或有怨心，或无恩意，年纪又轻，不肯抛弃人生正当的家庭快乐；或是没有儿女，家又贫苦，不能度日——妇人处于这种境遇没有守节的理由，为个人计，为社会计，为人道计，都该劝她改嫁。贞操乃是夫妇相待的一种态度。夫妇之间爱情深了，恩谊厚了，无论谁生谁死，无论生时死后，都不忍把这爱情移于别人，这便是贞操。夫妻之间若没有爱情恩意，即没有贞操可说。若不问夫妇之间有无可以永久不变的爱情，若不问做丈夫的配不配受他妻子的贞操，只晓得主张做妻子的总该替她丈夫守节；这是一偏的贞操论，这是不合人情公理的伦理。再者，贞操的道德，"照各人境遇体质的不同，有时能守，有时不能守；在甲能守，在乙不能守。"（用与谢野晶子的话）若不问个人的境遇体质，只晓得说"忠臣不事二君，烈女不更二夫"；

只晓得说"饿死事极小，失节事极大"（用程子语）；这是忍心害理，男子专制的贞操论。以上所说，大旨只要指出寡妇应否再嫁全是个人问题，有个人恩情上，体质上，家计上种种不同的理由，不可偏于一方面主张不近情理的守节。因为如此，故我极端反对国家用法律的规定来褒扬守节不嫁的寡妇。褒扬守节的寡妇，即是说寡妇再嫁为不道德，即是主张一偏的贞操论。法律既不能断定寡妇再嫁为不道德，即不该褒扬不嫁的寡妇。

第二，烈妇殉夫问题。

寡妇守节最正当的理由是夫妇间的爱情。妇人殉夫最正当的理由也是夫妇间的爱情。爱情深了，生离尚且不能堪，何况死别？再加以宗教的迷信，以为死后可以夫妇团圆。因此有许多妇人，夫死之后，情愿杀身从夫于地下。这个不属于贞操问题。但我以为无论如何，这也是个人恩爱问题，应由个人自由意志去决定。无论如何，法律总不该正式褒扬妇人自杀殉夫的举动。一来呢，殉夫既由于个人的恩爱，何须用法律来褒扬鼓励？二来呢，殉夫若由于死后团圆的迷信，更不该有法律的褒扬了。三来呢，若用法律来褒扬殉夫的烈妇，有一些好名的妇人，便要借此博一个"青史留名"；是法律的褒扬反发生一种沽名钓誉，作为不诚的行为了！

第三，贞女烈女问题。

未嫁而夫死的女子，守贞不嫁的，是"贞女"；杀身殉夫的，是"烈女"。我上文说过，夫妇之间若没有恩爱，即没有贞操可说。依此看来，那未嫁的女子，对于她丈夫有何恩爱？既无恩爱，更有何贞操可守？我说到这里，有个朋友驳我道："这话别人说了还可，胡适之可不该说这话。"为什么呢？你自己曾做过一首诗，诗里有一段道：

> 我不认得他，他不认得我，我却常念他，这是为
> 什么？
> 岂不因我们，分定常相亲？由分生情意，所以非
> 路人。
> 海外土生子，生不识故里，终有故乡情，其理亦如此。

依你这诗的理论看来，岂不是已订婚而未嫁娶的男女因为名分已定，也会有一种情意。既有了情意，自然发生贞操问题。你于今又说未婚嫁的男女没有恩爱，故也没有贞操可说，可不是自相矛盾吗？

我听了这番驳论，几乎开口不得。想了一想，我才回答道：我那首诗所说名分上发生的情意，自然是有的；若没有那种名分上的情意，中国的旧式婚姻绝不能存在。如旧日女子听人说她未婚夫的事，即面红害羞，即留神注意，可见她对她未婚夫实有这种名分上所发生的情谊。但这种情谊完全属于理想的。这种理想的情谊往往因实际上的反证，遂完全消灭。如女子悬想一个可爱的丈夫，及到嫁时，只见一个极下流不堪的男子，他如何能坚持那从前理想中的情谊呢？我承认名分可以发生一种情谊，我并且希望一切名分都能

发生相当的情谊。但这种理想的情谊，依我看来实在不够发生终身不嫁的贞操，更不够发生杀身殉夫的节烈。即使我更让一步，承认中国有些女子，例如吴趼人《恨海》里那个浪子的聘妻，深中了圣贤经传的毒，由名分上真能生出极浓挚的情谊，无论她未婚夫如何淫荡，人格如何堕落，依旧贞一不变。试问我们在这个文明时代。是否应该赞成提倡这种盲从的贞操？这种盲从的贞操，只值得一句"其愚不可及也"的评论，却不值得法律的褒扬。法律既许未嫁的女子夫死再嫁，便不该褒扬处女守贞。至于法律褒扬无辜女子自杀以殉不曾见面的丈夫，那更是男子专制时代的风俗，不该存在于现今的世界。

总而言之，我对于中国人的贞操问题，有三层意见。

第一，这个问题，从前的人都看作"天经地义"，一味盲从，全不研究"贞操"两字究竟有何意义。我们生在今日，无论提倡何种道德，总该想想那种道德的真意义是什么。《墨子》说得好：

> 子墨子问于儒者曰："何故为乐？"曰："乐以为乐也。"子墨子曰："子未我应也。今我问曰：'何故为室？'曰：'冬避寒焉，夏避暑焉，室以为男女之别也，'则子告我为室之故矣。今我问曰：'何故为乐？'曰：'乐以为乐也。'是犹曰：'何故为室？'曰：'室以为室也。'"（《公孟》篇）

今试问人"贞操是什么"或"为什么你褒扬贞操"他一定回答

道："贞操就是贞操。我因为这是贞操，故褒扬他。"这种"室以为室也"的论理，便是今日道德思想宣告破产的证据。故我做这篇文字的第一个主意只是要大家知道"贞操"这个问题并不是"天经地义"，是可以彻底研究，可以反复讨论的。

第二，我以为贞操是男女相待的一种态度，乃是双方交互的道德，不是偏于女子一方面的。由这个前提，便生出几条引申的意见：（一）男子对于女子，丈夫对于妻子，也应有贞操的态度；（二）男子做不贞操的行为，如嫖妓娶妾之类，社会上应该用对待不贞妇女的态度来对待他；（三）妇女对于无贞操的丈夫，没有守贞操的责任；（四）社会法律既不认嫖妓纳妾为不道德，便不该褒扬女子的"节烈贞操"。

第三，我绝对的反对褒扬贞操的法律。我的理由是：

（一）贞操既是个人男女双方对待的一种态度，诚意的贞操是完全自动的道德，不容有外部的干涉，不须有法律的提倡。

（二）若用法律的褒扬为提倡贞操的方法，势必造成许多沽名钓誉，不诚实，无意识的贞操举动。

（三）在现代社会，许多贞操问题，如寡妇再嫁，处女守贞，等等问题的是非得失，却都还有讨论余地，法律不当以武断的态度制定褒贬的规条。

（四）法律既不奖励男子的贞操，又不惩男子的不贞操，便不该单独提倡女子的贞操。

（五）以近世人道主义的眼光看来，褒扬烈妇烈女杀身殉夫，都是野蛮残忍的法律，这种法律在今日没有存在的地位。

思想的方法

　　一个人的思想，差不多是防身的武器，可以批评什么主义，可以避免一切纷扰。我们人总以为思想只有智识阶级才有，可是这是不尽然的。有的时候，思想不但普通人没有，就是学者也没有，普通人每天做事，吃饭，洗脸，漱口……都是照着习惯做去，没有思想的必要，所以不能称为有思想。就是关着窗子，闭着门户，一阵子的胡思乱想，也绝对不是思想的本义。原来思想是有条理、有系统、有方法的。

　　我们遇着日常习惯的事，总是马马虎虎的过去，及至有一个异于平常的困难发生，才用思想去考虑和解决。譬如学生每天从宿舍到课堂，必须经过三叉路和电车站，再走过二行绿荫荫的柳树，和四层楼的红房子，然后才至课堂。这在每天来往的学生，是极平常而不注意的事；但要是一个新考进来的学生，当他到了三叉路口的辰光，一定有一个问题发生：就是在这三条路中，究竟打哪一条路走能到目的地？那个时候，要解决这个困难，思想便发生了。

要管理我们的思想，照心理学上讲，须要用五种步骤：

（1）困难的发生。人必遇有歧路的环境或疑难问题的时候，才有思想发生。倘无困难，绝不会发生思想。

（2）指定困难的所在。有的困难是很容易解决的，那就没有讨论和指定困难的所在的必要。要是像医生看病，那就有关人命了。我们遇着一个人生病的时光，往往自己说不出病之所在；及至请了医生来，他诊了脉搏，验了小便，就完了事；后来吃了几瓶药水，就能够恢复原状。他所以能够解决困难，和我们所以不能解决困难的不同点，就在能否指定和认清困难之所在罢了。

（3）假设解决困难的方法。这就是所谓出主意了。像三叉路口的困难者，他有了主意，必定向电车站杨柳树那边跑。这种假说的由来，多赖平日的知识与经验。语云："养兵千日，用在一朝。"我们求学亦复如此。这一步实是最重要的一步。要是在没有思想的人，他在脑袋中，东也找不到，西也找不到，虽是他在平常，能够把书本子倒背出来，可是没有观察的经验和考虑的能力，一辈子的胡思乱想，终是不能解决困难的啊。

但是也有人，因为学识太足了，经验太富了，到困难来临的时候，脑海中同时生了许多不同的解决方法；有的时候，把对的主意，给个人的感情和嗜好压了下去，把不对的主意，反而实行了。及后铸成大错，追悔莫及。所以思想多了，一定还要用精密谨慎的方法，去选定一个最好的主意。

（4）判断和选定假设之结果。假若我脑海中有了三种主意：第一主意的结果是 A.B.C.D，第二主意的结果是 E.F.G，第三主意的结果是 H.I，那个时候，就要考虑他三个结果的价值和利害，然后把其中最容易而准确的结果设法证明。

还有我们做事，往往用主观的态度，而不用客观的态度，这就是我们常说的，"某人说话，不负责任"的解释了。

此次五卅惨案，也有许多激烈的青年，主张和英国宣战，他们没有想到战争时和战争后，政治上、商业上、交通上、经济上、军事上的一切设备和结果。他们只知唱高调，不负责任的胡闹，只被成见和一时感情的冲动所驱使，没有想到某种条件有某种结果，和某种结果有没有解决某种条件的可能。

（5）证实结果。既已择定一个解决困难的方法，再要实地实验，看他实效的如何以定是非与价值。遇有事实不易在自然界发生的，则用人力造成某种条件以试验之。例如欲知水是否为氢氧二元素所构成，此事在自然界不易发生，于是以人力合二原质于一处，加以热力，考察是否能成水。更以水分析之，看能否成氢氧二元素，即从效果上来证实水的成分。

从前我的父亲有一次到满洲去勘界。一天到了一个大森林，走了多天，竟迷了路。那个时候干粮也吃完了，马也疲乏了，在无可如何的时光，他爬上山顶，登高一望，只见翠绿的树叶，弥漫连续，他用来福枪放起来，再把枯树焦叶烧起来，可是等了半天，连救援人的影踪也找不到。他便着急起来了，隔一会儿，他想起从前古书里有一句话，叫作"水必出山"。他便选定了这个办法，找到了河，遵了河道，走了一日夜，竟达到了目的地。

又有一例。禅宗中有一位烧饭的，去问他的大法师道："佛法是什么？"那大法师算了半天，才回答道："上海的棉花，二个铜子一斤。"烧饭的便说道："我问你的是佛法，你答我的是棉法，这真是牛头不对马面了。"隔了三年，他到了杭州的灵隐寺去做烧饭，他又乘便问那主持的和尚道："佛法是什么？"那主持和尚道："杭州的棉花，也是二个铜子一斤。"他更莫名其妙。于是他便跑到普陀山、峨眉山……途中饱尝了饥渴盗匪之苦，问了许多和尚法师，竟没有得到一个圆满的解决。有一天，他到了一个破庙房，碰到一个老年的女丐，口中咿唔地在自语着，他在不知不解间，听得一句不相干的话，忽然间竟觉悟了世界上怎样的困难，他也就明白了"佛法是什么"。他在几十年中所怀的闷葫芦，一旦竟明白了，不是偶然的。这就是孟子所说"资之深，则取之左右逢其源"，只要把自己的思想运用，把自己的脑筋锻炼，那么，什么东西都可以迎刃而解了！

在宋朝有一个和尚，名叫法贤，人家称他作五祖大师，他最喜欢讲笑话。他讲：从前有一个贼少爷，问贼老爷道："我的年纪也大了，也不能天天玩耍了，爹爹也可以教我一点立身之道吗？"那贼老爷并不回答他，到了晚上，导他到一座高大的屋宇，进了门，便把自己身边的钥匙，开了一个很大的衣橱，让他的儿子进去，待到贼少爷跨进衣橱，贼老爷把橱门拍的关上，并且锁着；自己连喊"捉贼，捉贼"的逃了。那时候，贼少爷在衣橱里是急极了，他想，"我的爹爹叫我来偷东西，那么他为什么把我锁在里边，岂不是叫他们活剥剥的把我捉住，送我到牢狱里去，尝铁窗风味吗？"可是他既而一想，"怎么样我可以出去？"便用嘴作老鼠咬衣服的声音，孜孜地一阵乱叫，居然有人给他开门了，他便乘着这个机会，把开门的人打倒，把蜡烛吹灭，等他仆人们来追赶他，他早已一溜烟的跑回家了。他看见父亲之后，第一声便问道："你为什么把我关在橱里呢？"那贼老爷道："我先要问你，你是怎么样出来的？"他便把实情一五一十的讲给贼老爷听。他听了之后，眉开眼笑的说道："你也干得了！"要是这位贼少爷，在困难发生的时候，不用思想，他早已大声的喊道"爹爹啊！不要关门啊！"了。

我们读书不当死读，要讲合用；在书本之外，尤其要锻炼脑力，运用思想，和我的父亲，禅宗中的烧饭者和贼少爷一般无二。他们是能用有条理、有系统、有方法的思想，去解决他们的困难的。

我记得前几天有一个日本新闻记者问我："现在中国青年的思想是什么？"我便很爽快地答道："中国的青年，是没有思想的。"这一句话，我觉得有一点武断，并且很对不起我国的青年，可是我也有不得已的苦衷。当我在北京大学教论理学的时光，我出了三个问题：

（1）照你自己经验上讲，有何可称为思想的事实？

（2）在福尔摩斯的侦探案中，用科学方法分析出来有何可称为思想的事实?

（3）在科学发明史上，有何可称为思想的事实?

到了后来，第二第三都能回答得很对，第一问题简直回答的不满十分之二，而他们所回答的，完全是答非所问，这便因为他们平时不注意于运用思想的缘故。

本文为1925年10月28日胡适在光华大学的演讲，

赵家璧记原载1926年1月5日《学生杂志》第13卷第1期

四　为什么读书

——怕什么真理无穷，进一寸有一寸的欢喜。

读书

为学要如金字塔，要能广大要能高。

科学的根本精神在于求真理。

无目的读书是散步而不是学习。

朋友们，在你最悲观最失望的时候，那正是你必须鼓起坚强的信心的时候。你要深信：天下没有白费的努力。成功不必在我，而功力必不唐捐。

"读书"这个题，似乎很平常，也很容易。然而我却觉得这个题目很不好讲。据我所知，"读书"可以有三种说法：

（1）要读何书。

关于这个问题，《京报副刊》上已经登了许多时候的"青年必读书"；但是这个问题，殊不易解决，因为个人的见解不同，个性不同。各人所选只能代表各人的嗜好，没有多大的标准作用。所以我不讲这一类的问题。

（2）读书的功用。

从前有人作"读书乐"，说什么"书中自有千钟粟，书中自有黄金屋，书中自有颜如玉"，现在我们不说这些话了。要说，读书是求智识，智识就是权力。这些话都是大家会说的，所以我也不必讲。

（3）读书的方法。

我今天是要想根据个人的经验，同诸位谈谈读书的方法。我的第一句话是很平常的，就是说，读书有两个要素：第一要精；第二要博。

现在先说什么叫"精"。

我们小的时候读书，差不多每个小孩都有一条书签，上面写十个字，这十个字最普遍的就是"读书三到：眼到，口到，心到"。现在这种书签虽不用，三到的读书法却依然存在。不过我以为读书三到是不够的；须有四到，是"眼到，口到，心到，手到"。我就拿它来说一说。

眼到是要个个字认得，不可随便放过。这句话起初看去似乎很容易，其实很不容易。读中国书时，每个字的一笔一画都不放过。近人费许多功夫在校勘学上，都因古人忽略一笔一画而已。读外国书要把 a，b，c，d 等字母弄得清清楚楚。所以说这是很难的。如有人翻译英文，把"port"看作"pork"，把"oats"看作"oaks"，于是葡萄酒一变而为猪肉，小草变成了大树。说起来这种例子很多，这都是眼睛不精细的结果。书是文字做成的，不肯仔细认字，就不必读书。眼到对于读书的关系很大，一时眼不到，贻害很大，并且眼到能养成好习惯，养成不苟且的人格。

口到是一句一句要念出来。前人说口到是要念到烂熟背得出来。我们现在虽不提倡背书，但有几类的书，仍旧有熟读的必要，如心爱的诗歌，如精彩的文章，熟读多些，于自己的作品上也有良好的影响。读此外的书，虽不须念熟，也要一句一句念出来，中国书如此，外国书更要如此。念书的功用是能使我们格外明了每一句的构造，句中各部分的关系。往往一遍念不通，要念两遍以上，方才能明白的。读好的小说尚且要如此，何况读关于思想学问的书呢？

心到是每章每句每字意义如何？何以如是？这样用心考究。但是用心不是叫人枯坐冥想，是要靠外面的设备及思想的方法的帮助。要做到这一点，须要有几个条件：

（1）字典，辞典，参考书等工具要完备。这几样工具虽不能办到，也当到图书馆去看。我个人的意见是奉劝大家，当衣服，卖田地，至少要置备一点好的工具。比如买一本韦氏大字典，胜于请几个先生。这种先生终身跟着你，终身享受不尽。

（2）要作文法上的分析。用文法的知识，作文法上的分析，要懂得文法构造，方才懂得它的意义。

（3）有时要比较参考，有时要融会贯通，方能了解。不可单看字面。一个字往往有许多意义，读者容易上当。

例如"turn"这字：作外动字解有十五解，作内动字解有十三解，作名词解有二十六解，共五十四解，而成语不算。

又如 "strike"：作外动字解有三十一解，作内动字解有十六解，作名词解有十八解，共六十五解。

又如 "go" 字最容易了，然而这个字：作内动字解有二十二解，作外动字解有三解，作名词解有九解，共三十四解。

以上是英文字须要加以考究的例子。英文字典是完备的；但是某一字在某一句究竟用第几个意义呢？这就非比较上下文，或贯串全篇，不能懂了。

中文较英文更难，现在举几个例：

祭文中第一句 "维某年月日" 之 "维" 字，究作何解？字典上说它是虚字。《诗经》里 "维" 字有二百多，必需细细比较研究，然后知道这个字有种种意义。

又《诗经》之 "于" 字，"之子于归" "凤凰于飞" 等句，"于" 字究作何解？非仔细考究是不懂的。又 "言" 字，人人知道，但在《诗经》中就发生问题，必须比较，然后知 "言" 字为联接字。诸如此例甚多。中国古书很难读，古字典又不适用，非是用比较归纳的研究方法，我们如何懂得呢？

总之，读书要会疑，忽略过去，不会有问题，便没有进益。

宋儒张载说："读书先要会疑。于不疑处有疑，方是进矣。" 他又说："在可疑而不疑者，不曾学。学则须疑。" 又说："学贵心悟，守旧无功。"

宋儒程颐说："学原于思。"

这样看起来，读书要求心到；不要怕疑难，只怕没有疑难。工具要完备，思想要精密，就不怕疑难了。

现在要说手到。手到就是要劳动劳动你的贵手。读书单靠眼到，口到，心到，还不够的；必须还得自己动动手，才有所得。例如：

（1）标点分段，是要动手的。

（2）翻查字典及参考书，是要动手的。

（3）做读书札记，是要动手的。

札记又可分四类：

（1）抄录备忘。

（2）作提要，节要。

（3）自己记录心得。张载说："心中苟有所开，即便札记。不则还塞之矣。"

（4）参考诸书，融会贯通，作有系统的著作。

手到的功用。我常说：发表是吸收智识和思想的绝妙方法。吸收进来的智识思想，无论是看书来的，或是听讲来的，都只是模糊零碎，都算不得我们自己的东西。自己必须做一番手脚，或做提要，或做说明，或做讨论，自己重新组织过，申叙过，用自己的语言记述过——那种智识思想方才可算是你自己的了。

我可以举一个例。你也会说"进化"，他也会谈"进化"，但你对于"进化"这个观念的见解未必是很正确的，未必是很清楚的；也许只是一种"道听途说"，也许只是一种时髦的口号。这种知识算不得知识，更算不得是"你的"知识。假使你听了我这句话，不服气，今晚回去就去遍翻各种书籍，仔细研究进化论的科学上的根据；假使你翻了几天书之后，发愤动手，把你研究所得写成一篇读书札记；假使你真动手写了这么一篇《我为什么相信进化论》的札记列举了：

一、生物学上的证据；二、比较解剖学上的证据；三、比较胚胎学上的证据；四、地质学和古生物学上的证据；五、考古学上的证据；六、社会学和人类学上的证据。

到这个时候，你所有关于"进化论"的知识，经过了一番组织安排，经过了自己的去取叙述，这时候这些知识方才可算是你自己的了。所以我说，发表是吸收的利器；又可以说，手到是心到的法门。

至于动手标点，动手翻字典，动手查书，都是极要紧的读书秘诀，诸位千万不要轻轻放过。内中自己动手翻书一项尤为要紧。我记得前几年我曾劝顾颉刚先生标点姚际恒的《古今伪书考》。当初我知道他的生活困难，希望他标点一部书付印，卖几个钱。那部书是很薄的一本，我以为他一两个星期就可以标点完了。哪知顾先生一去半年，还不曾交卷。原来他于每条引的书，都去翻查原书，仔细校对，注明出处，注明原书卷第，注明删节之处。他动手半年之后，来对我说，《古今伪书考》不必付印了，他现在要编辑一部疑古的丛书，叫做"辨伪丛刊"。我很赞成他这个计划，让他去动手。他动手了一两年之后，更进步了，又超过那"辨伪丛刊"的计划了，他要自己创作了。他前年以来，对于中国古史，做了许多辨伪的文字；他眼前的成绩早已超过崔述了，更不要说姚际恒了。顾先生将来在中国史学界的贡献一定不可限量，但我们要知道他成功的最大原因是他的手到的工夫勤而且精。我们可以说，没有动手不勤快而能读书的，没有手不到而能成学者的。

第二要讲什么叫"博"。

什么书都要读，就是博。古人说："开卷有益"，我也主张这个意思，所以说读书第一要精，第二要博。我们主张"博"有两个意思：

第一，为预备参考资料计，不可不博。

第二，为做一个有用的人计，不可不博。

第一，为预备参考资料计。

在座的人，大多数是戴眼镜的。诸位为什么要戴眼镜？岂不是因为戴了眼镜，从前看不见的，现在看得见了；从前很小的，现在看得很大了；从前看不分明的，现在看得清楚分明了？王荆公说得最好：

> 世之不见全经久矣。读经而已，则不足以知经。故某自百家诸子之书，至于《难经》《素问》《本草》、诸小说，无所不读；农夫女工，无所不问；然后于经为能知其大体而无疑。盖后世学者与先王之时异矣；不如是，不足以尽圣人故也……致其知而后读，以有所去取，故异学不能乱也。惟其不能乱，故能有所去取者，所以明吾道而已。(《答

曾子固》)

　　他说:"致其知而后读。"又说:"读经而已，则不足以知经。"即如《墨子》一书在一百年前，清朝的学者懂得此书还不多。到了近来，有人知道光学、几何学、力学、工程学……一看《墨子》，才知道其中有许多部分是必须用这些科学的知识方才能懂的。后来有人知道了伦理学，心理学……懂得《墨子》更多了。读别种书愈多，《墨子》愈懂得多。

　　所以我们也说，读一书而已则不足以知一书。多读书，然后可以专读一书。譬如读《诗经》，你若先读了北大出版的《歌谣周刊》，便觉得《诗经》好懂的多了；你若先读过社会学，人类学，你懂的更多了；你若先读过文字学，古音韵学，你懂的更多了；你若读过考古学，比较宗教学等，你懂得的更多了。

　　你想读佛家唯识宗的书吗？最好多读点伦理学、心理学、比较宗教学、变态心理学。无论读什么书总要多配几副好眼镜。

　　你们记得达尔文研究生物进化的故事吗？达尔文研究生物演变的现状，前后凡三十多年，积了无数材料，想不出一个简单贯串的说明。有一天他无意中读马尔萨斯的人口论，忽然大悟生存竞争的原则，于是得着物竞天择的道理，遂成一部破天荒的名著，给后世思想界打开一个新纪元。

　　所以要博学者，只是要加添参考的材料，要使我们读书时容易得"暗示"；遇着疑难时，东一个暗示，西一个暗示，就不至于呆读死书了。这叫做"致其知而后读"。

第二，为做人计。

专工一技一艺的人，只知一样，除此之外，一无所知。这一类的人，影响于社会很少。好有一比，比一根旗杆，只是一根孤拐，孤单可怜。

又有些人广泛博览，而一无所专长，虽可以到处受一班贱人的欢迎，其实也是一种废物。这一类人，也好有一比，比一张很大的薄纸，禁不起风吹雨打。

在社会上，这两种人都是没有什么大影响，为个人计，也很少乐趣。

理想中的学者，既能博大，又能精深。精深的方面，是他的专门学问。博大的方面，是他的旁搜博览。博大要几乎无所不知，精深要几乎唯他独尊，无人能及。他用他的专门学问做中心，次及于直接相关的各种学问，次及于间接相关的各种学问，次及于不很相关的各种学问，以次及毫不相关的各种泛览。这样的学者，也有一比，比埃及的金字三角塔。那金字塔（据最近《东方杂志》第22卷第6号，147页）高四百八十英尺（约150米），底边各边长七百六十四英尺（约233米）。塔的最高度代表最精深的专门学问；从此点依次递减，代表那旁收博览的各种相关或不相关的学问。塔底的面积代表博大的范围，精深的造诣，博大的同情心。这样的人，对社会是极有用的人才，对自己也能充分享受人生的趣味。宋儒程颢说的好：

须是大其心使开阔：譬如为九层之台，须大做脚始得。

博学正所以"大其心使开阔"。我曾把这番意思编成两句粗浅的口号，现在拿出来贡献给诸位朋友，作为读书的目标：

为学要如金字塔，要能广大要能高。

原载于 1925 年 4 月 18 日《京报副刊》

为什么读书

青年会叫我在未离南方赴北方之前在这里谈谈，我很高兴，题目是为什么读书。现在读书运动大会开始，青年会拣定了三个演讲题目。我看第二题目"怎样读书"很有兴味，第三题目"读什么书"更有兴味，第一题目无法讲，为什么读书，连小孩子都知道，讲起来很难为情，而且也讲不好。所以我今天讲这个题目，不免要侵犯其余两个题目的范围，不过我仍旧要为其余两位演讲的人留一些余地。现在我就把这个题目来试一下看。我从前也有过一次关于读书的演讲，后来我把那篇演讲录略事修改，编入三集《文存》里面，那篇文章题目叫做《读书》，其内容性质较近于第二题目，诸位可以拿来参考。今天我就来试试"为什么读书"这个题目。

从前有一位大哲学家做了一篇《读书乐》，说到读书的好处，他说："书中自有千钟粟，书中自有黄金屋，书中自有颜如玉。"这意思就是说，读了书可以做大官，获厚禄，可以不至于住茅草房子，可以娶得年轻的漂亮太太（台下哄笑）。诸位听了笑起来，足见诸位对于这位哲学家所说的话不十分满意，现在我就讲之所以要读书的别的原因。

为什么要读书？有三点可以讲：第一，因为书是过去已经知道的智识学问和经验的一种记录，我们读书便是要接受这人类的遗产；第二，为要读书而读书，读了书便可以多读书；第三，读书可以帮助我们解决困难，应付环境，并可获得思想材料的来源。我一踏进青年会的大门，就看见许多关于读书的标语。为什么读书？大概诸位看了这些标语就都已知道了，现在我就把以上三点更详细的说一说。

第一，因为书是代表人类老祖宗传给我们的智识的遗产，我们接受了这遗产，以此为基础，可以继续发扬光大，更在这基础之上，建立更高深更伟大的智识。人类之所以与别的动物不同，就是因为人有语言文字，可以把智识传给别人，又传至后人，再加以印刷术的发明，许多书报便印了出来。人的脑很大，与猴不同，人能造出语言，后来更进一步而有文字，又能刻木刻字；所以人最大的贡献就是（留下）过去的智识和经验，使后人可以节省许多脑力。非洲野蛮人在山野中遇见鹿，他们就画了一个人和一只鹿以代信，给后面的人叫他们勿追。但是把智识和经验遗给儿孙有什么用处呢？这是有用处的，因为这是前人很好的教训。现在学校里各种教科书，如物理、化学、历史，等等，都是根据几千年来进步的智识编纂成书的，一年，两年，或者三年，教完一科。自小学、中学，而至大学毕业，这十六年中所受的教育，都是代表我们老祖宗几千年来得来的智识学问和经验，所谓进化，就是叫人节省劳力，蜜蜂虽能筑巢，能发明，但传下来就只有这一点智识，没有继续去改革改良，以应付环境，没有做格外进一步的工作。人呢，达不到目的，就再去求进步，而以前人的智识学问和经验作参考。如果每样东西，要每人从头学起，而不去利用过去的智识，那不是太麻烦吗？所以人有了这智识的遗产，就可以自己去成家立业，就可以缩短工作，有余力做别的事。

第二点稍复杂，就是为读书而读书。读书不是那么容易的一件事情，不读书不能读书，要能读书才能多读书。好比戴了眼镜，小的可以放大，糊涂的可以看得清楚，远的可以变为近。读书也要戴眼镜。眼镜越好，读书的了解力也越大。王安石对曾子固说："读经而已，则不足以知经。"所以他对于本草、内经、小说，无所不读，这样对于经才可以明白一些。王安石说："致其知而后读。"

请你们注意，他不说读书以致知，却说，先致知而后读书。读书固然可以扩充知识；但知识越扩充了，读书的能力也越大。这便是"为读书而读书"的意义。

试举《诗经》作一个例子。从前的学者把《诗经》看作"美""刺"的圣书，越讲越不通。现在的人应该多预备几副好眼镜，人类学的眼镜，考古学的眼镜，文法学的眼镜，文学的眼镜。眼镜越多越好，越精越好。例如"野有死麕，白茅包之。有女怀春，吉士诱之"；我们若知道比较民俗学，便可以知道打了野兽送到女子家去求婚，是平常的事。又如"钟鼓乐之，琴瑟友之"，也不必说什么文王太姒，只可看作少年男子在女子的门口或窗下奏乐唱和，这也是很平常的事。再从文法方面来观察，像《诗经》里"之子于归"，"黄鸟于飞"，"凤凰于飞"的"于"字，此外，《诗经》里又有几百个的"维"字，还有许多"助词"，"语词"，这些都是有作用而无意义的虚字，但以前的人却从未注意及此。这些字若不明白，《诗经》便不能懂。再说在《墨子》一书里，有点光学、力学；又有点经济学。但你要懂得光学，才能懂得墨子所说的光；你要懂得各种智识，才能懂得《墨子》里一些最难懂的文句。总之，读书是为了要读书，多读书更可以读书。最大的毛病就在怕读书，怕读难书。越难读的书我们越要征服它们，把它们作为我们的奴隶或向导，我们才能够打倒难书，这才是我们的"读书乐"。若是我们有了基本的科学知识，那么，我们在读书时便能左右逢源。我再说一遍，读书的目的在于读书，要读书越多才可以读书越多。

第三点，读书可以帮助解决困难，应付环境，供给思想材料。知识是思想材料的来源。思想可分作五步。思想的起源是大的疑问。吃饭拉屎不用想，但逢着三岔路口，十字街头那样的环境，就发生困难了。走东或走西，这样做或是那样做，有了困难，才有思想。第二步要把问题弄清，究竟困难在哪一点上。第三步才想到如何解决，这一步，俗话叫做出主意。但主意太多，都采用也不行，必须要挑选。但主意太少，或者竟全无主意，那就更没有办法了。第四步就是要选择一个假定的解决方法。要想到这一个方法能不能解决。若不能，那么，就换一个；若能，就行了。这好比开锁，这一个钥匙开不开，就换一个；假定是可以开的，那么，问题就解决了。第五步就是证实。凡是有条理的思想都要经过这步，或是逃不了这五个阶段。科学家要解决问题，侦探要侦探案件，多经过这五步。

这五步之中，第三步是最重要的关键。问题当前，全靠有主意。主意从哪儿来呢？从学问经验中来。没有智识的人，见了问题，两眼白瞪瞪，抓耳挠腮，一个主意都不来。学问丰富的人，见着困难问题，东一个主意，西一个主意，挤上来，涌上来，请求你录用。读书是过去智识学问经验的记录，而智识学问经验就是要用在这时候，所谓养军千日，用在一朝。否则，学问都没有，遇到困难就要糊涂起来。例如达尔文把生物变迁现象研究了几十年，却想不出一个原则去整统他的材料。后来无意中看到马尔萨斯的人口论，说人口是按照几何学级数一倍一倍的增加，粮食是按照数学级数增加，达尔文研究了这原则，忽然触机，就把这原则应用到生物学上去，创立了物竞天择的学说。读了经济学的书，可以得着一个解决生物学上的困难问题，这便是读书的功用。古人说"开卷有益"，正是此意。读书不是单为文凭功名，只因为书中可以供给学问知识，可以帮助我们解决困难，可以帮助我们思想。又譬如从前的人以为地球是世界的中心，后来天文学家哥白尼却主张太阳是世界的中心，绕着地球而行。据罗素说，哥白尼之所以这样解说，是因为希腊人已经讲过这句话；假使希腊没有这句话，恐怕更不容易有人敢说这句话吧。这也是读书的好处。有一家书店印了一部旧小说叫做《醒世姻缘》，要我作序。这部书是西周生所著的，印好在我家藏了六年，我还不曾考出西周生是谁，这部小说讲到婚姻问题，其内容是这样：有个好老婆，不知何故，后来忽然变坏，作者没有提及解决方法，也没有想到可以离婚，只说是前世作孽，因为在前世男虐待女，女就投生换样子，压迫者变为被压迫者。这种前世作孽，起先相爱，后来忽变的故事，我仿佛什么地方看见过。后来忽然想起《聊斋志异》一书中有一篇和这相类似的笔记，也是说到一个女子，起先怎样爱着她的丈夫，后来怎样变为凶太太，便想到这部小说大约是蒲留仙或是蒲留仙的朋友做的。去年我看到一本杂记，也说是蒲留仙做的，不过没有多大证据。今年我在北京，才找到了证据。这一件事可以解释刚才我所说的第二点，就是读书可以帮助读书，同时也可以解释第三点，就是读书可以供给出主意的来源。当初若是没有主意，到了逢着困难时便要手足无措，所以读书可以解决问题，就是军事、政治、财政、思想等问题，也都可以解决，这就是读书的用处。

我有一位朋友，有一次傍着灯看小说，洋灯装有油，但是不亮，因为灯芯短了。于是他想到《伊索寓言》里有一篇故事，说是一只老鸦要喝瓶中的水，因为瓶太小，得不到水，它就衔石投瓶中，水乃上来，这位朋友是懂得化学的，于是加水于灯中，油乃碰到灯芯。这是看《伊索寓言》给他看小说的帮助。读书好像用兵，养兵求其能用，否则即使坐拥十万二十万的大兵也没有用处，难道只好等他们"兵变"吗?

至于"读什么书",下次陈钟凡先生要讲演,今天我也附带的讲一讲。我从五岁起到了四十岁,读了三十五年的书。我可以很诚恳的说,中国旧籍是经不起读的。中国有五千年文化,四部的书已是汗牛充栋。究竟有几部书应该读,我也曾经想过。其中有条理有系统的精心结构之作,两千五百年以来恐怕只有半打。"集"是杂货店,"史"和"子"还是杂货店。至于"经",也只是杂货店,讲到内容,可以说没有一些东西可以给我们改进道德增进智识的帮助的。中国书不够读,我们要另开生路,辟殖民地,这条生路,就是每一个少年人必须至少要精通一种外国文字。读外国语要读到有乐而无苦,能做到这地步,书中便有无穷乐趣。希望大家不要怕读书,起初的确要查阅字典,但假使能下一年苦功,继续不断做去,那么,在一二年中定可开辟一个乐园,还只怕求知的欲望太大,来不及读呢。我总算是老大哥,今天我就根据我过去三十五年读书的经验,给你们这一个临别的忠告。

本文为 1930 年 11 月下旬胡适在上海青年会的演讲,文稿经胡适校正,原载于 1931 年 2 月《现代学生》第 1 卷第 5 期

找书的快乐

主席、诸位先生：

　　我不是藏书家，只不过是一个爱读书，能够用书的书生，自己买书的时候，总是先买工具书，然后才买本行书，换一行时，就得另外买一种书。今年我六十九岁了，还不知道自己的本行到底是哪一门。是中国哲学呢，还是中国思想史？抑或是中国文学史？或者是中国小说史？《水经注》？中国佛教思想史？中国禅宗史？我所说的"本行"，其实就是我的兴趣，兴趣愈多就愈不能不收书了。十一年前我离开北平时，已经有一百箱的书，大约有一两万册。离开北平以前的几小时，我曾经暗想着：我不是藏书家，但却是用书家。收集了这么多的书，舍弃了太可惜，带吧，因为坐飞机又带不了。结果只带了一些笔记，并且在那一两万册书中，挑选了一部书，作为对一两万册书的纪念，这一部书就是残本的《红楼梦》。四本

272

只有十六回，这四本《红楼梦》可以说是世界上最老的抄本。收集了几十年的书，到末了只带了四本，等于当兵缴了械，我也变成一个没有棍子，没有猴子的变把戏的叫花子。

这十一年来，又蒙朋友送了我很多书，加上历年来自己新买的书，又把我现在住的地方堆满了，但是这都是些不相干的书，自己本行的书一本也没有。找资料还需要依靠"中研院"史语所的图书馆和别的图书馆，如台湾大学图书馆、"中央图书馆"等救急。

找书有甘苦，真伪费推敲

我这个用书的旧书生，一生找书的快乐固然有，但是，找不到书的苦处也尝到过。民国九年（1920年）7月，我开始写《水浒传考证》的时候，参考的材料只有金圣叹的七十一回本《水浒传》《征四寇》及《水浒后传》等，至于《水浒传》的一百回本、一百一十本、一百一十五回本、一百二十回本、一百二十四回本，还都没有看到。等我的《水浒传考证》问世的时候，日本才发现《水浒》的一百一十五本及一百回本、一百一十回本及一百二十回本。同时我自己也找到了一百一十五本及一百二十四回本。做考据工作，没有书是很可怜的。考证《红楼梦》的时候，大家知道的材料很多，普通所看到的《红楼梦》都是一百二十回本。这种一百二十回本并非真的《红楼梦》。曹雪芹四十多岁死去时，只写到八十回，后来由程伟元、高鹗合作，一个出钱，一个出力，完成了后四十回。乾隆五十六年的活字版排出了一百二十回的初版本，书前有程、高二人的序文说：

> 世人都想看到《红楼梦》的全本，前八十回中黛玉未死，宝玉未娶，大家极想知道这本书的结局如何，但却无人找到全的《红楼梦》。近因程、高二人在一卖糖摊子上发现有一大卷旧书，细看之下，竟是世人遍寻无着的《红楼梦》后四十回，因此特加校订，与前八十回一并刊出。

可是天下这样巧的事很少，所以我猜想序文中的说法不可靠。

考证《红楼梦》，清查曹雪芹

三十年前我考证《红楼梦》时，曾经提出二个问题，这是研究红学的人值得研究的：一、《红楼梦》的作者是谁？作者是怎样一个人？他的家世如何？家世传记有没有可考的资料？曹雪芹所写的那些繁华世界是有根据的吗？还是关着门自己胡诌乱说？二、《红楼梦》的版本问题，是八十回，还是一百二十回？后四十回是哪里来的？那时候有七八种《红楼梦》的考证，俞平伯、顾颉刚都帮我找过材料。最初发现乾隆五十七年（1792年）有程伟元序的乙本，其中并有高鹗的序文及引言七条，以后发现早一年出版的甲本，证明后四十回是高鹗所续，而由程伟元出钱活字刊印。又从其他许多材料里知道曹雪芹家为江南的织造世职，专为皇室纺织绸缎，供给宫内帝后、妃嫔及太子、王孙等穿戴，或者供皇帝赏赐臣下，后来在清理故宫时，从康熙皇帝一秘密抽屉内发现若干文件，知道曹雪芹的祖父曹寅，等于皇帝派出的特务，负责察看民心年成，或是退休丞相的动态，由此可知曹家为阔绰大户。《红楼梦》中有一段说到王熙凤和李嬷嬷谈皇帝南巡，下榻贾家，可知是真的事实。以后我又经河南的一位张先生指点，找到杨钟羲的《雪桥诗话》及《八旗经文》，以及有关爱新觉罗宗室敦诚、敦敏的记载，知道曹雪芹名霑、号雪芹，是曹寅的孙子，接着又找到了《八旗人诗抄》《熙朝雅颂集》，找到敦诚、敦敏兄弟赐送曹雪芹的诗，又找到敦诚的《四松堂集》，是一本清抄未删底本，其中有挽曹雪芹的诗，内有"四十年华付杳冥"句，下款年月日为甲申（即乾隆甲申二十九年，1764 年）。从这里可以知道曹雪芹去世的年代，他的年龄为四十岁左右。

险失好材料，再评《石头记》

民国十六年（1927 年）我从欧美返国，住在上海，有人写信告诉我，要卖一本《脂砚斋评石头记》给我，那时我以为自己的资料已经很多，未加理会。不久以后和徐志摩在上海办新月书店，那人又将书送来给我看，原来是甲戌年手抄再评本，虽然只有十六回，但却包括了很多重要史料。里面有"壬午除夕，书未成，芹为泪尽而逝。甲年八月泪笔"的句子，指出曹雪芹逝于乾隆二十七年冬，即1763年2月12日。"字字看来皆是血，十年辛苦不寻常"诗句，充分描绘出曹雪芹写《红楼梦》时的情态。脂砚斋则可能是曹雪芹的太太或朋友。自从民国十七年（1928年）二月我发表了《考证红楼梦的新材料》之后，大家才注意到《脂砚斋评本石头记》。不过，我后来又在民国二十二年（1933年）从徐星署先生处借来一部庚辰秋定本脂砚斋四阅评过的《石头记》，是乾隆二十五年（1760年）本，八十回，其中缺六十四、六十七两回。

谈《儒林外史》，推赞吴敬梓

现在再谈谈我对《儒林外史》的考证：《儒林外史》是部骂当时教育制度的书，批评政治制度中的科举制度。我起初发现的只有吴敬梓的《文木山房集》中的赋一卷（四篇），诗二卷（一三一首），词一卷（四七首），拿这当做材料。但是在一百年前，我国的大诗人金和，他在跋《儒林外史》时，说他收有《文木山房集》，有文五卷。可是一般人都说《文木山房集》没有刻本，我不相信，便托人在北京的书店找，找了几年都没有结果，到了民国七年（1918年）才在带经堂书店找到。我用这本集子参考安徽《全椒县志》，写成一本一万八千字的《吴敬梓年谱》，中国小说传记资料，没有一个能比这更多的，民国十四年（1925年）我把这本书排印问世。

如果拿曹雪芹和吴敬梓二人做一个比较，我觉得曹雪芹的思想很平凡，而吴敬梓的思想则是超过当时的时代，有着强烈的反抗意识。吴敬梓在《儒林外史》里，严厉地批评教育制度，而且有他的较科学化的观念。

有计划找书，考证神会僧

前面谈到的都是没有计划的找书，有计划的找书更是其乐无穷。所谓有计划的找书，便是用"大胆的假设，小心的求证"方法去找书，现在再拿我找神会和尚的事做例子，这是我有计划的找书：神会和尚是唐代禅宗七祖大师，我从《宋高僧传》的慧能和神会传里发现神会和尚的重要，当时便做了个大胆的假设，猜想有关神会和尚的资料只有在日本和敦煌两地可以发现。因为唐朝时，日本派人来中国留学的很多，一定带回去不少史料，经过"小心的求证"，后来果然在日本找到宗密的《圆觉大疏钞》和《禅源诸诠集》，另外又在巴黎的国家图书馆及伦敦的大英博物馆发现数卷神会和尚的资料。知道神会和尚是湖北襄阳人，到洛阳、长安传布大乘佛法，并指陈当时的两京法祖三帝国师非禅宗嫡传，远在广东的六祖慧能才是真正禅宗一脉相传下来的。但是神会的这些指陈不为当时政府所取信，反而贬走神会。刚好那时发生安史之乱，唐玄宗远避四川，肃宗召郭子仪平乱，这时国家财政贫乏，军队饷银只好用度牒代替，如此必须要有一位高僧宣扬佛法令人乐于接受度牒。神会和尚就担任了这项推行度牒的任务。郭子仪收复两京（洛阳、长安），军饷的来源，不得不归功神会。安史之乱平了后，肃宗迎请神会入宫奉养，并且尊神会为禅宗七祖，所以神会是南宗的急先锋，北宗的毁灭者，新禅学的建立者，《坛经》的创作者，在中国佛教史上没有第二个人有这样伟大的功勋。

最后，根据我个人几十年来找书的经验，发现我们过去的藏书的范围是偏狭的，过去收书的目标集于收藏古董，小说之类决不在藏书之列。但我们必须了解，真正收书的态度，是要无所不收的。

1959 年 12 月 27 日在台湾"中国图书馆学会"年会上的演讲

中国书的收集法

王（云五）先生告诉我说，众位在这里研究图书馆学，每星期请专家来讲演。我这个人，可以说是不名一家。白话文是大家做的，不能说专家；整理国故，实在说不上家。所以我今天来讲，并不是以专家的资格。并且我今天所讲的，是书的问题。书这样东西，没有人可以说是专家的，是图书馆范围非常广博，尤其更不配说专家。我家里书很多，可是乱七八糟，没有方法去整理。当我要书的时候，我写信去说：我要的书是在进门左手第三行第三格。我的书只是凭记忆所及，胡乱地放着。但是近来几次的搬家，这个进门左手第几行第几格的方法，已经不适用了。现在我的书，有的在北平，有的在上海，有的在箱子里，有的在书架上。将来生活安定了，把所有的书集在一处布置起来，还须请众位替我帮忙整理。因为我是完全不懂方法的。

近来我在国内国外走走，同一些中国图书馆家谈谈，每每得到一个结论，就是：学图书馆的人很多，但是懂得书的人很少，学图书馆的人，学了分类管理就够了，于是大家研究分类，你有一个新的分类法，他有一个新的分类法，其实这个东西是不很重要的。尤其是小规模的图书馆。在小图书馆里，不得已的时候，只须用两种方法来分类：一是人名，一是书名就够了。图书馆的中心问题，是要懂得书。图书馆学中的检字方法、分类方法、管理方法，比较起来是很容易的。一个星期学几个星期练习，就可以毕业。但是必定要懂得书，才可以说是图书馆专家。叫花子弄猴子，有了猴子，才可以弄；舞棍，有了棍，才可以舞。分类法的本身是很抽象的。书很少，自然没有地方逞本事；有了书也要知道它的内容。这本《巴斯德传》，应该放在什么地方？是化学呢，还是生物学，医学或卫生学，就彷徨无措。无论你的方法是如何周全精密，不懂得内容，是无从分类起的。图书馆学者，学了一个星期，实习了几个星期，这不过是门径。如果要把他做终身的事业，就要懂得书。懂得书，才可以买书、收书、鉴定书、分类书。众位将来去到各地服务的时候，我要提出一个警告，就是单懂得方法而不懂书是没有用的。你们的地位，只能做馆员，而不能做馆长的。

今天我所要讲的，是怎样去收集书。收书是图书馆很重要的事。可是要收的，实在不少，有旧书，有新书，有外国书，有中国书。外国书自然是（要）懂得外国文字的，才有收的方法。如果不懂得外国文字，便是讲也没有用处的，要懂书，有三个重要的办法：

一，爱书，把书当作心爱的东西，和守财奴爱钱一样。二，读书，时时刻刻地读，继续不断地读。唯有读书才能懂书。最低的限度也要常常去看。三，多开生路。生路多了自然会活泛。因此外国语不能不懂。一日语，二英语，三法语，四德语，五俄语，能多懂了一种，便多了一种的好处。生路开得多了，才能讲收书，无论新的、旧的、中国的、外国的，都得知道它的内容，这样，便是分类也有了办法。

我今天的题目是《中国书的收集法》。吴稚晖先生这几年来常说中国的线装书，都应该丢到茅厕里去。这句话在精神上是很可赞成的。因为在现在的中国，的确该提倡些物质文明，无用的书可以丢掉，但是他安顿线装书的法子，实在不好。茅厕不是摆书的好地方，而且太不卫生。所以我提议把线装书一起收集起来，放到图书馆里去。所谓束之高阁。整理好了，备而不用，随时由专门学者去研究参考。那么中国书当如何收集呢？从前收集中国书，最容易犯两个大毛病：一是古董家的收集法，一是理学家的收集法。

古董家的收集法，是专讲版本的，比方藏书，大家知道北平的藏书大家傅沅叔先生。他收书，就不收明朝嘉靖以后的书。清朝的书，虽也收一点，但只限康熙、雍正、乾隆三朝的精刻本。亦有些人更进一步非宋不收，而且只限于北宋；他们以为北宋版是初刻本，当然更好。不论是那一种书，只要是宋版，便要收藏。因此这一类书，价钱就很贵。譬如《资治通鉴》，是一部极平常的史书，什么地方都可以买，好古的收藏家，如果遇见宋刻的《资治通鉴》，都千方百计地要弄到它，就是花三千五千一万两万而得到一部不完整的本子，也是愿意的。现在刚刻出来的一本《宋刑统》这一部书，包括宋朝一代的政治法令，本来没有人注意到。大理院刻了这部书，在历史上占很重要的地位，可是古董式的收藏家，他不肯花数十块钱去买一部《宋刑统》却肯花三千五千一万两万买不完整的宋刻《资治通鉴》。拿这种态度收书，有许多毛病：一，太奢侈，用极贵的价钱收极平常的书，太不合算，诸位将来都是到各地去办小规模的图书馆的，这种图书馆当然没有钱做这样的事情。便是有钱我以为也不必的。二，范围太窄。譬如说，明朝嘉靖以后的书，一概不收。清朝本子刻得好的，才收一点。他们收的书，都是破铜烂铁，用处实在很少，只有古董的价值，完全没有历史的眼光。唯有给学者作校刊旧本之用。比方一部宋版的《资治通鉴》，他因为刻得最早，比较的错误的可能性少一点。如果用他去校刻旁的版本，当然有许多利益。诸位写一篇千字的文章，自己初抄的时候，抄错一个字，可是给人家第二次抄录的时候，就错了两个字。这样以讹传讹，也许会错到五六字十余字的。如果把原本对照，就可以改正好多。所以买旧本的用处，至多只有供校刊学者的校刊而已。如果要使人知道古书是怎么样子的，那么说句干脆话，还不如交给博物院去保存的好，而且严格地说一句，宋本古本不一定是好的。我们一百年来晓得校刊本子不在乎古而在乎精。比方 ABC 三个本子。在宋朝时候据 A 本校刊成为 B 本便称宋版。而 E 本呢，是收 ABC 三本参考校刊而成的可说是明本，这样看来，明本也许比宋本精粹些，说明如下：

理学家的收集法，是完全用理学家的眼光来收书的。这一种收集法比古董家还不好。古董家的眼光，如果这本书是古的他就收去，比方《四部丛刊》中的《太平乐府》是刻得很坏的，这里面的东西，都是元朝堂子里的姑娘所唱的小曲子，经杨朝云编在一处，才保存到现在。如果撞在道学家手里，早不知到什么地方去了，古董家因为看见它难得，所以把它收进去，使我们晓得元朝的小曲子，是一种什么样子的东西。董康先生翻刻的《五代史平话》，原是极破烂的一本书，但是因为古的关系，居然有人把它刻出来保全了这个书，这是第一种比第二种好的地方。还有一种好处，就是古董家虽然不懂这破烂的书，可是放着也好，要是用道学家的眼光收书，有很大的毛病。《四库全书》是一个很大的收集，但是清乾隆皇帝所颁的上谕和提要中，口口声声说是要搜集有关世道人心的书。这我们查书的几篇上谕，就可以知道。所以他小曲子不要，小学不要。他所收的，都是他认为与世道人心无妨碍的。拿这个标准收书，就去掉了不少有用的书。他的弊端很大：一，门类太窄。《四库全书》是大半根据《永乐大典》集出来的。《永乐大典》的收集法，乱七八糟，什么书都收在里面。戏也有，词曲也有，小学也有，他的收法是按韵排列的。譬如这部戏曲是"微"韵，就收入"微"韵里。可是到了清朝，那些学者的大臣，学者的皇帝，带上了道学家的幌子，把《永乐大典》中保存的许多有用的书，都丢掉了。自此用道学的眼光收书，门类未免太狭。二，因人废言。用道学家的眼光收书，常常因人的关系，去掉许多有用的书。比方明朝的严嵩，是当初很有名的文学家，诗文词赋，都占极高的地位，可是在道学家的眼光看来，他是一个大奸臣，因此《四库全书》中，便不收他的东西。又如姚广孝，是永乐皇帝明成祖的功臣。他是一个和尚，诗文都好。但是他因为帮永乐篡位，所以他的作品也不被收，又像明末清初的吴梅村等，都是了不得的人才。三百年来，他的文字，要占极高的地位。不过因为他在明朝做了官，又在清朝做官，便叫他贰臣。他的作品，也就不能存在。三，因辞废言。用道学家的眼光收书，对于人往往有成见。其实这是很可笑的，往往因文字上忌讳的缘故，把他的作品去掉，这是很不对的。《四库全书》中有许多书不予收入，而且另外刊入禁书目录，有些明朝末叶的书，有诋毁清朝的，都在销毁之列。因此用道学家的眼光收书，是很不对的。四，门户之见太深。门户之见，道学家最免不掉。程朱之学与陆王之学，是互相排斥的，两者便格格不入。所以程朱的一流对于王学每认为异端拒而不收；王阳明的东西尚不肯收，那么等而下之，自然不必说了。王派对于朱学，也积口诋毁。至于佛家道家，也在排斥之列。《四库全书》关于道家的，完全没有放进去。在中国这学派门户之见实在很多，总而言之，门类太窄，因人废言，因辞废言，或者为了学派门户的成见，以批评人的眼光抹杀他的书，这样收书，就冤抑了许多有价值的书。如果在一百余年以前，他们的眼光，能放得大些，不要说把销毁的书保留起来，如能将禁书收进去，也可为我们保留了不少的材料。在那个时候，没有遭大乱，太平天国的乱事没有起，圆明园也没有烧毁，假如能放大眼光，是何等的好。可是因为中了这种种的毒，所以永远办不到。

今天我讲的，是第三种方法。这个方法，还没有相当的名字，我叫他杂货店的收书法。明白地说，就是无书不收的收书法。不论什么东西，只要是书，就一律都要。这个办法，并不是杜撰的，上次顾颉刚先生代表广州中山大学，拿了几万块钱出来收书，就是这样办法。人家笑话他，他还刊了一本小册说明他的方法。这书，王先生也许看见过。他到杭州、上海、苏州等处，到了一处，就通知旧书铺，叫他把所有的书，统统开个单子，就尽量地收下来。什么《三字经》《千字文》、医书和从前的朱卷都要。秀才的八股卷子也要，账簿也要，老太太写的不通的信稿子也要，小热昏、滩簧、算命书、看相书，甚至人家的押契、女儿的礼单和丧事人家账房先生所开的单子如杠夫多少、旗伞多少、如何排场等的东西都要。摊头上印得很恶劣的唱本、画册，一应都收了来。人家以为宝贝的书，他却不收。他怕人家不了解，印了一个册子去说明，可是人家总当他是外行，是大傻子，被人笑煞。不过我今天同诸位谈谈，收集旧书，这个方法最好。他的好处在哪里呢？一，把收书的范围扩大所谓无所不收。不管他是古，是今；是好版本，是坏版本；有价值，没有价值，统统收来，材料非常丰富。二，可免得自己来去取。不懂得书，要去选择，是多么麻烦的事。照这样子的收书，不管他阿猫阿狗，有价值，没有价值，一概都要。如果用主观来去取书，选择书，还是免不掉用新的道学家的眼光，来替代老的道学家的眼光。是最不妥当的事。三，保存无数的史料。比方人家大出丧，这个出

285

丧单子，好像没有用处。但是你如果保存起来，也有不少的用途，在历史上，留下一个很好的记载。像虞洽卿先生的夫人死了，就有大规模的出丧，仪仗很盛。那时人家只看见了这样的出丧，却没有人去照相去详细记载。如果找到了虞先生的账房先生，要了那张单子，就知道他这次出丧多少排场，多少费用，给社会学者留下很好的材料。将来的人，也可以知道在中华民国十七年某月某日，上海某某人家，还有这样的大出丧。这种史料是再好不过的。四，所费少而所收多，譬如八股文现在看来是最没用的东西，简直和破纸一样，可以称斤地卖去；可是八股文这种东西，在中国五百年的历史上占极重要的地位。几百万最高的阶级——所谓第一类人才的智识阶级，把他全部的精神，都放在里面，我们想想，这与五百年来学者极有关系的东西，是不是历史上最重要的材料；而且这个东西，再过十年八年，也许要没有了。现在费很少的钱，把他收了，将来价格一贵，就可不收。而且还可以一集二集地印出来卖钱，什么成化啊，弘治啊，嘉靖啊式式都有。到没有的时候，也许会利市三倍呢。五，偶然发现极好的材料。这种称斤的东西，里面常有不少的好材料。如果在几十斤几百斤破烂东西中，得到了一本好材料，所费的钱，已经很值得了。

　　有人问我，你不赞成古董家的收书法，又不赞成道学家的收书法，那么这个杂货店的收书法，原则是什么呢？当然，杂货店不能称是原则，他的原则是用历史家的眼光来收书。从前绍兴人章学诚，（实斋）他说："六经皆史也。"人家当初都不相信他，以为是谬论。用现在的眼光来看这句话，其实还幼稚得很。我们可以说："一切的书籍，都是历史的材料。"中国书向来分为经、史、子、集四类，经不过是总集而已。章学诚已认他是史。史当然是历史。所谓集，是个人思想的集体，究其实，也渊源于史，所以是一种史料。子和集，性质相同，譬如《庄子》《墨子》，就是庄子、墨子的文集，亦是史料。所以大概研究哲学史，就到子书里去找。这样看来，一切的书，的确是历史的材料。

虞洽卿家里的礼单是历史，算命单也是历史。某某人到某某地方算命，就表示在民国某年某月某日还有人算命。是很好的一种社会历史和思想史料，《三字经》和《百家姓》，好像没有用了，其实都是史料。假如我做一部中国教育史，《三字经》和《百家姓》，就占一个很重要的地位，必须研究它从什么时候起的，它的势力是怎么样。又像描红的小格子，从前卖一个小钱一张，它在什么时候起的，什么时候止的，都是教育史上的好材料，因为从前读书，差不多都写这种字的。从前有某某图书馆征求民国以前的《三字经》刻本，都没有征求到，可知道这种东西到了没有的时候，是极可贵的。我小时候读书，把南京李广明记得很熟，因为所读的《三字经》《千字文》《百家姓》和《论语·学而》等。都是从李广明来的。李广明在教育史上，也有一个相当的地位，此外如《幼学琼林》啊，《神童诗》啊，《千家诗》啊，都是教育史料。至于八股文乃是最重要的文学史料、教育史料、思想史料、哲学史料。所谓滩簧、唱本、小热昏，也是文学史料，可以代表一个时代的平民文学。诸位要知道文学中最重要的一部分，乃是大多数人最喜欢唱，喜欢念，喜欢做的东西。还有看相的书，同道士先生画的符、念的咒，都是极好的社会史料和宗教史料、思想史料。婚姻礼单，又是经济史料和社会史料。讲到账簿可以说是经济史料。比方你们要研究一个时代的生计，如果有这种东西做参考，才能有所根据，得到正确的答案。英国有人专门研究麦价，便是到各地去专找账簿。麦子在某年是多少钱一担？价格的变迁如何？农家的出产多少如何？他是专门搜集农家教堂和公共机关的账簿来比较研究的。这种种的东西，都是有价值的社会经济史料。我记得我十岁十一岁时记账，豆腐只是三个小钱一块。现在拿账簿一看，总得三个铜板一块，在这短短的时期中，竟增加到十倍。数十年后，如果没有这种材料，那里还会知道当时经济的情况。倘使你有关于和尚庙、尼姑庵等上吊的材料，你也可收集起来。因为这是社会风俗史的一部分。人（们）能用这种眼光来看书，无论他是有无道理，都一概收集，才是真正收书家的态度，我们研究历史，高明的固然要研究；就是认为下流的，也要研究；才能确切知道一时代的真相。高明到什么地步，下流到什么地步，都要切切实实地研究一下。

　　谈到文学，杜工部、李太白的诗，固然是历史上的重要文学，应该懂的；然而当时老百姓的文学，也占同一的地位，所以也必须懂得。李杜的东西，只能代表一般贵族的历史，并不能说含有充分的平民历史；老百姓自己的东西才是真正的平民历史。《金瓶梅》这一部书，大家以为淫书，在禁止之列，其实也是极好的历史材料。

日本的佛教大学，还把他当做课本呢，这个就可见他有历史的眼光。《金瓶梅》是代表明代中叶到末年一个小小的贵族的一种情形，譬如书中的主人，有一个大老婆五个小老婆，还有许多姘头，一家的内幕，是如此如此，如果没有这种书，怎么能知道当时社会上一般的情况。此外如《醒世姻缘》小说，不但可以做当时家庭生活的材料，还可知道从前小孩子怎样上学堂，如何开笔做八股文，都是应该知道的事；要有种种材料给我们参考，我们才能了然于胸中。因此我们的确应当知道，王阳明讲些什么学说，而同时《金瓶梅》中的东西亦应当知道的。因为王阳明和《金瓶梅》同是代表 15 世纪到 16 世纪一般的情形，在历史上，有同样的价值。无论是破铜烂铁，竹头木屑，好的坏的，一起都收，要知道历史是整个的，无论哪一方面缺了，便不成整个。少了《金瓶梅》，知道王阳明，不能说是知道 16 世纪的历史；知道《金瓶梅》，去掉王阳明，也不能说是知道 16 世纪的历史；因此《圣谕广训》是史料，《品花宝鉴》也是史料，因为他讲清朝一种男娼的风气，两者缺了一点，就不能算完全。我们还要知道历史是连续不断地变迁的，要懂得它变迁的痕迹，更不能不晓得整个的历史是怎样。

材料不在乎好坏，只要肯收集，总是有用处的。比方甘肃敦煌石室里的破烂东西，都是零落不全的，现在大家都当他宝贝，用照像版、珂罗版印了几页，要卖八元、九元、二十元的钱。我们到北京去，也得看见一点敦煌石室中的东西。敦煌石室中的东西，是甘肃敦煌县东南的一个石窟（叫做莫高窟）里所藏的书。敦煌那个地方有一个千佛洞，在佛教最盛的时候，有二三百座庙，石室里都是壁画，大概是唐人的手笔；亦有六朝晋朝时候的壁画。因为北方天气干燥，所以都没有坏。有一个庙是专门藏书用的。当初没有刻本，只有写本。有的是蝇头细楷，有的是草字，差不多式式都有。其中佛经最多，亦有雕本，恐怕是世界上最早的了。这里面有和尚教徒弟的经卷，有和尚念的经咒，女人们刺血写的符箓，和尚的伙食账簿，小和尚的写字本子和唱本小调，就是敦煌府的公文，也留在里面。有许多书，有年代可考，大概在西历纪元五百年起，到一千一百一十年的光景——东晋到宋真宗时。这许多年代中，有很多的材料，都不断地保存在这个和尚庙里。到了北宋初年，那里起了战乱，和尚们恐怕烧掉，就筑了墙，把一应文件都封在中间。大概打仗很久，和尚们死的死，逃的逃，从宋真宗时封起，一直到清末庚子年，墙坏了，就修理修理，也不知道中间有什么东西。直到庚子年——1900年，一个道士偶然发现石室中的藏书，才破了这个秘密。可是这个道士也不当他是宝贝，把他当符箓来卖钱，说是可以治病的。什么人头痛就买一张烧了灰吃下去，说是可以医头痛；什么人脚痛，也买一张烧了灰吃下去，说是可以医脚痛。这样卖了七八年，到了1907年，才有洋鬼子来了。那是英国的斯坦因（Stein），他从中亚来，是往北探险去的。他并没有中国的学问，据说他有一个助手王世庭，学问也并不高明，不过他曾听见在敦煌发现了许多东西，就去看看，随便给他多少钱买了大半去。因为不好拿，就捆了几大捆，装着走了。过了半年那是1908年，法国学者伯希和（Pelliot）来了，他是有名的学问家，他的中国学问，恐怕中国学者，也不能及他。不过伯希和很穷，只能够在敦煌选了二千多卷，拿到北京，他是很诚实的，还去问问人家，请教人家，于是大家就知道了敦煌有这个东西。清朝的学部也得了这个消息，就打电报给陕甘总督，叫他把所有石室里的东西，统统封好了，送到京师图书馆里去。那些官员，到这个时候，才知道它是宝贝；因为外人都买了装回本国去，朝廷又要他封送晋京，于是拣完整的字迹端秀的几卷，大家偷了去送人，所以偷掉的也不少，现在存在北京的，还有八千余卷。从东晋到宋朝初年，六百年间，许多史料，都保存在里头，真是无价之宝，现在六千余卷在英国伦敦，二千余卷在法国巴黎，八千余卷在北平，一共在一万八千卷左右，我都去看过，在英国、法国的数千卷，那真可爱。他们都用极薄极薄的纸，把它裱起来，装订成册；便是残破了的一角，或是扯下的一个字，也统统裱好了，藏在一处。它的内容说来很可笑，我刚才说过，小和尚的写字本子，老和尚念的经卷，和女师太刺血写的东西，样样都有。有些和尚们，在念经的时候忽然春心发动，便胡乱写一首，哼几句情诗，也都丢在里面。各种材料，差不多都有一点。此外如七字的唱本，像《天雨花》《笔生花》一类的东西，唐朝已经有了。我们只知后代才有，哪里知道敦煌石室里面，已有这个东西，可以说是唱本的老祖宗。这在文学史上，是多么重要的好材料。这不但使我们知道六百年前的宗教史事，就是我们要研究佛家、哲学、经济、思想等许多史料，都可到里面去找，在那时很不经意的、乱七八糟杂货店式地把东西丢在一处，不料到九百年后，成了你争我夺的宝贝，这是此种收书的很好的证据。

因此诸位如果有心去收，破铜烂铁，都有用处，我们知道我们凭个人的主观去选择各书是最容易错误的。这个要那个不要，借自己的爱憎来定去取，是最不对的，我们恨滩簧小调，然而滩簧小调在整个的文学上，也占极重要的地位。孔子是道学家，可是他删诗而不删掉极淫乱的作品，正可充分表现他有远大的目光，《诗经》中有两章如下：

> 子惠思我，褰裳涉溱；子不我思，岂会他人？狂童之狂也且！
> 子惠思我，褰裳涉洧；子不我思，岂无他士？狂童之狂也且！

淫乱到了极点，像这首诗，他怀想所欢，竟愿渡河以从，并且是人尽可夫。可是孔子并不删去，否则我们现在要得二三千年以上的材料时，试问到那里去找。孔子收书，因为有这种态度，这种眼光，所以为中国，为全世界，保存了最古、最美、最有价值的文学史料、社会史料、宗教史料和政治史料。假如一有成见，还会有这样的成功么？现在流行市面的小报很多，什么叽里咕噜，啰里啰嗦，《福尔摩斯》《晶报》《大晶报》等，五花八门，为一般人所鄙弃的，可是它们也有它们的用处。我们如果有心收集起来，都是将来极好的文学史料、社会史料。要是在十年二十年后，再要去找一个叽里咕噜，或是啰里啰嗦也许没法得到。我能把它保存起来，十年二十年后，人家要一个叽里咕噜，要一个啰里啰嗦，我就可以供给他们，借此能知道民国十七年，上海社会上一般的情形是怎么样。当《申报》五十年纪念的时候，他们出一部纪念册，可是《申报》馆竟没有一份全份的《申报》。于是登报征求。结果全中国只有一个人有这么一份，《申报》馆愿意出很多的钱去收买，结果是二万块钱买了来。照我这样，觉得二十万块钱都值得，以中国之大，或者说是以世界之大，而只有一份不缺的《申报》，你想是多么可贵呢，所以现在看为极平常而可以随手弃掉的东西，你如果有一个思想，觉得它是二十年后二千年后的重要史料，设法保存起来，这些东西，就弥觉可珍了。

我们收集图书，必须有这种历史的眼光，个人的眼光有限，所有的意见，也许是错误的，人家看为有价值的，我以为无价值；人家看为无价值的，我以为有价值，这种事情很多。我们收书，不能不顾到。所以，一要认定我们个人的眼光和意见是有限的，有错误的。二要知道今天看为平常容易得的东西，明天就没有，后天也许成了古董，假如我们能存这个观念，拿历史的眼光来收书，就是要每天看后的报纸，也都觉得可贵的。

讲到这里，诸位对我所说的，也许有一点怀疑，以为照这样说来，不是博而寡要了么？可是我觉得图书馆是应当要博的，而且从博这个字上，也会自然而然地走到精密的路上去。收文学书的，他从文学上的重要材料起，一直到滩簧、小热昏为止，件件都收。或者竟专力于文学中的一部；从专中求博，也未尝不可。有一位陶兰泉先生，绰号叫陶开化，他收书什么都收。但只限于殿版开化纸的书，因此得了这个陶开化的名称，正是博中寓专。因此第一步是博，第二步是由博而专，这也是自然而然的趋向。大概到专，亦有三个缘故，一是天才的发展，二是个人嗜好，三是环境上的便利。有这三个缘故，自然会走上专门的路，诸位都知道欧洲的北边，有一个小岛，叫冰岛（Iceland），那里许多的文学材料，再不能到冰岛去找，全世界只有我的母校康奈尔大学有这完全的冰岛文学史料，康奈尔图书馆所著名的，也就是这一点。因为当初冰岛上有人专门收集这全部的材料，后来捐给康奈尔，并又斥资再由康奈尔到冰岛去搜集，因此我的母校，就以冰岛文学著名于全世界。这种无所不收的材料，实在有非常的价值，非常的用处。

今天我讲书的收集法，是极端主张要博，再从博而专门，古董家和道学家的方法，是绝对要不得的，这不过一个大概，神而明之，存乎其人，详细的办法，还须诸位自己去研究。

1928 年 7 月 31 日胡适在上海东方图书馆主办的

图书馆暑期补习班上的演讲

读书的习惯重于方法

读书会进行的步骤，也可以说是采取的方式大概不外三种：

第一种是大家共同选定一本书读，然后互相交换自己的心得及感想。

第二种是由下往上的自动方式，就是先由会员共同选定某一个专题，限定范围，再由指导者按此范围拟定详细节目，指定参考书籍。每人须于一定期限内做成报告。

第三种是先由导师拟定许多题目，再由各会员任意选定。研究完毕后写成报告。

至于读书的方法我已经讲了十多年，不过在目前我觉得读书全凭先养成好读书的习惯。读书无捷径，是没有什么简便省力的方法可言的。读书的习惯可分为三点：一是勤，二是慎，三是谦。

勤苦耐劳是成功的基础，做学问更不能欺己欺人，所以非勤不可。其次，谨慎小心也是很需要的，清代著名的汉学家如高邮王氏父子、段懋堂等的成功，都是遇事不肯轻易放过，旁人看不见的自己便可看见了。如今的放大几千万倍的显微镜，也不过想把从前看不见的东西现在都看见罢了。谦就是态度的谦虚，自己万不可先存一点成见，总要不分地域门户，一概虚心的加以考察后，再决定取舍。这三点都是很要紧的。

其次还有个买书的习惯也是必要的，闲时可多往书摊上逛逛，无论什么书都要去摸一摸，你的兴趣就是凭你伸手乱摸后才知道的。图书馆里虽有许多的书供你参考，然而这是不够的。因为你想往上圈画一下都不能。更不能随便的批写。所以至少像对于自己所学的有关的几本必备书籍，无论如何，就是少买一双皮鞋，这些书是非买不可的。

青年人要读书，不必先谈方法，要紧的是先养成好读书、好买书的习惯。

原载于 1935 年 5 月 14 日《大学新闻周报》

一个最低限度的国学书目

这个书目是我答应清华学校胡君敦元等四个人拟的。他们都是将要往外国留学的少年，很想在短时期中得着国故学的常识。所以我拟这个书目的时候，并不为国学有根底的人设想，只为普通青年人想得一点系统的国学知识的人设想。这是我要声明的第一点。

这虽是一个书目，却也是一个法门。这个法门可以叫做"历史的国学研究法"，这四五年来，我不知收到多少青年朋友询问"治国学有何门径"的信。我起初也学着老前辈们的派头，劝人从"小学"入手，劝人先通音韵训诂。我近来忏悔了！那种话是为专家说的，不是为初学人说的；是学者装门面的话，不是教育家引人入胜的法子。音韵训诂之学自身还不曾整理出个头绪系统来，如何可作初学人的入手功夫？十几年的经验使我不能不承认音韵训诂之学只可以作"学者"的工具，而不是"初学"的门径。老实说来，国学在今日还没有门径可说；那些国学有成绩的人大都是下死功夫笨干出来的。死功夫固是重要，但究竟不是初学的门径。对初学人说法，须先引起他的真兴趣，他然后肯下死功夫。在这个没有门径的时候，我曾想出一个下手方法来：就是用历史的线索做我们的天然系统，用这个天然继续演进的顺序做我们治国学的历程。这个书目便是依着这个观念做的。这个书目的顺序便是下手的法门。这是我要声明的第二点。

这个书目不单是为私人用的，还可以供一切中小学校图书馆及地方公共图书馆之用。所以每部书之下，如有最易得的版本，皆为注出。

（一）工具之部

《书目举要》（周贞亮，李之鼎）南城宜秋馆本。这是书目的书目。

《书目答问》（张之洞）刻本甚多，近上海朝记书庄有石印"增辑本"最易得。

《四库全书总目提要》，附存目录，广东图书馆刻本，又点石斋石印本最方便。

《汇刻书目》（顾修）顾氏原本已不适用，当用朱氏增订本，或上海、北京书店翻印本，北京有益堂翻本最廉。

《续汇刻书目》（罗振玉）双鱼堂刻本。

《史姓韵编》（汪辉祖）刻本稍贵，石印本有两种。此为《二十四史》的人名索引，最不可少。

《中国人名大辞典》商务印书馆出版。

《历代名人年谱》（吴荣光）北京晋华书局新印本。

《世界大事年表》（傅运森）商务印书馆出版。

《历代地理韵编》《清代舆地韵编》（李兆洛）广东图书馆本，又坊刻《李氏五种》本。

《历代纪元编》（六承如）《李氏五种》本。

《经籍纂诂》（阮元等）点石斋石印本可用。读古书者，于寻常字典外，应备此书。

《经传释词》（王引之）通行本。

《佛学大辞典》（丁福保等译编）上海医学书局出版。

（二）思想史之部

《中国哲学史大纲》上卷（胡适）商务印书馆。

二十二子：《老子》《庄子》《管子》《列子》《墨子》《荀子》《尸子》《孙子》《孔子集语》《晏子春秋》《吕氏春秋》《贾谊新书》《春秋繁露》《扬子法言》《文子缵义》《黄帝内经》《竹书纪年》《商君书》《韩非子》《淮南子》《文中子》《山海经》浙江公立图书馆（即浙江书局）刻本。上海有铅印本亦尚可用。汇刻子书，以此部为最佳。

《四书》（《论语》《大学》《中庸》《孟子》）最好先看白文，或用朱熹集注本。

《墨子间诂》（孙诒让）原刻本，商务印书馆影印本。

《庄子集释》（郭庆藩）原刻本，石印本。

《荀子集注》（王先谦）原刻本，石印本。

《淮南鸿烈集解》（刘文典）商务印书馆出版。

《春秋繁露义证》（苏舆）原刻本。

《周礼》通行本。

《论衡》（王充）通津草堂本（商务印书馆影印）；湖北崇文书局本。

《抱朴子》（葛洪）平津馆丛书本最佳，亦有单行的；湖北崇文书局本。

《四十二章经》金陵刻经处本。以下略举佛教书。

《佛遗教经》同上。

《异部宗轮论述记》（窥基）江西刻经处本。

《大方广佛华严经》（东晋译本）金陵刻经处。

《妙法莲华经》（鸠摩罗什译）同上。

《般若纲要》（葛䴖）《大般若经》太繁，看此书很够了。扬州藏经院本。

《般若波罗蜜多心经》（玄奘译）。

《金刚般若波罗蜜经》（鸠摩罗什译，菩提流支译，真谛译）以上两书，流通本最多。

《阿弥陀经》（鸠摩罗什译）此书译本与版本皆极多，金陵刻经处有《阿弥陀经要解》（智旭）最便。

《大方广圆觉了义经》（即《圆觉经》）（佛陀多罗译）金陵刻经处白文本最好。

《十二门论》（鸠摩罗什译）金陵刻经处本。

《中论》（同上）扬州藏经院本。

以上两种，为三论宗《三论》之二。

《三论玄义》（隋吉藏撰）金陵刻经处本。

《大乘起信论》（伪书）此虽是伪书，然影响甚大。版本甚多，金陵刻经处有沙门真界纂注本颇便用。

《大乘起信论考证》（梁启超）此书介绍日本学者考订佛书真伪的方法，甚有益。商务印书馆将出版。

《小止观》（一名《童蒙止观》，智顗撰）天台宗之书不易读，此书最便初学。金陵刻经处本。

《相宗八要直解》（智旭直解）金陵刻经处本。

《因明入正理论疏》（窥基疏）金陵刻经处本。

《大慈恩寺三藏法师传》（慧立撰）玄奘为中国佛教史上第一伟大人物，此传为中国传记文学之大名著。常州天宁寺本。

《华严原人论》（宗密撰）有正书局有合解本，价最廉。

《坛经》（法海录）流通本甚多。

《古尊宿语录》此为禅宗极重要之书，坊间现尚无单行刻本。

《大藏经》缩刷本腾字四至六。

《宏明集》（梁僧祐集）此书可考见佛教在晋、宋、齐、梁士大夫间的情形。金陵刻经处本。

《韩昌黎集》（韩愈）坊间流通本甚多。

《李文公集》（李翱）《三唐人集》本。

《柳河东集》（柳宗元）通行本。

《宋元学案》（黄宗羲，全祖望等）冯云濠刻本，何绍基刻本，光绪五年长沙重印本。坊间石印本不佳。

《明儒学案》（黄宗羲）莫晋刻本最佳。坊间通行有江西本，不佳。

以上两书，保存原料不少，为宋、明哲学最重要又最方便之书。此下所列，乃是补充这两书之缺陷，或是提出几部不可不备的专家集子。

《直讲李先生文集》（李觏）商务印书馆印本。

《王临川集》（王安石）通行本。商务印书馆影印本。

《二程全书》（程颢、程颐）六安涂氏刻本。

《朱子全书》（朱熹）六安涂氏刻本；商务印书馆影印本。

《朱子年谱》（王懋竑）广东图书馆本，湖北局本。此书为研究朱子最不可少之书。

《陆象山全集》（陆九渊）上海江左书林铅印本很可用。

《陈龙川全集》（陈亮）通行本。

《叶水心全集》（叶适）通行本。

《王文成公全书》（王守仁）浙江图书馆本。

《困知记》（罗钦顺）嘉庆四年翻明刻本。正谊堂本。

《王心斋先生全集》（王艮）近年东台袁氏编订排印本最好，上海国学保存会寄售。

《罗文恭公全集》（罗洪先）雍正间刻本，《四库全书》本与此本同。

《胡子衡齐》（胡直）此书为明代哲学中一部最有条理又最有精彩之书。《豫章丛书》本。

《高子遗书》（高攀龙）无锡刻本。

《学蔀通辨》（陈建）正谊堂本。

《正谊堂全书》（张伯行编）这部丛书搜集程朱一系的书最多，欲研究"正统派"的哲学的，应备一部，全书六百七十余卷，价约三十元。初刻本已不可得，现行者为同治间补刻本。

《清代学术概论》（梁启超）商务印书馆。

《日知录》（顾炎武）用黄汝成《集释》本。通行本。

《明夷待访录》（黄宗羲）单行本。扫叶山房《梨洲遗著汇刊》本。

《张子正蒙注》（王夫之）《船山遗书》本。

《思问录内外篇》（王夫之）同上。

《俟解》一卷，《噩梦》一卷（王夫之）同上。

《颜李遗书》（颜元，李塨）《畿辅丛书》本可用。北京四存学会增补全书本。

《费氏遗书》（费密）成都唐氏刻本。（北京大学出版部寄售）

《孟子字义疏证》（戴震）《戴氏遗书》本。国学保存会有铅印本，但已卖缺了。

《章氏遗书》（章学诚）浙江图书馆排印本，上海刘翰怡新刻全书本。

《章实斋年谱》（胡适）商务印书馆出版。

《崔东壁遗书》（崔述）道光四年陈履和刻本；《畿辅丛书》本只有《考信录》，亦可够用了。全书现由亚东图书馆重印，不久可出版。

《汉学商兑》（方东树）此书无甚价值，但可考见当日汉宋学之争。单行本，朱氏《槐庐丛书》本。

《汉学师承记》（江藩）通行本，附《宋学师承记》。

《新学伪经考》（康有为）光绪辛卯初印本；新刻本只增一序。

《史记探源》（崔适）初刻本；北京大学出版部排印本。

《章氏丛书》（章炳麟）康宝忠等排印本；浙江图书馆刻本。

（三）文学史之部

《诗经集传》（朱熹）通行本。

《诗经通论》（姚际恒）闻商务印书馆将重印。

《诗本谊》（龚橙）浙江图书馆《半广丛书》本。

《诗经原始》（方玉润）闻商务印书馆不久将有重印本。

《诗毛氏传疏》（陈奂）《清经解续编》卷七百七十八以下。

《檀弓》《礼记》第二篇。

《春秋左氏传》通行本。

《战国策》商务印书馆有铅印补注本。

《楚辞集注》，附《辨证后语》（朱熹）通行本；扫叶山房有石印本。

《全上古三代秦汉三国六朝文》（严可均编）广雅局本。此书搜集最富，远胜于张溥的《汉魏六朝百三家集》。

《全汉三国晋南北朝诗》(丁福保编)上海医学书局出版。

《古文苑》(章樵注)江苏书局本。

《续古文苑》(孙星衍编)江苏书局本。

《文选》(萧统编)上海会文堂有石印胡刻李善注本最方便。

《文心雕龙》(刘勰)原刻本；通行本。

《乐府诗集》(郭茂倩编)湖北书局刻本。

《唐文粹》(姚铉编)江苏书局本。

《唐文粹补遗》(郭麟编)同上。

《全唐诗》(康熙朝编)扬州原刻本，广州本，石印本，五代词亦在此中。

《宋文鉴》(吕祖谦编)江苏书局本。

《南宋文范》(庄仲方编)同上。

《南宋文录》(董兆熊编)同上。

《宋诗抄》(吕留良、吴之振等编)商务印书馆本。

《宋诗抄补》(管庭芬等编)商务印书馆本。

《宋六十家词》(毛晋编)汲古阁本，广州刊本，上海博古斋石印本。

《四印斋王氏所刻宋元人词》(王鹏运编刻)原刻本，版存北京南阳山房。

《彊村所刻词》(朱祖谋编刻)原刻本。王、朱两位刻的词集都很精，这是近人对于文学史料上的大贡献。

《太平乐府》(杨朝英编)《四部丛刊》本。

《阳春白雪》(杨朝英编)南陵徐氏《随庵丛书》本。

以上两种为金元人曲子的选本。

《董解元弦索西厢》(董解元)刘世珩、暖红室汇刻传奇本。

《元曲选一百种》(臧晋叔编)商务印书馆有影印本。

《金文最》(张金吾编)江苏书局本。

《元文类》(苏天爵编)同上。

《宋元戏曲史》(王国维)商务印书馆本。

《京本通俗小说》这是七种南宋的话本小说,上海蟫隐庐《烟画东堂小品》本。

《宣和遗事》《士礼居丛书》本;商务印书馆有排印本。

《五代史平话》残本董康刻本。

《明文在》(薛熙编)江苏书局本。

《列朝诗集》(钱谦益编)国学保存会排印本。

《明诗综》(朱彝尊编)原刻本。

《六十种曲》(毛晋编刻)汲古阁本。此书善本已不易得。

《盛明杂剧》(沈泰编)董康刻本。

《暖红室汇刻传奇》(刘世珩编刻)原刻本。

《笠翁十二种曲》(李渔)原刻巾箱本。

《九种曲》(蒋士铨)原刻本。

《桃花扇》(孔尚任)通行本。

《长生殿》(洪升)通行本。

清代戏曲多不胜举;故举李、蒋两集,孔、洪两种历史戏,作几个例而已。

《曲苑》上海古书流通处编印本。此书汇集关于戏曲的书十四种，中如焦循《剧说》，如梁辰鱼《江东白苎》，皆不易得。石印本价亦廉，故存之。

《缀白裘》这是一部传奇选本，虽多是零篇，但明末清初的戏曲名著都有代表的部分存在此中。在戏曲总集中，这也是一部重要书了。通行本。

《曲录》（王国维）《晨风阁丛书》本。

《湖海文传》（王昶编）所选都是清朝极盛时期的文章，最可代表清朝"学者的文人"的文学。原刻本。

《湖海诗传》（王昶编）原刻本。

《鲒埼亭集》（全祖望）借树山房本。

《惜抱轩文集》（姚鼐）通行本。

《大云山房文稿》（恽敬）四川刻本，南昌刻本。

《文史通义》（章学诚）贵阳刻本，浙江局本，铅印本。

《龚定盦全集》（龚自珍）万本书堂刻本。国学扶轮社本。

《曾文正公文集》（曾国藩）《曾文正全集》本。

清代古文专集，不易选择，我经过很久的考虑，选出全、姚、恽、章、龚、曾六家来做例。

《吴梅村诗》（吴伟业）《梅村家藏稿》（董康刻本，商务印书馆影印本）本，无注；此外有靳荣藩《吴诗集览》本，有吴翌凤《梅村诗集笺注》本。

《瓯北诗钞》（赵翼）《瓯北全集》本，单行本。

《两当轩诗钞》（黄景仁）光绪二年重刻本。

《巢经巢诗钞》（郑珍）贵州刻本；北京有翻刻本，颇有误字。

《秋蟪吟馆诗钞》（金和）铅印全本；家刻本略有删减。

《人境庐诗钞》（黄遵宪）日本铅印本。

清代诗也很难选择。我选梅村代表初期，瓯北与仲则代表乾隆一期；郑子尹与金亚匏代表道、咸、同三期；黄公度代表末年的过渡时期。

明清两朝小说：

《水浒传》亚东图书馆三版本。

《西游记》（吴承恩）亚东图书馆再版本。

《三国志》亚东图书馆本。

《儒林外史》（吴敬梓）亚东图书馆四版本。

《红楼梦》（曹霑）亚东图书馆三版本。

《水浒后传》（陈忱，自署古宋遗民）此书借宋徽、钦二帝事来写明末遗民的感慨，是一部极有意义的小说。亚东图书馆《水浒续集》本。

《镜花缘》（李汝珍）此书虽有"掉书袋"的毛病，但全篇为女子争平等的待遇，确是一部很难得的书。亚东图书馆本。

以上各种，均有胡适的考证或序，搜集了文学史的材料不少。

《今古奇观》通行本。可代表明代的短篇。

《三侠五义》此书后经俞樾修改，改名《七侠五义》。此书可代表北方的义侠小说。旧刻本《七侠五义》流通本较多。亚东图书馆不久将有重印本。

《儿女英雄传》（文康）蜚英馆石印本最佳；流通本甚多。

《九命奇冤》（吴沃尧）广智书局铅印本。

《恨海》（吴沃尧）通行本甚多。

《老残游记》（刘鹗）商务印书馆铅印本。

以上略举十三种，代表四五百年的小说。

《五十年来的中国文学》（胡适）。

（跋）文学史一部，注重总集；无总集的时代，或总集不能包括的文人，始举别集。因为文集太多，不易收买，尤不易遍览，故为初学人及小图书馆计，皆宜先从总集下手。

原载于 1923 年 2 月 25 日《东方杂志》第 20 卷第 4 号